LA GRUTA DEL TOSCANO

IGNACIO PADILLA

LA GRUTA DEL TOSCANO

OCEANO HOTEL DE LAS LETRAS

Edición: Martín Solares
Diseño de portada: Éramos tantos

LA GRUTA DEL TOSCANO

© 2015, Ignacio Padilla

D. R. © 2015, Editorial Océano de México, S.A. de C.V.
Blvd. Manuel Ávila Camacho 76, piso 10
Col. Lomas de Chapultepec
Miguel Hidalgo, C.P. 11000, México, D.F.
Tel. (55) 9178 5100 • info@oceano.com.mx

Primera edición: 2015

ISBN: 978-607-735-659-2

Impreso en México / Printed in Mexico

El juego amerita perder un dedo.
GEORGE MALLORY,
Carta a Ruth Turner, 1922

*Lachenal tenía razón: ¿de qué sirve
conquistar la cumbre si para ello hay
que perder los dedos?*
GASTÓN REBUFFAT,
Une vie pour la montagne, 1953

Para Esteban, que escribe a caminar mientras aprendo.

Libro primero
LA POÉTICA DEL INFIERNO

L A HISTORIA GUARDA DOS VERSIONES DE LA MUERTE de Pasang Nuru Sherpa. Una dice que murió poco después de su entrevista con la prensa británica, desangrado en manos de un bandido montañés llamado Jarek Rajzarov. La otra afirma que sobrevivió a sus heridas, prendió fuego al tendejón de la llanura y se internó en la Gruta del Toscano. Allí murió de frío o de toxoplasmosis, repasando en su memoria la nómina de hombres, máquinas y bestias que se perdieron explorando aquel tremendo abismo. Esta última versión es la que mejor se acomoda a su vena melancólica. La otra es tan atroz, que aún hoy es ofensivo referirla en la vasta cordillera donde su nombre va adquiriendo proporciones legendarias.

Cualquiera que haya sido su destino, lo cierto es que Pasang Nuru pudo haber muerto de muchas otras formas y en muchos otros recodos de su siglo. Es incluso probable que haya muerto varias veces sin que él mismo lo notase. Quienes lo conocieron guardaron para siempre la impresión de que ese sherpa diminuto estaba ya en otra parte, como en un teatro de sombras. Parecía un holograma, me dijo cierta vez Milena Giddens invocando las horas que pasó con él en la llanura. Lo mataron por mi culpa, añadió. Milena suele exagerar su influjo sobre las suertes ajenas, pero creo que en este caso no va fuera de razón: he mirado seis o siete veces su entrevista con el sherpa, y en todas ellas me ha quedado la certeza de que por entonces Pasang Nuru estaba al tanto del peligro que corría al revelar sus secretos. Más que miedo, su rostro irradia una alegría crepuscular, la feliz resignación de quien se sabe en los bordes de la existencia y busca revelarlo todo para llegar ligero al otro lado del río.

No es que el sherpa haya deseado su extinción. A pesar de sus años, Pasang Nuru era un hombre plenamente acomodado a esta vida. Los premios y tormentos del más allá lo tenían sin cuidado. Le gustaban demasiado las cosas del mundo, los objetos sin aristas y las preguntas simples. La inclinación suicida de los exploradores occidentales lo enervaba tanto como el candor supersticioso de los porteadores que durante años reclutó para asistir a aquéllos en la conquista de la Gruta del Toscano. El extravío romántico, la fantasía febril y las pasiones montaraces le parecían absurdos, cuando no francamente estúpidos. Quizá por eso renunció desde muy joven a entender a sus patrones, y prefirió vivir a expensas de ellos con el desdén de quien se sabe muy por encima de la ambición humana.

Hablaba un inglés perfecto, me advirtió Milena Giddens cuando accedió a mostrarme la grabación de su entrevista. Recuerdo que esa tarde fingí curiosidad, no sé ya si por pereza o por temor a lastimar a mi irritable colega. Ciertamente no eran muchas las cosas que entonces sabía de Pasang Nuru, pero su don de lenguas era sin duda una de sus habilidades mejor recordadas. Poco antes de que Milena volviese de los Himalayas, el ordenanza Beda Plotzbach me reveló ése y muchos otros rasgos del sherpa. Nos habíamos encontrado casualmente en las calles de Streslau, y enseguida tuve claro que el pobre viejo ansiaba contar lo que había sufrido y escuchado desde el maldito día en que el capitán Reissen-Mileto descubrió la Gruta del Toscano. Por él supe que Pasang Nuru hablaba francés con acento gascón y un inglés como aprendido en un liceo isabelino. Si no recuerdo mal, en una carta a la duquesa Tibia Grics el propio capitán Reissen-Mileto menciona fugazmente la destreza del sherpa para expresarse en todos los idiomas de la tierra con desarmante fluidez. Tal es su asombro ante el talento de su joven guía, que no sabe si halagarlo o recelar de él como si el suyo fuese un arte del demonio.

El más vivo recuerdo que el ordenanza Plotzbach tenía de Pasang Nuru era el de su breve figura apostada en el vestíbulo de la Gruta del Toscano. Por entonces el sherpa era un adolescente, pero había sabido ganarse el respeto de los expedicionarios en las álgidas semanas que habían pasado en la montaña buscando el legendario paso de Ibn Margaar. Fue él, me diría el ordenanza Plotzbach muchas décadas más tarde, el primero en divisar la entrada de la cueva cuando ya los expedicionarios se habían rendido a los estragos de la hipotermia y la desesperanza de encontrar algo en aquella selva áspera de rocas, cardos y matojos. Y fue él también, dijo el ordenanza, quien descifró antes que nadie los oscuros signos que hallaron labrados en el gran bloque de piedra que se eleva sobre la boca de la gruta. Cómo pudo hacerlo era algo que Plotzbach todavía no acababa de explicarse. Los signos en la piedra parecían cualquier cosa menos letras. Ni siquiera podía decirse que hubiesen sido escritos allí por algo más que el viento, el agua o la infinita paciencia de algún insecto corrosivo. Cuando alcanzaron al sherpa, los expedicionarios pensaron que su guía elevaba al cielo una plegaria de gratitud o asombro. Pasang Nuru los dejó acercarse sin bajar la vista, tomó del brazo al capitán Reissen-Mileto y extendió el índice como el grumete que anuncia tierra al final de una extenuante travesía. El capitán no comprendió enseguida lo que le señalaba el sherpa. Miró la cueva, parpadeó, siguió con impaciencia el índice de su joven guía. Finalmente descubrió los signos y escuchó con un escalofrío la voz del sherpa traduciendo al alemán, sin rima ni cadencia, los versos que Dante Alighieri afirma haber leído en la puerta misma del infierno.

Pasarían aún varios años antes de que un jesuita portugués comprobara que esos signos eran en efecto una versión sánscrita de los versos iniciales del Canto Tercero de la *Commedia*. Desde que halló la cueva, el capitán Reissen-Mileto se empeñó en demostrar que el sherpa había interpretado correctamente aquella advertencia pétrea. Convencido de que en ello se jugaba el crédito de un descubrimiento prodigioso, él mismo transcribió los signos e intentó obtener del sherpa un patrón lingüístico que le permitiese vincularlos con los tercetos dantescos. En los días alucinantes que siguieron al hallazgo de la gruta, el ilustre explorador insistió, halagó y amenazó a Pasang Nuru para que éste le explicase cómo había interpretado los signos. Pero el sherpa nunca pudo explicarse. Su don de lenguas era para él algo tan natural como la respiración, una facultad inescrutable que él mismo había asumido desde niño como otros se resignan a ser zurdos o a tener los ojos negros. En alguna parte de su entrevista con Milena Giddens, Pasang Nuru habla también de su extraña relación con los idiomas, pero sus palabras, lejos de aclararla, sólo hacen más oscura su prodigiosa facultad.

No es entonces de extrañar que el capitán Reissen-Mileto se sintiese en cierta forma traicionado por su guía. Después de todo, el sherpa fue por mucho tiempo su única esperanza de probar que aquella cueva era la entrada del inframundo dantesco, y que su calamitosa expedición no había sido en balde. Beda Plotzbach asegura que el capitán sopesó al principio la posibilidad de llegar hasta el fondo de la caverna, pero pronto le quedó claro que sus hombres no estaban preparados para semejante empresa. Exhaustos y mal provistos con antorchas de brea, los exploradores llegaron apenas al punto donde la cueva se ensancha y es cortada por un caudal sulfuroso que se anuncia infranqueable en la tiniebla. Un olor fétido se encabalga allí con ráfagas de aire helado, zumbidos de invisibles insectos y rumores de aleteos que crisparían los nervios del más plantado. Sólo el temerario Ehingen de Granz mostró el ánimo de seguir adelante, y sólo desistió de hacerlo cuando el capitán Reissen-Mileto ordenó que la cordada volviese de inmediato al valle donde les aguardaba el resto de la Quinta Compañía de Fusileros.

Ignoro todavía si Pasang Nuru acompañó a sus clientes en esta tímida incursión a la caverna. Sólo sé que estuvo con ellos en el umbral, y que no pudo explicar la traducción de los signos. De esta forma confrontado con el hermetismo de su guía y visiblemente inepto para seguir adelante, el capitán comprendió que esa cueva habría de ser la última quimera de su vida, y que ahora su fama dependía en gran medida del peso que sus superiores desearan conceder a su palabra de honor.

Pero fue precisamente con su honor que el capitán Reissen-Mileto pagó el precio de su descubrimiento. Sesenta años más tarde, el ordenanza Beda Plotzbach me aseguró que la historia de la Gruta del Toscano sería otra de no haber sido por las desgracias que rodearon la vuelta de los expedicionarios al campamento de la Quinta Compañía de Fusileros. Fue espantoso, dijo. Un espantoso error, señor mío. Me hablaba con la voz entrecortada, tan cerca de mi cara que casi podía cortar su vaho de aguardiente. Se le veía pálido, como si aquello acabase de ocurrir. O como si el error del que hablaba se hubiese quedado para siempre grabado en sus pupilas. Ni hoy ni entonces he podido comprender si el viejo Plotzbach se refería al espectáculo que los expedicionarios hallaron en el campamento de la Quinta Compañía o a las consecuencias que esto tuvo en la carrera del capitán. Bien mirada, la expresión se acomoda a muchos pasajes de la historia de la Gruta del Toscano. La carrera del capitán Reissen-Mileto y los muchos avatares del abismo son una interminable sucesión de actos bárbaros, misterios indescifrables, equivocaciones irremediables, pasajes heroicos y simples golpes de mala suerte. No cabe duda de que el capitán cometió un error cuando abandonó a su agotada compañía para buscar el improbable paso de Ibn Margaar con un puñado de sus mejores hombres. Nadie, sin embargo, habría previsto que un centenar de fusileros bien armados se esfumaría de la faz de la tierra mientras su máximo oficial perseguía en las cumbres himalaicas un pasaje del que sólo se tenían noticias por cuentos de viejas.

Durante el juicio que siguió a su vuelta, el capitán y sus hombres juraron que la Quinta Compañía de Fusileros estaba en óptimas condiciones cuando ellos se adentraron en la cordillera. Al momento de partir, dijeron, la tropa estaba de buen ánimo y contaba con pertrechos suficientes para sobrevivir hasta un mes en el Valle del Silencio. En su testimonio, el teniente Ehingen de Granz afirma haber hallado en el campamento unos ciento ochenta galones de agua destilada, dos barricas de whisky y cantidades importantes de bizcocho en perfecto estado de conservación. Era entonces evidente que los soldados de la Quinta Compañía no habían abandonado el valle a causa del hambre. También había que descartar que hubiesen sido atacados por partisanos osoletas, pues los fusiles de la compañía se hallaban aún en el campamento, cargados, pulidos y apilados en un rincón de la tienda de oficiales. Sólo el revólver del alférez Raymond Aibel, responsable de la tropa en ausencia del capitán, tenía algunos cartuchos quemados, posible indicio de que la Quinta Compañía de Fusileros había desertado en masa tras liquidar al desdichado alférez.

Pero el asunto, de por sí grave para el prestigio del capitán Reissen-Mileto, no terminaba allí: escasas horas después de que el teniente Ehingen de Granz descubriera las armas en la tienda de oficiales, Pasang Nuru descubrió cerca del campamento los uniformes de la tropa perfectamente limpios, doblados y sin el más ligero rastro de que sus dueños hubiesen sufrido ningún temor a enfrentar desnudos las inclemencias del rabioso frío himalaico. En una palabra, la Quinta Compañía de Fusileros se había esfumado, había desaparecido como engullida por la cueva portentosa que su capitán decía haber descubierto en el corazón de la cordillera.

El 14 de noviembre de 1922, exactos dos meses después del descubrimiento de la Gruta del Toscano, el capitán Reissen-Mileto y los dos suboficiales que lo habían acompañado fueron condenados a muerte por un consejo de guerra reunido en la ciudad de Bombay. Días más tarde la sentencia fue conmutada por su expulsión de las fuerzas armadas ruritanas. Hay quien dice que la inesperada benevolencia del tribunal se debió a la inmaculada hoja de servicios de los acusados. Otros afirman que la duquesa Tibia Grics puso en juego su fortuna y sus encantos para salvarle la vida al hombre que habría de amarla hasta el último de sus días. Otros más, muy pocos, conjeturan que el accidental descubrimiento de la Gruta del Toscano a cargo del capitán pudo atenuar de alguna forma su penosa acrobacia de haber perdido para siempre a la más brava compañía del Principado de Ruritania.

En todo caso, la sentencia tuvo efectos desastrosos para los miembros de la expedición. No bien le informaron de la conmutación de su pena, el teniente Ehingen de Granz acabó de perder la cabeza. Quienes lo vieron desde que rindió sus insignias hasta que lo hallaron con el cráneo hecho trizas en un motel de Calcuta, lo recordaban ahogado en una insufrible congoja. No quedaba ni la sombra de su porte de dios griego o de su legendario buen temple. Su aventura en las montañas, la desaparición de su compañía y la ignominia que lo cubrió al volver lo habían reducido a un guiñapo, un alma en pena incapaz de tolerar ser la deshonra de una familia que llevaba por lo menos seis generaciones sirviendo a su patria. Días antes de partir hacia Calcuta, el teniente Ehingen de Granz visitó las barracas que alguna vez albergaron a la Quinta Compañía de Fusileros y se quedó allí hasta el amanecer, meditando su infortunio y tratando todavía de comprender si su expulsión del ejército era un castigo por no haber insistido en explorar la Gruta del Toscano. Hoy se sabe que el desdichado teniente no volvió a cruzar palabra con el capitán Reissen-Mileto. Ni siquiera se despidió de él. En los diarios que cubrieron la noticia de su muerte sólo se mencionan una breve carta a su mujer y un envoltorio donde Ehingen de Granz habría metido sus medallas con la atenta súplica de que se las entregasen a su hijo Werner el día en que éste alcanzara la mayoría de edad.

Del otro suboficial se dice que murió seis meses después en un hospital de Nueva Inglaterra, alcoholizado, herido al parecer en una riña de taberna, delirando campamentos fantasmales e increpando a los hijos que el capitán Reissen-Mileto nunca tuvo. Su maldición, no obstante, debió alcanzar de alguna forma al descubridor de la Gruta del Toscano, quien a partir de entonces se vio aquejado por un mal en la vejiga que truncó para siempre su carrera de explorador y envenenó el resto de su vida. Beda Plotzbach asegura que aquella enfermedad fue para el capitán algo así como una segunda degradación. O aún peor, me dijo, pues el capitán Reissen-Mileto estimaba la exploración por encima de cualquier empresa militar: las campañas napoleónicas lo atraían mucho menos que la audacia de Marco Polo, las proezas castrenses del general Younghusband le parecían simples contingencias en su admirable carrera topográfica, su biblioteca contenía innumerables libros de exploración, bitácoras y mapas de rutas imposibles que excedían con mucho su acervo de balística, estrategia militar o cartas de batalla. Hasta el día en que se topó con el abismo, su aptitud viajera fue el complemento perfecto de su talento para hacer la guerra. Sus superiores toleraban su pasión cartográfica como una excentricidad que no pocas veces resultó provechosa para las fuerzas armadas. El capitán lo sabía y seguramente fue por eso que no dudó en lanzarse a buscar el paso de Ibn Margaar sin saber que el premio a sus trabajos vendría esta vez cargado de desdichas. Nadie duda que su expulsión del ejército fue para él un tremendo golpe, pero más había de serlo la manera en que su enfermedad le negó de pronto el privilegio de volver un día a los Himalayas y encontrar él mismo la prueba irrefutable de que allá, en el confín del mundo, esperaba a los vivos la encarnación material del infierno dantesco.

Cuando se manifestaron los primeros signos de su enfermedad, el capitán Reissen-Mileto les restó importancia y se consagró a buscar quien le ayudase a financiar una expedición definitiva a la caverna. Pronto, sin embargo, comprendió que su descargo del ejército también había mellado su prestigio entre los miembros civiles de la Real Sociedad Geográfica. De nada le sirvió exaltar con discursos eruditos y proclamas geográficas la posible repercusión que su hallazgo podría tener en la gloria de la nación ruritana. Afectado por la desaparición de la Quinta Compañía de Fusileros, el relato de su viaje fue recibido con escepticismo y hasta con franco desprecio. Ciertamente no era inverosímil que el capitán hubiese hallado un abismo de dimensiones inimaginables, pero era un despropósito pensar que éste fuese el infierno en la tierra o una reproducción literal del gran poema dantesco. Los objetores fueron muchos, y no faltó entre ellos el que confrontó al capitán Reissen-Mileto con la imposibilidad física de un abismo helado en un planeta donde la temperatura crece a razón de un grado por cada cien pies de profundidad. Con estas y similares resistencias, fueron justamente los antiguos cómplices del capitán los que más contribuyeron a su deshonra registrando la cueva con el nombre de la Gruta del Toscano, no por deferencia hacia Dante Alighieri, sino como una forma elaborada de burlarse del capitán y de su inaceptable credulidad.

Beda Plotzbach, su ordenanza y más antiguo amigo, recordaba con asombrosa claridad el día en que el capitán Reissen-Mileto pisó por última vez las oficinas de la Real Sociedad Geográfica. Recordaba incluso la tormenta que estalló esa vez mientras esperaba a su patrón en las puertas del edificio que aún congrega a los mayores geógrafos y exploradores del Principado de Ruritania. Una tarde endiablada, me dijo el ordenanza cuando hablé con él en el Portal de los Frailes. Allí lo venció su enfermedad, agregó. Plotzbach estaba en el automóvil, acompañando a la duquesa Tibia Grics, cuando el capitán abrió la portezuela y se desplomó en su asiento con un suspiro de rabia. Había envejecido una barbaridad, recordaba el ordenanza. La lluvia repicaba en el techo del automóvil creando un estruendo ensordecedor. La duquesa preguntó a gritos cómo habían ido las cosas con los miembros de la Sociedad Geográfica. Pero el capitán no respondió. Se limitó a negar con la cabeza y se llevó las manos al vientre como si le hubieran clavado una bayoneta. Entonces Plotzbach oyó emitir a la duquesa un grito sofocado que mezclaba la sorpresa, el asco y el asombro. Ya lo ves, Tibia, me reventaron, dijo al fin el capitán mientras el auto se impregnaba con el olor desapacible de su orina.

En esa época la historia de Pasang Nuru se disuelve en un remolino de vaguedades y meras especulaciones que tardarán sesenta años en aclararse. Hasta el día de su entrevista con Milena, el sherpa fue casi invisible, interesante sólo para aquellos desquiciados que siguieron los pasos del capitán Reissen-Mileto contra la impetuosa corriente de los tiempos.

Siempre escasos y siempre excéntricos, los primeros devotos de la Gruta del Toscano fueron también escandalosamente inoportunos para resarcir el honor del capitán. Surgieron sobre todo en los Estados Unidos, frente a una Europa demasiado atribulada por sus guerras como para prestarles oídos. Magos, rosacruces, médiums, teósofos y miembros de oscuras sectas milenarias opacaron con su solo interés el prestigio de por sí dudoso de la Gruta del Toscano. Una paquidérmica tristeza agobiaba al capitán cada que recibía una carta de sus admiradores. Recluido en su mansión de Zenda, dedicaba tardes enteras a redactar largas respuestas donde prodigaba insultos contra los cabalistas del orbe y juraba por sus muertos que ninguno de ellos pondría jamás sus sucios pies en el infierno dantesco.

Finalmente una tarde, cuando creía que nadie en su juicio

se interesaría jamás en el abismo, el capitán recibió una carta de un jesuita llamado Mário Gudino, y supo que había encontrado al hombre que necesitaba. La carta estaba escrita en francés e iba acompañada de un opúsculo donde el sacerdote, en pocas y descarnadas páginas, demostraba que los signos hallados en el umbral de la gruta provenían de una variante cuneiforme del sánscrito y reflejaban con inquietante fidelidad los primeros nueve versos del Canto Tercero de la *Commedia*. En su carta, Gudino discurría sobre la posible orografía de la caverna y defendía sin explayarse las razones con las que podría explicarse su carácter gélido. Luego de esto aprovechaba la ocasión para expresar su aprecio por el capitán y le informaba que había convencido a la Compañía de patrocinar una expedición a la Gruta del Toscano. Desgraciadamente, la cantidad prometida por el Superior General distaba mucho de cubrir lo necesario para conquistar el fondo del abismo. El jesuita, sin embargo, estaba seguro de que los sabios consejos del capitán le ayudarían al menos a adentrarse en el abismo, franquear el Aqueronte y recabar las pruebas de que aquello era el infierno.

Aquél fue el principio de un largo intercambio epistolar. He sabido que las cartas fueron muchas y acuciosas, rebosantes en reflexiones teológicas y detalles técnicos que van desde un mapa preciso para alcanzar la entrada de la gruta desde el Valle del Silencio hasta simples conjeturas sobre el paisaje, la fauna y los obstáculos que la nueva expedición podría hallar en su seno. Por un tiempo tales cartas obraron en los archivos de la Sociedad Dantesca Italiana, donde fueron arrasadas por el Arno en las inundaciones de 1966. Ahora sólo quedan cinco o seis de ellas, suficientes sin embargo para apreciar el empeño que puso el capitán

Reissen-Mileto en allanar el camino del jesuita al interior de la Gruta del Toscano. Recuerdo especialmente una carta donde el capitán sugiere a Gudino buscar en la llanura a cierto sherpa cuyo nombre no recuerda, pero asegura que dará con él si pregunta por el único hombre que comprende todos los idiomas de la tierra.

La respuesta del jesuita a esta carta se ha perdido, mas no es difícil comprobar que siguió al pie de la letra ése y todos los demás consejos de su corresponsal. Todos salvo uno, quizás el más importante, o al menos el único que le habría permitido ahuyentar la mala estrella que parecía cernirse sobre quienes se mostraban seriamente dispuestos a penetrar el abismo. Al respecto, el capitán no podía haber sido más enfático y, por tanto, menos culpable de los errores de Gudino. Si en verdad quiere meterse de cabeza en el infierno, le advierte en una de sus últimas cartas, abra bien los ojos, olvídese de Dios y entre allí como si nunca hubiese leído la poesía de Dante.

Mientras Mário Gudino y el capitán Reissen-Mileto intercambiaban cartas e impresiones, el joven Pasang Nuru abandonó su pueblo natal, instaló su tienda en la llanura y se dispuso a vivir una existencia sin mayores complicaciones. Su tienda estaba en un viejo almacén que había sido edificado por los miembros de la Gran Incursión Trigonométrica en tiempos de la Reina Victoria. Era una barraca de maderas renegridas y techo empedrado para que no lo desgajase el viento. La he visto en fotos de la expedición italiana de 1937, y no acabo de creer que una estructura de aspecto tan endeble sobreviviese a casi un siglo de intemperie himalaica.

Milena Giddens dice que su interior era cálido y perfecto, como el de un huevo. Cuando Pasang Nuru se instaló allí, meses antes de la llegada del padre Gudino, la carrera de los europeos para conquistar el Everest había adquirido nuevos bríos, y la región entera pasaba por una bonanza inaudita. De la noche a la mañana, la cordillera se llenó de escaladores con tanta ambición como recursos para ser los primeros en tocar el techo del mundo. Llegaban con su altanería de señoritos, sus libros de poesía y sus botas de escalar montañas infinitamente más dóciles que el más bajo de los picos himalaicos. Cualquier día abarrotaban las pensiones de Katmandú y Darjeeling, fumaban tabaco turco, recitaban a Byron, bebían té negro y reclutaban decenas de porteadores que sabían menos que ellos de los peligros de la alta montaña. Luego se lanzaban a la cordillera, donde la nieve y el viento les pasaban la factura de su soberbia y su descuido. Los más de ellos volvían a casa mutilados por la gangrena o cegados por la nieve o arrojados por la disentería a un delirio que sin embargo no era suficiente para amedrentarlos: cada año Pasang Nuru los veía llegar con la misma intransigencia y la misma estúpida fruición por matarse en la montaña. El sherpa los instruía, les conseguía los mejores porteadores, preparaba a conciencia sus cargas, monturas y pertrechos. Nunca, sin embargo, accedió a atenderlos cuando regresaban derrotados de la montaña, pues le faltaba ambición para además sentir piedad por ellos. Pasang Nuru siempre supo que su tienda no estaba cerca de las rutas más recurridas para llegar a la zona alta de la cordillera, pero eso nunca le quitó el sueño. A pesar de su juventud, sabía muy bien que tarde o temprano alguien llegaría a la cima del Everest y que la fiebre de los occidentales vería su fin. Entonces las cosas volverían a su justo cauce y en la cordillera sólo sobrevivirían aquellos para los que una montaña hubiera sido siempre y llanamente una montaña.

Fue seguramente con ese ánimo que Pasang Nuru recibió a Mário Gudino en el otoño de 1935. El jesuita subió a la llanura con un grupo de muleros que accedieron a llevarlo hasta allí a cambio de que les comprase la recua entera. Llegó embozado en una suerte de jubón de piel de foca y un gorro del mismo material que le daba un aspecto de esquimal irremediable. Los muleros contaron al sherpa que el jesuita había cantado loas a Nuestra Señora buena parte del trayecto y los había obligado a detenerse para recabar hierbajos de dudosa utilidad. Venían con él tres jóvenes sombríos que desde un principio demostraron un talento excepcional para pasar inadvertidos. En vano he buscado pistas, memoriales o un mínimo registro de quiénes eran o de dónde habían salido aquellos hombres. El propio Gudino, tan minucioso en sus cosas, es extrañamente parco cuando se refiere a ellos. Apenas los menciona en su bitácora de viaje, y sólo en casos de suma necesidad los distingue con las letras P, F y S, como si sus compañeros en la máxima aventura de su vida fueran solamente eso: soldaditos espirituales, una santa trinidad de fuegos fatuos.

En su entrevista con Milena Giddens, Pasang Nuru reconoce haber tenido un mal presentimiento en cuanto vio llegar al jesuita con su comitiva. Dice también que con el tiempo le parecieron demasiado leídos y demasiado devotos. Tanta era la fe que depositaban en sus libros y en sus rezos, que no estaban preparados para la improvisación.

Actuaban como si Dios mismo los hubiese elegido para conquistar la gruta. Y era una pena, añade, porque ese tipo de convicción nunca trae consigo nada bueno.

Pasang Nuru, hay que decirlo, no fue el único en desconfiar de Gudino o de sus métodos para penetrar la Gruta del Toscano. Aunque tenía amigos en la curia, la duquesa Tibia Grics jamás vio con buenos ojos que el capitán Reissen-Mileto depositara la vindicación de su honor en un sacerdote, cuanto menos en un jesuita, pues nada había más tenebroso para ella que los hombres de la Compañía. Los odiaba, me dijo Beda Plotzbach aquella noche en las tabernas de Streslau. La duquesa detestaba a los jesuitas y estuvo a punto de odiar también al capitán por confiar en ellos. Para entonces la duquesa había asumido como suya la obsesión del capitán alimentando sus quimeras cavernarias con más entusiasmo que buenos resultados. El ordenanza Plotzbach nunca supo hasta qué punto el fervor de la duquesa era sincero o si era sólo parte del sadismo con que siempre trató a su amador. En cualquier caso, el asunto del jesuita alcanzó entre la duquesa y el enfermo proporciones siniestras, y dejó claro para ambos que había cosas que ni siquiera ella podía cambiar en la voluntad del capitán. A esas alturas de su vida, el capitán Reissen-Mileto sólo deseaba dos cosas: el amor de Tibia Grics y la conquista de la Gruta del Toscano, mas no por fuerza en ese orden de importancia. Es verdad que su pasión por la duquesa lo llevó a cometer errores descomunales, pero no fue menos importante para él vindicar un día el valor de su descubrimiento, aun a despecho de su amada. El resto de las cosas de este mundo se habían convertido para él en meros accidentes, cortapisas o peldaños en el camino de sus deseos. Si el mismo diablo le hubiese garantizado una noche de amor sincero de la duquesa o un minuto en el fondo de la gruta, no dudo que hubiera aceptado sus condiciones, por más brutales que éstas fuesen.

Esto no quiere decir que el capitán careciera de juicio a la hora de discernir quiénes podían ayudarlo a obtener lo que tanto anhelaba. Cuando la duquesa finalmente reconoció que estaba en desventaja en su lucha por desacreditar al jesuita, hizo un último intento por desviar las preferencias del capitán. Dice Plotzbach que una tarde la duquesa hizo llegar al capitán una apremiante invitación para que la acompañase a cenar en su casa de las afueras de Streslau. Como de costumbre, el capitán abandonó enseguida su lecho de enfermo y acudió a la cita con una puntualidad de quinceañero. Su entusiasmo, no obstante, iba a durarle bien poco: nada más llegar a la mansión, la duquesa salió a recibirlo en compañía de un apuesto joven sin modales que se presentó como el general Massimo Sansoni, enviado especial del gobierno fascista. Durante horas, el capitán toleró como pudo a aquel mozalbete. Encajó en silencio sus propuestas de colaborar con el gobierno fascista, sus alardes sobre la importancia de Dante Alighieri para el orgullo nacional italiano, sus apologías del Duce y hasta la impudicia con que trataba a la duquesa. Por fin, a eso de la medianoche, al capitán se le agotó la paciencia y le bastó una mala broma sobre la oratoria de Mussolini para que el joven militar se largase furioso de la casa. Entonces el capitán tuvo que soportar a solas la rabia histérica de la duquesa, su reclamo a voz en cuello de que hubiese desairado una oferta como aquélla. Imbécil, le gritaba.

¿Quién te crees que eres, inválido de mierda? Ese hombre era tu última oportunidad y la has perdido para siempre.

Beda Plotzbach asegura que nunca nadie había tratado de esa forma al capitán Reissen-Mileto. Tales fueron esa noche los insultos de la duquesa, que era lógico esperar que el devastado explorador pusiese en su sitio a aquella arpía. Pero no lo hizo: la duquesa todavía vociferaba cuando el capitán abandonó la casa. Cabizbajo, entró en el auto y encendió un cigarrillo con manos temblorosas. Cuando la casa se perdió de vista, el capitán pidió al ordenanza que se detuvieran, extinguió el cigarrillo y bajó del automóvil. Mientras su patrón orinaba a un lado del camino, Beda Plotzbach lo oyó recitar un soneto en italiano. ¿Lo reconoce, Plotzbach?, preguntó el capitán en un gesto de confianza que tomó a su servidor por sorpresa. ¿Dante?, aventuró Plotzbach sin demasiada ilusión de haber disimulado su ignorancia. No, D'Annunzio, dijo el capitán. Y añadió: Créame, amigo Plotzbach, nunca confíe en un pueblo capaz de dar al mundo tan buenos poetas. Y con esto volvió al silencio como arrepentido de haber expuesto su tristeza a la persona equivocada.

A finales de octubre de 1935, el padre Mário Gudino escribió al capitán una sentida carta donde le expresaba su confianza en el éxito de su empresa. La cordada estaba lista para entrar en la gruta. *Deo volente*, concluía el jesuita, en menos de dos meses estaría de vuelta en Europa con pruebas definitivas de que el abismo no era otro que el anfiteatro dantesco. En una nota marginal, Gudino halagaba los buenos oficios del señor Pasang Nuru Sherpa. Su pericia y su discreción, decía Gudino, habían sido de enorme ayuda para garantizar el buen curso de su aventura, y era por tanto lamentable que hombres así fuesen tan reacios a acoger en sus almas el mensaje de Nuestro Señor Jesucristo.

Aquélla fue la última carta que el capitán recibió de su discípulo. Lo siguiente que supo de él fue que había fracasado en su empeño escasas semanas después de haber dejado el tendejón del sherpa. En diciembre de ese mismo año, el provincial de la Compañía en el occidente francés viajó hasta Zenda y entregó al capitán una caja de cedro con las pocas cosas que habían podido rescatar del malhadado jesuita. No era el provincial hombre de muchas palabras, pero igual sintió que era su deber contar al capitán algunos detalles de lo ocurrido. Le dijo primero que cierto sherpa de nombre impronunciable había llevado hasta Darjeeling al agonizante Gudino y los documentos que ahora contenía la caja de cedro, a saber: su bitácora de viaje, un manómetro, un par de mapas especulativos de la Gruta del Toscano, un Nuevo Testamento en portugués y un escapulario de hueso. Gudino había perdido la conciencia en el camino a la ciudad, no sin antes transmitir al oriental que lo llevaba el relato de su desventura, un relato desencajado que el pobre sherpa transmitió como pudo a un puñado de guardias comarcales que insistieron en cargarle al moribundo y lo encerraron en una celda miserable de la que sólo pudo sacarlo la oportuna intervención de un misionero franciscano.

Para mayor congoja del capitán Reissen-Mileto, el provincial no llevaba consigo el sumario en que los guardias comarcales habían asentado las declaraciones del sherpa. La Compañía, explicó el provincial, había resuelto guardarse para sí aquel comprometedor documento. El padre Gudino murió inconfeso y renegando de Dios, dijo el provincial en una frase que el ordenanza Plotzbach recordaría luego como un bofetón en el rostro lívido del capitán. Mal tendrían que haber salido las cosas para que los únicos patronos de la expedición se expresaran así del padre Gudino. Por si al capitán le quedasen dudas de la gravedad del caso, el provincial se lo aclaró con una frase terminante: Ese agujero no es lugar para los vivos, sentenció, y enseguida sugirió al capitán que se olvidase definitivamente de la Gruta del Toscano y mejor concentrase sus fuerzas en la salvación de su alma.

Ese día el ordenanza Beda Plotzbach conoció una nueva faceta de su patrón. No bien escuchó la advertencia del padre provincial, el capitán se levantó de su cama, se le fue acercando hasta quedar frente a él y en voz baja pero firme le dijo como si hablase al más bajo de sus subordinados: Oiga, páter, pueden ustedes meterse en el culo el sumario de los comarcales, pero más le vale que me cuente ahora mismo lo que le pasó a Mário Gudino si no quiere que hasta el último súbdito de este principado de mierda se convierta a la masonería.

El provincial de la Compañía se quedó un instante sin saber qué responder. Luego, dibujando una sonrisa de resignación, pidió agua y se dispuso a contarlo todo con un aire de escolar regañado.

Lo primero que advirtió el provincial en su recuento del sumario era la precisión con que el sherpa había relatado a los guardias la odisea del padre Gudino. Una precisión a su entender sospechosa, sobre todo si se tomaba en cuenta que el jesuita portugués había contado al sherpa sus desgracias en artículo de muerte, y que su improvisado confidente oriental, pese a su generosidad, debía de haber sido poco menos que un salvaje. Como quiera que fuese, prosiguió el provincial, el relato de Gudino abundaba en detalles estremecedores que, aun vistos con la prudencia que el caso exigía, algo debían tener de ciertos. Entre la lucidez y el delirio, Gudino aseguraba que él y sus hombres habían llegado hasta la Gruta del Toscano de acuerdo con lo planeado, y que al final de una espesa selva reconocieron la caverna y las palabras de color oscuro que decía haber hallado el capitán trece años atrás. Allí se detuvieron un momento para dar gracias a Dios y pedirle fuerzas para seguir adelante. Una vez dentro, encendieron sus lámparas Malkoff y vieron que la cueva era en efecto el umbral de un inmenso abismo circular que se estrechaba hacia abajo hasta perderse en la oscuridad. Además de las palabras de color oscuro, no encontraron allí otros signos de vida, como no fuera algunos murciélagos y lo que les pareció un inmenso panal de avispas que por milagro parecían dormidas. Siguieron entonces su camino hasta toparse con un amplio río de aguas sulfurosas que bañaba en sus riberas una arena menuda y negra semejante a polvo de grafito. Convencido de que habían llegado al Aqueronte, el jesuita volvió a dar gracias al cielo e instruyó a sus hombres para que acarreasen de la selva oscura troncos, lianas y cortezas. Al cabo de ocho horas habían construido junto al río una balsa que botaron en el espeso caudal.

Hasta aquí, las declaraciones del sherpa en el sumario coincidían punto por punto con las entradas del jesuita en la bitácora de viaje que el provincial llevaba en la caja de cedro.

En la última de ellas, Mário Gudino afirmaba que su barca era mejor que la de Carón y decía también que había entrevisto en la ribera opuesta del río una arboleda que bien podría estar anunciando los linderos del Limbo. En opinión del provincial, en este punto el jesuita debía de haber perdido ya el sentido de la realidad, pues la barca resultó en extremo precaria y ninguna lámpara habría sido suficiente para que alguien divisara nada en la ribera opuesta. Según constaba en el sumario, los exploradores notaron de pronto que las aguas cenagosas del río corroían vertiginosamente la cuerda que habían usado para ceñir su embarcación, la cual comenzó a desmembrarse cuando la orilla opuesta se encontraba aún a media milla de distancia.

En esta parte de su relato, el jesuita agonizante se había perdido en una marejada de alucinaciones y memorias de las que apenas se podía intuir el colofón de su desventura. A juzgar por las quemaduras que cubrían el cuerpo de Mário Gudino, los improvisados navegantes habrían caído al fin en las aguas del Aqueronte, con tan mala fortuna que los tres más jóvenes perecerían disueltos en el cieno entre insoportables dolores. Gudino llegó milagrosamente a la orilla y se arrastró durante horas hasta el umbral de la caverna, donde el sherpa había quedado de esperar su vuelta. Por espacio de dos días, el jesuita deliró entre culpas y maldiciones mientras Pasang Nuru intentaba salvarle la vida en el tendejón. Finalmente Gudino entró en un remanso de calma apenas suficiente para decirle al sherpa que no se molestase en salvarlo o en buscarle un confesor. No me interesa el perdón de un dios capaz de inventar un lugar así, dijo antes de disolverse él mismo en el fango ácido de su desencanto.

Las palabras de Gudino, filtradas por los muchos hombres

que las habían transmitido desde que inició su agonía, estremecieron sensiblemente al capitán Reissen-Mileto. Como nunca fue devoto y sí propenso a desdeñar el escrúpulo de la fe, la reacción del capitán tomó desprevenido al ordenanza Beda Plotzbach. Enfermo como estaba, agotado por el largo tratamiento al que tuvo que someterse para domar las veleidades de su vejiga, en los últimos meses el capitán había dejado de proferir maldiciones y por momentos parecía que había decidido hacer las paces con la divinidad. Esa tarde, sin embargo, apenas escuchó citar las palabras póstumas de Mário Gudino, el capitán hizo un claro esfuerzo por controlar su ira, y le dijo suavemente al provincial que, en efecto, aquellos hombres no merecían que nadie los recordase, pues en verdad había que ser imbécil para no entender que un lugar como la Gruta del Toscano era la mejor prueba de la existencia de Dios. Esto dicho, agradeció al desconcertado provincial sus atenciones, le devolvió la caja de cedro y conminó al ordenanza Plotzbach que nadie volviese a mencionar en su presencia al padre Mário Gudino.

Dice Pasang Nuru que la guerra de 1941 interrumpió las visitas de exploradores blancos al tendejón de la llanura. Hasta entonces, los esfuerzos de los occidentales por penetrar la Gruta del Toscano habían terminado de manera desastrosa. En 1937, poco después del fracaso de Mário Gudino, una expedición italiana al mando de un general llamado Massimo Sansoni había entrado en la gruta. En medio de infinitas dificultades, franquearon el Aqueronte, exploraron los primeros círculos infernales y sólo se detuvieron en el cuarto, donde una inmensa formación rocosa les cerró el paso. En vano intentaron dinamitar lo que los entusiastas pensaron ser las murallas de la Ciudad de Dite. Entonces el frío, el cansancio y algún serio problema con sus provisiones de carbóxido los obligaron a volver. Naturalmente, si se la comparaba con las incursiones del capitán Reissen-Mileto y del jesuita Gudino, la expedición de los italianos debía ser considerada un éxito. Pero la guerra en Europa y el concepto que el propio Mussolini tenía del triunfo contribuyeron a que también esa expedición pareciese inútil. En palabras del sherpa, el jesuita había fracasado por exceso de fe y los italianos por un exceso de confianza combinado con un exceso de mala suerte. En ambos casos los expedicionarios habían recabado pruebas estremecedoras de que la gruta podría ser el Infierno de Dante, o por lo menos su inspiración. Aun así los efluvios de la guerra agigantaron los errores cometidos, silenciaron sus hallazgos y consiguieron que la gruta, la llanura y hasta el insigne intérprete del capitán Reissen-Mileto fuesen nuevamente relegados al olvido por un tiempo considerable.

Lejos de lamentarse, Pasang Nuru recordaba la guerra europea como una luminosa tregua en su vida, pues sólo entonces pudo sacudirse un poco el influjo que la caverna había empezado a ejercer sobre él. De la noche a la mañana, su ferviente actividad fue desplazada por un gusto inédito a la inacción más radical. Sus desvelos por culpa de la Gruta del Toscano le parecieron más absurdos que nunca, y las expediciones a las que había contribuido se le antojaron capítulos baldíos de una adolescencia innecesariamente prolongada. Ahora podía pasarse el día entero en su tienda sin que eso le provocase el menor escrúpulo. Le gustaba quedarse allí durante horas, apacible y fósil junto al mostrador, mirando con gratitud hierática cómo se apoderaba de sus cosas un desorden que antaño le habría parecido inaceptable. Demasiado pronto sus instrumentos de escalada se velaron de polvo, se oxidaron o simplemente acabaron de perderse bajo un alud de mercancías que en nada recordaban su trasiego por las vísceras del mundo: costales de sal, albardas para yak, remedios contra el mal de altura, inyectables de ectricina y lonjas de tasajo que colgaban de sus repisas como arrancadas a un gigantesco toro sideral. Atendía regularmente a mercaderes de ganado y contrabandistas a los que nada interesaba menos que morir de frío en la montaña o desnucarse en abismos insondables. A veces venían tras ellos hordas de refugiados, pueblos enteros abandonados por sus guías o desviados de la ruta que tendrían que haber seguido para huir de una guerra que Pasang Nuru no sabía si vincular con la guerra europea. Por lo general se trataba de mujeres y niños famélicos que apenas tenían medios para pagar lo que el tendero les daba a cambio de collares de malaquita, monedas del imperio de los zares o muñecas de hilo que irremediablemente acababan en su bodega, donde nunca le faltó la compañía de fugitivas lánguidas, tan frágiles de huesos que siempre era mejor no entretenerse en abrazarlas.

Pero hubo también un tiempo en que la tienda se vio asediada por lobos. Venían en noches de plenilunio, enormes y furiosos. Embestían como quien deja atrás una balsa donde acabaran de ocurrir atroces escenas de canibalismo. Pasang Nuru los sentía aproximarse antes que nadie en la comarca, intuía sus pupilas inyectadas y su hambre demencial. Anticipaba sus movimientos, su número preciso, el ángulo de la montaña por el que bajarían, torpes, en los huesos, ignorantes de que allá, en el pasaje sublunar de la llanura, los aguardaba ya la carabina del antiguo intérprete del capitán Reissen-Mileto. Uno a uno rodaban ladera abajo sin saber qué los había golpeado. Caían sufriendo apenas, porque Pasang Nuru tenía tanta piedad como buen pulso. Acaso alguno con peor suerte, agonizando en un charco de sangre, buscó alguna vez a su verdugo en la penumbra que tenía delante, pero sólo alcanzó a distinguir un silencioso parapeto de costales, una especie de trinchera albina donde humeaba todavía el cañón de un tirador certero e invisible. Sólo entonces el horror dejaba la llanura y el lobo habría muerto convencido de que le había disparado un fantasma.

Pasang Nuru se habituó muy pronto a sus noches de exterminio. Les tomó el gusto y llegó inclusive a atesorarlas como un pasatiempo para mantenerse en forma. Proteger su tienda y la llanura de aquellos animales excitaba sus sentidos, apartaba de su cuerpo el orín de la desidia y le permitía seguir creyendo que aún le faltaba mucho para hacerse francamente viejo. Poco a poco, sin embargo, según pasaban los años y los lobos no daban señales de menguar, el tedio se asentó en su ánimo. Sus noches de plenilunio le parecieron cada vez más frías, más negras, inexplicablemente acompañadas por una dolorosa mezcla de melancolía y culpa. Por la mañana, el tendero navegaba la cabeza en agua helada, aceitaba su carabina, recogía los cartuchos quemados y peinaba la llanura enterrando a sus víctimas en el sitio exacto donde habían caído. Con frecuencia lo alcanzaba el mediodía paleando la dura tierra del llano y arrojando cuerpos contrahechos en fosas cada vez menos hondas. Las sienes le estallaban cuando al fin podía volver al tendejón y hundirse en una siesta atiborrada de sueños que nada tenían de reparador.

Soñaba sobre todo con montañas. O mejor dicho, soñaba una montaña hecha de montañas, cimas tan soberbias que ni la nieve se atrevía a coronarlas. Montañas monstruosas que ya eran más, y menos, que montañas. También en ellas faltaba la vegetación, aunque sobraba la vida: una extraña forma de vida superior, no animal ni humana, más bien mineral, como si allá arriba las piedras tuviesen conciencia. Como si el basalto y el granito pudieran pensarse a sí mismos y no requiriesen ya la compañía de los demás organismos del planeta, tan elementales por comparación con ellas, que les resultaban francamente aburridos. De acuerdo con la lógica insondable de las pesadillas, las rocas más cercanas a la cima ejercían sobre el resto una autoridad dictatorial. Sin piedad, aunque con un brutal sentido de justicia, aquellas piedras supremas gobernaban el imperio de sus congéneres: proveían, escamoteaban, legislaban el código de la quietud perfecta, juzgaban faltas y aciertos. En el momento de ser soñadas por Pasang Nuru, las piedras se hallaban precisamente envueltas en un litigio del que no podían saberse ni el acusado ni el crimen, pero sí la prueba del delito: un zapato, el zapato rojo y afilado de una mujer que el tendero imaginaba holandesa. Coléricas, las rocas supremas debatían frente al zapato delator, ponderaban su gravedad, cuchicheaban y finalmente exiliaban al culpable de la cima. Entonces numerosas piedras aullaban, rodaban montaña abajo con un estruendo similar a un cañonazo y arrasaban en un segundo el parapeto de costales, la carabina reluciente, el tendejón de maderas renegridas y al sherpa que en ese instante las soñaba anegado en sudor.

Sus demás sueños no eran muy distintos ni más amables que aquél. Siempre tenían que ver con rocas, tribunales y montañas. Nunca con abismos o cavernas. Pero lo más extraño era el tema de las voces: cada tarde, cuando despertaba bajo su alud de piedras soñadas, el sherpa estaba seguro de que las voces minerales de su pesadilla eran las voces de los hombres a los que había ayudado a descubrir y explorar la Gruta del Toscano. Claramente recordaba que en el sueño esas voces le habían parecido familiares, pero sólo en la vigilia era capaz de atribuirlas al teniente Ehingen de Granz, al jesuita Gudino o al general Massimo Sansoni. Entonces se prometía que la próxima vez sabría reconocerlas antes de despertar. Llegado el momento, sin embargo, las rocas volvían a matarlo en sueños sin que él fuese capaz de descifrar a tiempo el recurrente enigma de sus voces.

Por lo que toca al zapato de la mujer holandesa, el tendero resolvió enseguida que más valía no pensar en él si en verdad quería llegar a viejo con el juicio entero. Fiel a sus promesas, Pasang Nuru se esmeró en olvidar aquel zapato, y es probable que lo hubiera conseguido de no ser porque una noche el primer corneta Marcus Gleeson tuvo el mal tino de irrumpir en su existencia y, más tarde, en su mente y hasta en sus sueños.

La entrada del tal Gleeson en la vida solitaria de Pasang Nuru fue también una especie de alud, un atentado contra el orden que hasta ese día privó en el tendejón de la llanura y en el ánimo de su dueño. Cuarenta años más tarde, entrevistado por Milena Giddens, Pasang Nuru contaría sin parpadear cómo fue que conoció y estuvo a punto de matar a Marcus Gleeson.

Fue en verano, dijo el sherpa. Un infernal verano de noches cortas y mercuriales, noches como sólo pueden verse cuando hay guerra, que es lo mismo que decir casi siempre y en cualquier verano. Hacía meses que los lobos no venían a la llanura. Sus incursiones suicidas parecían ahora cosa de un pasado ilusoriamente lejano. Era como si las masacres perpetradas por el sherpa hubiesen sido meras conmemoraciones, la escenificación ritual de una batalla ocurrida en el principio mismo de los tiempos. Todavía, sin embargo, podían contarse los lobos que habían sucumbido a la puntería de Pasang Nuru, pues la tierra en que yacían salpicaba ahora el llano con aldeas de flores rojas semejantes a silicias. Flores de sangre, miles de ellas, tan frágiles al tacto como resistentes al más fiero monzón.

A Pasang Nuru le gustaban esas flores. No era extraño que la tarde lo encontrase sentado entre ellas, escrutando la llanura y tratando de evocar las circunstancias precisas en que había caído tal o cual lobo. Si llegaba un cliente al tendejón, lo atendía con prisa y volvía luego a sus flores como quien retoma una lectura apasionante. Sólo al caer la noche notaba con cierta alarma que su conducta era cada vez más parecida a la de un loco. De cualquier modo se iba a la cama convencido de que, a esas alturas de su vida, se había ganado a pulso el derecho a perder su tiempo y la razón como le viniese en gana.

Así estaban las cosas la noche en que fue a buscarlo el primer corneta Marcus Gleeson. Quizá, diría el tendero años después frente a los ojos pardos de Milena Giddens, aquello no ocurrió en verano, pues esa noche hacía un frío como de invierno y las estrellas que asomaban por su ventana definitivamente no eran las del verano.

Como sea, prosiguió. Esa vez no tuvo tiempo de soñar con montañas ni con piedras ni con zapatos de mujer. Ni siquiera pudo dormir. Estuvo un rato considerable tumbado en su jergón, tremendamente exhausto y con los ojos bien cerrados. Pero su mente seguía en vela, hirviendo alerta como sólo lo había hecho la vez en que bajaron más de treinta lobos y él estuvo cerca de quedarse sin munición para acabarlos. Como entonces, Pasang Nuru se levantó de un salto, empuñó su carabina y salió al descampado. Por espacio de un segundo creyó ver un centenar de lobos atropellando sus flores y se apostó en su parapeto de costales dispuesto a aniquilarlos o morir entre sus fauces. Nada, diría luego Pasang Nuru en su charla con Milena Giddens. La ladera estaba desierta, o más bien, hueca. Como si la hubiesen vaciado a paletadas y allí sólo quedase un agujero, una fosa enorme que lo abarcaba todo: la cordillera, la llanura, el parapeto. Hasta el cañón enhiesto de su carabina parecía perderse en el vacío. Sólo allí y sólo entonces, enfundado en aquel inmenso hueco, pudo el sherpa apercibirse de que algo o alguien había sorteado sus defensas y estaba ahora a sus espaldas, inmóvil, jadeante, listo para lanzarse sobre él y cortarle el cuello a dentelladas.

A veces basta un segundo para salvarse o perderse, dice Pasang Nuru en su entrevista con la prensa británica. O hasta menos de un segundo para que un hombre se decida finalmente a negociar con sus parcas. El suyo, aclaró, pudo ser ése: el instante exacto en que pensó que iba morir y no quiso resignarse a ello, el infinito segundo que le ocupó poner las manos en el cañón de su carabina y girar sobre su eje sin saber si el culatazo alcanzaría a la bestia enemiga. La alcanzó, no obstante. La golpeó de lleno y la bestia cayó a sus pies con un gemido largo, como un espantapájaros de borra en el supuesto caso de que los hubiese de borra y pudieran gemir.

Pasang Nuru todavía tardó un momento en descubrir que aquello no era un lobo. Impelido por la inercia del primer golpe, el tendero se aprestaba a golpear de nuevo cuando notó que la bestia era demasiado grande y adiposa para ser amenazante. En realidad, Pasang Nuru dijo gordo para describir a su presa de esa noche remota. Muy gordo, subrayó, y diciendo esto extendió los brazos para que los periodistas de la BBC se hiciesen una idea aproximada de las dimensiones del hombre que yacía a sus pies gritando en gaélico no me mates, Pasang Nuru Sherpa, no me mates, por piedad, que no he venido a hacerte daño.

Uno espera cualquier cosa cuando está a punto de matar a un desconocido, sentenció el viejo sherpa recogiendo los brazos ante la cámara portátil de Milena. Cualquier cosa menos oírlo pronunciar tu nombre, dijo. Entonces el extraño deja de ser un extraño y te flaquean las fuerzas para asestar el golpe definitivo. Quizás al final decidirás matarlo, pero sabes desde antes que será un error, pues tu víctima sabía de alguna forma quién eras, y al matarlo habrás perdido tu única oportunidad de saber cómo supo de ti, en qué rincón de su pasado aquel muerto de ahora se cruzó en tu camino o con alguien que te conocía. Alguien que le entregó tu nombre, un nombre que él entonces atrajo a su memoria porque sabía o anticipaba que tarde o temprano querría algo de ti o algo querría darte. Por eso titubeas: por miedo a la duda, por un miedo a lo incierto que no puede ser distinto del que siente tu víctima ante el misterio de su muerte próxima. Titubeas porque de pronto sabes que ese extraño es lo único que tienes para descifrar una parte de tu propia vida, y entonces decides bajar la guardia convencido de que no mereces matarlo.

Todo esto, o algo muy parecido, pasó por la cabeza del tendero cuando el gordo lo nombró pidiéndole clemencia.

Sin soltar la carabina, Pasang Nuru le ordenó bajar la mano y pudo al fin contemplar su rostro. Un rostro blanco, hinchado, cruzado aún por otra mano, ahora de sangre, casi una garra que le brotaba de la calva e iba a meter sus uñas, también de sangre, bajo un mostacho ofensivamente poblado. Un viejo, suspiró el tendero con los últimos vestigios de su rabia, un maldito viejo blanco que no tiene idea del agujero donde se ha metido. El gordo lo tenía cogido de la pierna y seguía pidiéndole piedad. Mientras lo arrastraba hacia el tendejón, Pasang Nuru decidió que el hombre no era en realidad un viejo, pero siguió pensando que era un loco, un azogado como hacía mucho no veía. Ya en la tienda, lo empujó como pudo sobre una silla que crujió bajo el peso de su cuerpo enorme y adiposo. Entonces, en un último intento por salvar la vida que ya tenía salvada, el gordo le anunció en un suspiro que se llamaba Marcus Gleeson y había venido a buscarlo para que lo ayudase a conquistar la Gruta del Toscano. Al oír esto, el sherpa no supo si reírse o espantarse. Definitivamente, repitió para sí, este imbécil no sabe lo que dice. Quizá, reflexionó, aún estaba a tiempo de matarlo, ya no por miedo o por equivocación, sino para hacerle un favor a aquel ser desorbitado que, sin embargo y sin motivo aparente, comenzaba a caerle bien.

No había amanecido todavía cuando el gordo estuvo en condiciones de explicarse. Para desaliento del sherpa, Gleeson no volvió inmediatamente al tema de la Gruta del Toscano, sino que inició el relato de su vida como si hacerlo fuese imprescindible para justificar su presencia en la llanura. Dijo primero que había nacido en Belfast, pero se consideraba ante todo un hijo pródigo de Nueva Eyre, un antípoda de cepa, señor mío, tan austral como el más negro aborigen del Timarú. ¿Conoce usted Nueva Eyre, señor Nuru?, preguntó el gordo.

¿No? No importa, dijo. Imagine usted el Paraíso Terrenal, siémbrele un millón de vacas irlandesas y tendrá una idea bastante clara de lo que es mi patria. Dijo también que en su isla los hombres eran siempre un centímetro mejores de lo que debieran, pues allá todos convivían en chozas del tamaño de palacios. En este punto el gordo Gleeson elaboró una lista desaforada de castillos europeos que, en su modesta opinión, parecerían meros cubiles frente a las chozas de Nueva Eyre, chozas versallescas que sin embargo estaban al alcance de cualquiera con amigos suficientes para levantarlas. Dijo que aquéllas eran las casas del socialismo puro, pues su grandeza era directamente proporcional a la calidad humana de sus propietarios. De esta suerte, las chozas más grandes correspondían a las mejores personas, y las chabolas, que también las había, eran hogar de los delincuentes y los apestados. Por eso apenas si hay presidios en Nueva Eyre, dijo Gleeson con visible satisfacción. No hacen falta. Y procedió a nombrar algunas de las cárceles más pobladas de Nueva Zelanda, Tasmania e Indonesia como si aquélla fuese la mejor manera de sustentar su teoría sobre la escasez de presidios en Nueva Eyre.

Pero el gordo Gleeson no pudo terminar su contundente nómina carcelaria. De repente sus labios dejaron de moverse y un gemido sordo emergió de su garganta. Pasang Nuru lo vio aferrarse la cabeza pero no dijo nada. La mano de Gleeson se entretuvo unos segundos en su calva ensangrentada, después bajó o volvió a aferrar el tazón donde el tendero le había servido un brebaje tan inmundo como reparador. Infusión y contusión, sentenció por fin el gordo con una sonrisa lastimera, como si emitiese un diagnóstico para un paciente imaginario que no fuera necesariamente él mismo. Luego volvió a ponerse serio, arqueó las cejas y declaró: Yo morí en el Valle del Silencio con los tristes de la Quinta Compañía de Fusileros. Dijo los tristes y fue como ordenar sésamo ábrete, diría el sherpa años más tarde sin apartar la vista de los ojos de Milena Giddens. O como si el viento de la cordillera hubiese arrasado el techo del tendejón y un simurg de proporción mediana aunque extremadamente pesado hubiese entrado por el hueco para tocarme en el hombro, dijo. Atención, musitó el simurg al oído de Pasang Nuru. Recuerda que a los de la Quinta de Fusileros se los tragó la montaña, dijo. Tú mismo recorriste cada palmo del valle y no encontraste a nadie. Recuérdalo bien, sherpa de mierda, dijo el simurg.

Lo sé, quiso replicar el tendero. Pero el simurg de plomo se había esfumado y el tal Gleeson ya no hablaba de sus camaradas sino del capitán Jan Reissen-Mileto. Recitaba sin parar cada una de sus virtudes como antes había enunciado castillos europeos y presidios australes. Encomiaba su liderazgo, su largueza, su apostura, sus insobornables habanos, esa manera tan suya de hacerse querer por sus soldados. No hay lealtad de veras sin amor, acotó el gordo. Y agregó: Por eso yo también morí con los tristes de la Quinta Compañía de Fusileros. Por lealtad, amigo Nuru, una forma muy peculiar de lealtad, si usted quiere. Pero lealtad a fin de cuentas, sentenció. Luego dijo que antes de morir con su compañía había recorrido el mundo y había visto cosas que le pondrían los pelos de punta, señor mío. Había estado en África con la Legión Extranjera y en Indochina con los *chapeaux noirs*. Estuvo incluso algunos meses en las tropas de Pancho Villa y podía asegurar que ni siquiera ese bandido hijo de puta era tan amado por sus hombres como lo fue el capitán Reissen-Mileto. No hay lealtad de veras sin amor, volvió a decir el gordo Gleeson. Lo dijo entonces como se lo había dicho años atrás al alférez Aibel cuando el capitán lo dejó a cargo de la guarnición para lanzarse a las montañas. Gleeson se lo advirtió: Hágase querer, señor alférez, y ya verá cómo aguantamos aquí hasta que vuelva el capitán. Pero el alférez Aibel no era de la misma opinión, dijo Gleeson. A él esas cosas le parecían mariconadas. La lealtad era la lealtad y punto. Se quería a los padres, a las mujeres, a algunos niños. Pero a los superiores simplemente había que respetarlos, así como lo oye, Gleeson. Respetarlos y obedecerlos por lealtad. Lealtad y honor, repetía el alférez Aibel mirando con desprecio al primer corneta. Ésas eran las únicas razones que requería un soldado para vivir y morir dignamente.

Al gordo Marcus Gleeson no le cabía la menor duda de que el alférez Aibel era una bestia. Pero al menos tenía ideas bastante precisas sobre ciertas cosas de la vida. Le gustaban las mujeres maduras, las armas blancas, las espuelas de punta en plata y, claro está, cumplir órdenes. Ni siquiera parpadeó aquella mañana en el Valle del Silencio, cuando el capitán Reissen-Mileto le anunció que él y algunos de sus hombres se internarían en las montañas con el pretexto de localizar la guarida de los partisanos osoletas. A esas alturas todos en la Quinta Compañía de Fusileros sospechaban seriamente que dichos partisanos habían sido una añagaza del capitán para que el Estado Mayor le permitiese entrar en la cordillera en pos de una de sus muchas quimeras topográficas. En la tropa corrían infinidad de rumores al respecto, aunque ninguno de ellos resultaba creíble. Lo único evidente a esas alturas, dijo Gleeson, era que habrían bastado una chispa o un descuido para reventar a la compañía entera. La inacción, el frío y la falta de certeza sobre la amenaza de los osoletas tenía a aquellos miserables por los suelos, ansiosos por matar o matarse con tal de que las cosas transcurriesen de otro modo y de que su estancia en las montañas hallase alguna justificación. Pero al ordenanza mayor Aibel todo eso lo tenía sin cuidado: si el capitán Reissen-Mileto y el teniente Ehingen de Granz deseaban dejarlos a merced del hambre o del miedo para aniquilar partisanos o tomar el sol en Mongolia, bien ganado se lo tenían. Una orden es una orden, le dijo esa mañana al primer corneta Gleeson apenas partió el capitán. Y con esto dio instrucción para que la tropa se formase en mitad del valle con el ánimo alerta, perfectamente afeitada y con las botas tan pulidas como si en cualquier momento el capitán pudiese regresar de las montañas en compañía de la reina.

El gordo Gleeson se palmeó la calva justo encima de la garra ensangrentada que le había dejado el culatazo de Pasang Nuru. Quiero decir el rey, exclamó de pronto como si acabase de pronunciar una blasfemia. Y luego, más tranquilo: O un emperador, o el presidente, o el primer ministro. Tanto da, señor Nuru, dijo el tal Gleeson con un tardío encongimiento de hombros. Tanto da, porque en esos tiempos nadie podía decir con certeza quién era la máxima autoridad ni cuáles eran las partes en guerra. Sólo en la Quinta Compañía de Fusileros había polacos que debían lealtad absoluta a un archiduque muerto en el siglo XII, erilios que juraban haber sido republicanos desde antes de Platón, ingleses por completo ineptos para distinguir entre la reina Isabel y el rey Jorge, franceses nostálgicos del Terror, anarquistas bosnios y hasta un montón de ruritanos: veinte o treinta ruritanos en una sola compañía, vaya cosa, dijo el gordo, comenzando por el propio capitán Reissen-Mileto y acabando por el capellán, un dipsómano de Golburgh que jugaba naipes como un gitano y sólo se habría inclinado ante el príncipe de Ruritania, que por cierto cambia de corona como de sombrero. Del lado de Gleeson había cinco australianos y dos cocineros de Tasmania. Pero sólo él venía de Nueva Eyre, aunque allá tampoco tuviesen claro quiénes eran el rey o la reina. Algunos afirmaban que sus reyes tendrían que ser aún los de la Casa Windsor, pero el gordo Gleeson estaba convencido de que el único señor de Nueva Eyre era el Gran Yulakhaja, quien vive desde hace siglos en un volcán del mismo nombre y es venerado por su pueblo por la sencilla razón de que no se mete con nadie.

Aquí el paciente sherpa no tuvo más remedio que aferrar el brazo del tal Gleeson y apremiarlo a que volviese al asunto del Valle del Silencio, pues francamente lo tenían muy sin cuidado el Gran Yulakhaja o si éste vivía en un volcán idéntico al palacio de Schönbrunn. Gleeson, sin embargo, miró al sherpa con franco desamparo, como si no pudiera recordar qué diablos era eso del Valle del Silencio. El silencio, dijo entonces para salir del paso, es una de las más caras virtudes del buen conversador. Después dijo que en su tierra había numerosos refranes que versaban sobre el silencio, pero los nativos eran tan callados que no existía un recuento fidedigno de su refranero. Los expertos afirmaban que los aborígenes de Nueva Eyre eran taciturnos porque eran tacaños hasta con las palabras, pero Gleeson estaba convencido de que callaban más bien para escuchar a la naturaleza, especialmente a las bestias del mundo, que pueden ser tan elocuentes como el más sabio entre los sabios de Atenas.

No hace mucho, dijo a todo esto el primer corneta Marcus Gleeson, conocí en un presidio de Auckland a un sabio de origen portugués que había pasado media vida estudiando la fauna del orbe. De él aprendió el gordo que en este rincón del universo no sólo hay vacas irlandesas, sino monstruos tan rotundos que no caben en la imaginación humana. En las selvas del Brasil, le dijo cierta vez aquel buen hombre, pulula una especie de caimán azul que excreta a sus crías en vez de parirlas, y luego ese mismo caimán es devorado por sus crías para que éstas, llegado el momento, excreten a su vez a quien les dio la vida, y así, hasta el infinito. Por él supo también que en el Kurdistán existe una variedad curiosa de lémur que almacena luz solar y emite por las noches un fulgor tan intenso que los turcos los crían para alumbrarse donde no ha llegado aún la luz eléctrica. Mire usted, le dijo al sherpa el gordo Gleeson convencido de la carga de su prueba. Mire usted, señor Nuru, si tengo razones para afirmar que los primitivos de Nueva Eyre sólo callan para escuchar a las bestias, pues no ignoran que vivimos desde hace siglos en el laboratorio de Dios.

Días más tarde, refugiada al fin en los estudios de la BBC de Londres, Milena Giddens notaría un corte abrupto en esta parte de la grabación de su entrevista con Pasang Nuru. Mierda, exclamó mientras buscaba explicarse aquel borrón imperdonable. Por favor dime qué pasó aquí, pidió después al hombre que había estado con ella en el Tíbet y que esa tarde la acompañaba también en la cabina de edición. Pero su colega no escuchó la pregunta o hizo como que no la había escuchado. Sin decir palabra dejó que Milena rebobinase, bostezó y se puso a tararear cierta balada tabernaria que infaliblemente crispaba los nervios de su compañera. Eres un cretino, murmuró ella con la vista fija en los monitores. Escucha, farfulló el otro sin darse por aludido, en verdad pienso que tendríamos que enseñarle la entrevista a Eddie Haskins. Esta vez fue ella quien fingió no haber oído. Su mente estaba de nuevo en el tendejón de la llanura, escrutando el momento y el motivo por el que ella, su compañero o el viejo sherpa habrían interrumpido la conversación. Hasta aquí íbamos bien, dijo Milena observando el momento en que Pasang Nuru hablaba del simurg de plomo. Lo teníamos todo en foco y el chino apenas se había movido, dijo. Era el modelo perfecto, hasta me hizo pensar en las estatuas de la tumba de Beijing. Sólo entonces su compañero decidió ponerse serio y le recordó que su entrevistado no era chino, más bien todo lo contrario, y que además el mausoleo de Chin Shi Huan no estaba ni había estado nunca en Beijing. Ella le preguntó si estaba seguro de eso. Completamente, dijo él, como que te llamas Milena. Y le apostó una sopa de almejas en el mejor de los privados del Dorchester Hotel.

Pero Milena Giddens no estaba ya para replicar a las apuestas ni a las provocaciones de su compañero. Ahora recordaba que, en ese punto preciso de la entrevista, Pasang Nuru había suspendido su relato y había desaparecido en la trastienda con la promesa de mostrarles algo extraordinario. Al cabo de un rato, el sherpa reapareció con una jaula en la mano, una burda jaula de carrizos en cuyo interior yacía o dormía una especie de roedor albino. Sólo verlo, Milena gritó ratas, maldición, ratas, y prendió instintivamente el brazo de su colega. No es una rata, le explicó el sherpa en un inglés tan correcto como antiguo. Y aclaró que aquellos animales se llamaban zarigüeyas de caverna, aunque el gordo Gleeson y su maestro portugués los llamaban lémures de montaña. Éste está muerto, dijo el sherpa poniendo la jaula en el piso. Lo disequé yo mismo. Si estuviera vivo, añadió, verían ustedes que estos animales emiten en efecto un brillo equivalente a trescientos vatios, que bastan para iluminar un radio de por lo menos cincuenta metros. Si están sanos, sus reservas de luz pueden durar hasta dos meses sin que sea necesario recargarlas al sol. Su único problema, concluyó el sherpa, es que algunos toleran mal las bajas temperaturas, pero eso no quita que sean unos bichos en verdad asombrosos, extremadamente útiles para ciertos tipos de exploración cavernaria.

Prodigiosas o no, lo cierto es que Pasang Nuru estaba más que autorizado para hablar de las zarigüeyas de caverna. Mucho antes de que el gordo Marcus Gleeson las citase como causa del silencio de los hombres primitivos, la expedición italiana de 1937 le había enseñado que esos seres eran algo más que simples animales. La lección fue sin duda dolorosa, pero no podía haber sido de otra forma. Como todo lo relacionado con la Gruta del Toscano, el buen sherpa había apreciado las bondades y peligros de esas bestezuelas luminosas como parte inseparable de su aprendizaje de la condición humana. Pero eso no se lo enseñó el gordo Gleeson, aclaró, sino los hombres del general Sansoni, que un día llegaron a su tienda para demostrarle que tratándose del infierno no hay animal ni hombre que no merezca ser temido como un monstruo.

Pasang Nuru requirió toda una vida para aceptar que los fascistas de Sansoni habían sido un poco más inteligentes que el devoto Mário Gudino. Poco antes de su muerte, confrontado con la cámara portátil de Milena Giddens, el sherpa echó un vistazo a la jaula que había puesto en el suelo, cerró los ojos y reconoció con pesar que aquellos pretorianos ignorantes habían hecho cuanto estaba en su poder para no repetir los errores del padre Gudino y plantar su bandera en el fondo de la Gruta del Toscano. Pasang Nuru nunca consiguió explicarse cómo hicieron esos hombres para conocer hasta el más nimio detalle de los trabajos del jesuita. En todo caso, estaba claro que Sansoni había estudiado a fondo la odisea de su predecesor y venía tan bien provisto para el triunfo que el mismo sherpa llegó a pensar que lo conseguiría.

Pasang Nuru recordaba aquella expedición más nítidamente de lo que hubiese deseado. Recordaba que una noche, dos años después del naufragio de Gudino, lo despertó una barahúnda de motores y berridos que parecían venir del centro mismo de la tierra. Los motores eran confusos, no así los berridos, que eran definitivamente animales. Por un instante, la modorra en que se hallaba lo hizo pensar que vería irrumpir en su tienda un enjambre de avispas. Pero según crecía el estruendo y se le iban espantando los vapores del sueño, recordó que días atrás había recibido un cablegrama del cónsul alemán en Darjeeling anunciándole la inminente llegada de un destacamento a cargo del general Massimo Sansoni, bragado oficial del ejército italiano que llevaba carta blanca de sus superiores para pagar lo que fuese con tal de alcanzar el fondo de la Gruta del Toscano.

Al leer el cablegrama Pasang Nuru se sintió primero halagado, luego molesto y finalmente aturdido por la confianza que le mostraban naciones que no conocía ni esperaba conocer jamás. Su parte en las expediciones trogloditas del capitán Reissen-Mileto y del jesuita Gudino le había enseñado a desconfiar de cualquier zalamería o entusiasmo que tuviese algo que ver con la Gruta del Toscano. Es verdad que sus clientes anteriores lo habían tratado bien, pero eso no bastó jamás para que el sherpa comprendiese la obsesión de los occidentales por adentrarse en la caverna. Al contrario, su convivencia con ellos lo había llevado a concluir que algo debía andar notablemente mal en el mundo cuando se dedicaban tantos recursos a semejante empresa. Alguna vez, atrapado por azar en una charla del jesuita con sus hombres, había entendido que para ellos la caverna era el infierno en la tierra, lo cual sólo sirvió para acendrar sus dudas sobre la sensatez de esa o cualquier otra expedición al abismo. Para él, vivir o morir eran de por sí actos bastante elaborados, demasiado íntimos como para esforzarse en complicarlos. Definitivamente, pensaba el sherpa, había que estar mal de la cabeza para además buscarles un sentido.

Pero lo más grave de todo, lo más incómodo y desconcertante para él, era que tales quimeras se hubiesen convertido en su principal modo de subsistencia, a veces inclusive en su centro gravitacional. Era como si también él hubiese sido tocado por la misma vara que conducía a los blancos a arriesgarlo todo cada cierto tiempo en un agujero que sólo presagiaba desgracias o, en el mejor de los casos, espantosas revelaciones.

Todo esto le vino a la cabeza cuando leyó el cablegrama que anunciaba la llegada de los italianos. Sentado en el portal de su tienda, con el cablegrama todavía en las manos, sintió que estaba a punto de participar de nuevo en un viaje desastroso del que sin embargo no podría sustraerse. Algo allí, en el fondo de su cuerpo fatigado por el paso de los años, le avisó que tampoco los italianos conseguirían llegar al fondo de la gruta. De cualquier modo se resignó a ayudarlos como antes había hecho con Gudino y con el capitán Reissen-Mileto. Para darse ánimos, dijo para sí que su única razón para hacerlo era otra vez el dinero. Luego entregó el cable al ventarrón y volvió a su tienda reconociendo con vergüenza que el dinero de esta nueva expedición le importaba en realidad un bledo.

Tres noches después lo despertaron los italianos. Desde su barraca, Pasang Nuru reconoció los faros de un jeep y dos camiones militares atacando la pendiente que conducía a la llanura. Detrás de ellos venía un vehículo amorfo, una mezcla de oruga y tanque anfibio que reptaba a la luz de la luna escoltado por ocho soldados de a pie. El sherpa nunca pudo preguntar cómo habían llegado aquellos mastodontes hasta allí, pues no había acabado de vestirse cuando el general Sansoni lo llamaba con el tono inapelable de quien no tiene deseos de dar explicaciones. Sólo verlos, Pasang Nuru supo que sus huéspedes tenían cronometrado hasta el más sutil detalle de su viaje: cada palabra y cada movimiento parecían cumplir con una invisible bitácora en la cual hasta las veleidades del clima habían sido calculadas con rigor. Esa noche el general Sansoni dio por hecho que Pasang Nuru conocía al dedillo los motivos de su visita, le presentó a sus oficiales y le entregó una lista pormenorizada de los pertrechos, porteadores y aparejos que requería para repostar una semana en la llanura y lanzarse luego a la conquista de la gruta. Del dinero no tendría que preocuparse: los gastos correrían enteramente por cuenta del gobierno italiano y el sherpa no tendría de qué quejarse mientras cumpliese con los términos de su acuerdo. Cuáles eran tales términos era algo que Pasang Nuru en ese momento no estuvo seguro de entender, pero igual los aceptó como si él mismo los hubiese establecido.

Al día siguiente, antes de emprender su búsqueda de porteadores y monturas, Pasang Nuru se asomó al interior de la oruga y comprobó que ésta guardaba cientos de roedores demasiado grandes para ser ratones. Los cubría una pelambre intensamente blanca y tenían los ojos de un rosa tan agudo que los hacía parecer conejos. Venían solos o aparejados en celdas de vidrio, y daban de inmediato una impresión mecánica, como si en el interior de sus pequeños vientres blancos palpitase una helada relojería de diamante.

Viajaban como reyes, diría luego Pasang Nuru a los periodistas británicos. O peor, como armiños destinados a adornar la estola de un emperador selenita. Dijo también que no recordaba su número preciso ni el nombre que les daban los italianos. Recordaba, en cambio, tan vivamente como si lo estuviese viendo, al hombre a quien esas bestias debían buena parte de su prodigiosa existencia. Recordaba su calva perfecta, su palidez perfecta, sus perfectas gafas oscuras y su nombre perfectamente siniestro: Lothar Seignerus. Los italianos lo llamaban *Herr Doktor* con la misma reverencia con que se trataría al sumo sacerdote de una civilización superior, no por fuerza amigable. Hasta el soberbio general Sansoni titubeaba en presencia de aquel germano taciturno que sólo parecía tener ojos para sus criaturas. Con los hombres, Seignerus hacía gala de una frialdad despótica, perfectamente acorde con el tono de su piel. Diríase que la sola idea de formar parte de la especie humana le resultaba enfadosa, una penitencia en la tierra de la que aún tenía esperanzas de librarse. En el tiempo que los italianos estuvieron en la llanura, Pasang Nuru jamás vio en el trato de Seignerus con los hombres una actitud, un temblor o un gesto que delatasen de manera contundente que aquello era un ser humano. Refugiado en la oscuridad hermética de sus anteojos, Lothar Seignerus era una máscara, una máscara tan atroz que ni siquiera su creador había tenido las agallas necesarias para pintarle cejas, labios, una arruga mínima que sugiriese una amargura recóndita o por lo menos la esperanza de una vejez que en este caso no parecía completamente inevitable.

Con sus animales, en cambio, el doctor dejaba de ser máscara y se convertía en un amasijo de pasiones, algunas tan visibles que tampoco podían decirse humanas. O puede que ni siquiera se convirtiese en eso, diría luego Pasang Nuru en su entrevista, sino en una parodia de su intachable ser monstruoso, en el Seignerus que habría querido ser si hubiese nacido en otra era geológica y en un grado más deseable de la cadena alimenticia. Cuando estaba con las zarigüeyas, su máscara se derretía como cera salpicada de ácido. Sólo entonces emergían sus emociones, sus secretos más íntimos, la ternura desbordada que sólo era capaz de sentir en la proximidad de aquellos roedores luminosos. Por supuesto, Seignerus evitaba ser visto en semejante trance y visitaba a sus criaturas cuando el resto de la expedición dormía. Durante el día apenas se dejaba ver por el campamento, intercambiaba un par de frases con el general Sansoni y desaparecía en su tienda. Sólo de noche se acercaba a las jaulas y revisaba amorosamente a los animales: los pesaba, los espulgaba, les pedía perdón cuando era preciso vacunarlos. Lo hago por tu bien, les decía llamando a cada uno por su nombre, un nombre también secreto al que ellos reaccionaban en sumisa consecuencia, conteniendo sus temblores y su brillo hasta que el médico les daba las buenas noches y regresaba a su tienda con los ojos anegados de lágrimas.

En su vida Pasang Nuru se había topado con una buena cantidad de seres inquietantes. Pero Seignerus era el peor de todos. Hasta entonces el sherpa no había visto a nadie capaz de contener tanto odio y tan bestial dulzura. Después supo que el médico había pasado por lo menos tres años en un laboratorio de Ingolstadt dedicado a convertir ciertos hurones de Turquía en seres capaces de resistir bajas temperaturas e iluminar así el camino de los fascistas por el aire negro de la gruta. En ese entonces las trompetas de la guerra retumbaban nuevamente en Europa, y hasta los retos geográficos en las colonias eran tomados como asuntos de orgullo nacional. Antes de encerrarse en su laboratorio, Seignerus había participado activamente en la preparación de los atletas alemanes que cubrieron de gloria al Führer en los Juegos Olímpicos de Berlín. Nadie al parecer tenía muy claro de qué orden había sido su contribución al triunfo olímpico, pero igual le había ganado su temprana inclusión en los planes de Hitler para dar un toque germano a la conquista del infierno dantesco. Acaso en un principio Seignerus aceptó aquella encomienda convencido de que era su deber contribuir a que los superhombres del Duce vencieran a los dioses dantescos de la oscuridad. No obstante, a medida que pasaban los años y se estrechaba su amistad con los roedores, su actitud cambió de manera radical: recluido en su laboratorio, procreó a un tiempo un odio cerval al género humano y un amor desaforado por sus criaturas. De esta suerte, cuando recibió la orden de incorporarse al destacamento de Sansoni con una provisión de doscientas bestias luminosas, el médico presentó un pliego de condiciones insólitas que, aseguraba, garantizarían la eficiencia de sus zarigüeyas en el seno de la caverna. Para sorpresa del general Sansoni, las exigencias de Seignerus fueron aceptadas sin chistar, de modo que los italianos tuvieron que conceder al médico y a su cargamento un trato de excepción que herviría los cascos a más de uno. Cuando alcanzaron la llanura, los hombres de Sansoni estaban ya

visiblemente hartos de sus radiantes compañeras de cordada, y no faltó quien dijese que esas bestias eran mejor tra-
tadas que los más altos oficiales del Reich. En todo caso, ni
por un momento los italianos dudaron en soportarlas, pues
sabían que aquellos animales del demonio valdrían su peso
en oro en el momento de conquistar la Gruta del Toscano.

El hombre o los hombres que iniciaron al sherpa en el origen de las bestias luminosas quisieron también contarle un
par de cosas sobre la infancia del doctor Lothar Seignerus
en las riberas del Rin. Una infancia previsiblemente triste,
pródiga en crueldades y ansiedad. Una infancia tan común
que el sherpa prefirió no conocer sus detalles, pues también él había agotado sus fuerzas para tratar de explicarse
la existencia de un hombre como aquél. A fuerza de obser-
var al médico, Pasang Nuru llegó a sentir que éste había salido de sus más negros deseos y lo había sorprendido con la
guardia baja, inoculándole una sustancia que provocaba en
su cerebro una nueva especie de terror que no iba exenta
de fascinación.

Fue tal vez aquel horror lo que cierta noche llevó al sherpa
a soñar con Seignerus. Lo soñó vistiendo un frac y anunciando al viento montañés la última maravilla de los alqui-
mistas de Ingolstadt. Y soñó también al general Massimo
Sansoni sentado en la primera fila de un circo improvisado en la llanura con camiones a modo de elefantes y el
tendejón convertido en una carpa. Pasang Nuru soñó con
pena que también él aplaudía mientras Seignerus latiguea-
ba a sus bestias luminosas para que saltasen por un arco
de fuego, azuzándolas, haciéndolas rabiar hasta que el

conjunto de sus pieles erizadas adquiría la intensidad de una supernova.

Esa noche Pasang Nuru despertó envuelto en la luz cegadora de sus pesadillas. Entonces se preguntó qué pasaría si Seignerus tuviese un día el mismo sueño que él acababa de tener. O más bien, imaginó qué pensaría el médico germano si despertase de un sueño semejante al suyo, un sueño grotesco que Seignerus probablemente juzgaría espantoso. Luego pensó en Seignerus recostado en su tienda de campaña, vestido con un pijama estampado de caracolas, llorando su culpa y vistiéndose enseguida para pedirles a sus criaturas que lo perdonasen por haberlas ultrajado de esa forma, aunque fuera en sueños.

Recostado en su jergón, con la imagen de Seignerus humillado ante sus bestias, Pasang Nuru intentaba inútilmente atrapar los presagios de su extraña visión circense. Desde niño había aprendido a desconfiar de quienes piensan que algunos sueños son premonitorios. Pero este sueño era diferente, se notaba a leguas que era diferente. O tal vez, se dijo, era él quien había cambiado en los días que llevaba conviviendo con los hombres del general Sansoni. Hasta entonces, la actividad de los italianos había transcurrido con una exactitud más bien tranquilizadora. A diferencia del jesuita y de sus hombres, que veían todas las cosas como símbolos y augurios de la divinidad, los fascistas conformaban una maquinaria estoica donde incluso el descanso formaba parte de un sistema sin dobles significaciones. Despertaban siempre al romper el alba, salían a la intemperie en calzoncillos y ejecutaban en el frío tablas gimnásticas que quitaban el resuello con sólo verlas. A las siete estaban ya vestidos, equipados y con cara de haber desayunado un tremebundo guiso de verduras. A las ocho menos veinte el general Sansoni los veía perderse en la montaña entonando arias de Arditi y entraba luego en la tienda seguido de sus oficiales. Allí permanecían dos horas, revisando mapas y cotejando con el sherpa cada centímetro de la vía que habían elegido para alcanzar la entrada de la Gruta del Toscano tan pronto y tan enteros como fuera posible.

El doctor Seignerus rara vez asistía a las sesiones matinales del general Sansoni, o si lo hacía, apenas participaba en ellas. Al sherpa siempre le pareció que, detrás de sus anteojos perfectamente negros, el médico ingresaba en un estado embrionario que le permitía recuperar las muchas horas que de noche dedicaba a sus criaturas. Pétreo, perfectamente erguido en su asiento, Seignerus escuchaba las disquisiciones de los italianos. Si el general le preguntaba algo sobre sus zarigüeyas, el médico respondía con movimientos de cabeza apenas perceptibles o monosílabos que el resto aceptaba como si se tratara de complejos discursos teológicos. Era obvio que a Sansoni aquel mutismo le molestaba sobremanera, pero igual toleraba al médico como quien manipula un valioso cajón de dinamita helada. Sólo ante Seignerus aquel soberbio oficial del Duce bajaba los ojos. Sólo en nombre de Lothar Seignerus podían infringirse los horarios y preceptos que Sansoni llevaba cincelados en su frente de dios romano. Tal era la flaqueza de Sansoni frente al médico, que el sherpa llegó a temer que ésta no se debiese sólo a la importancia que los radiantes animales tenían para la expedición. El suyo era terror, dijo de pronto ante la cámara portátil de Milena Giddens. No un terror cualquiera, sino el Terror, ese que sólo llega una vez en la vida y lleva escrito nuestro nombre con todas sus letras, como un pasquín que anunciara la sentencia de las parcas a una muerte cuyos pormenores desconocemos, pero que anticipamos como el ansiado fin de un horrible tormento.

Era en todo caso inevitable que la tensión entre Sansoni y el doctor Seignerus aumentase hasta estallar. La víspera de su partida, Sansoni giró instrucciones de alzar el campamento y convocó a sus oficiales para revisar por última vez los detalles del descenso a la caverna, el ulterior ascenso de la cordada a la superficie y su regreso triunfal a Roma. Entre mapas y compases, los oficiales italianos franquearon mentalmente el Aqueronte, surcaron el Limbo, descendieron uno a uno los círculos infernales, traspusieron la ciudad de Dite, trazaron puentes sobre los Malebolge y se abismaron por último en la Fosa de los Gigantes hasta clavar la bandera italiana en la superficie helada del Cocito. Todo hasta allí transcurrió con la fluidez habitual, pero al llegar al punto del ascenso de los expedicionarios hacia la superficie, Seignerus atajó a Sansoni para preguntarle cómo pensaban sus hombres remontar la escarpada Fosa de los Gigantes con las cincuenta zarigüeyas que, según sus cálculos, habrían requerido para filmar debidamente su presencia en el corazón del abismo. Al oír esto los oficiales se miraron como si la cuerda de un primer violín acabara de romperse en mitad de un concierto. El general Sansoni todavía esperó que alguno de ellos reuniese el ánimo para responder. Luego tomó aire, alzó la cabeza y aclaró que los animales destinados a la parte final del descenso serían lógicamente abandonados en el fondo de la gruta, pues para entonces se habrían vuelto innecesarios y cargarlos de vuelta sólo haría más difícil el regreso de los fatigados conquistadores a la superficie. Si todo resultaba según sus planes, concluyó Sansoni, bastarían para el regreso desde el segundo campamento otras treinta zarigüeyas, mismas que serían liberadas en los diversos círculos de la caverna a medida que el destacamento se aproximase a la boca del abismo.

Varias décadas más tarde Pasang Nuru recordaría con un estremecimiento el rostro de Seignerus mientras escuchaba la respuesta del general Sansoni. Fue como patearle los bajos a una estatua, dijo mirando a la zarigüeya disecada. Pero una estatua viva, aclaró, ya me entienden, señores, una estatua de carne y hielo que sólo pudiera expresar su pena desde el fondo mismo de sus pensamientos, sin ruido, sin temblar siquiera, pues no hacía falta que temblase para que los demás percibiéramos su congoja, su atragantada furia bíblica. De repente sus anteojos perfectos se hicieron más negros y más hondos, como si en vez de anteojos fuesen las cuencas vacías de un cadáver al que acabaran de arrancarle los ojos. Así lo vimos, suspiró el sherpa. Así lo sentimos por espacio de un segundo que duró como seis siglos hasta que uno de los oficiales de Sansoni insinuó la conveniencia de terminar la sesión si deseaban estar frescos para dejar la llanura antes del amanecer.

El general Massimo Sansoni y sus oficiales abandonaron la tienda. Sólo Seignerus permaneció sentado e inmóvil. Contagiado tal vez por esa imagen, también el viejo sherpa se inmovilizó ante la cámara portátil de Milena Giddens, quién sabe si imitando a Seignerus o transportado él mismo al recóndito agujero donde las zarigüeyas luminosas habían sido condenadas a morir de hambre o de frío. Al ver esto Milena dirigió a su colega una mirada de interrogación, pero el otro le indicó discretamente que tuviese paciencia. La muchacha entonces ahogó un suspiro largo, se alisó el cabello y pensó que ya iba siendo hora de terminar aquella interminable entrevista. Iba a decirlo cuando el sherpa regresó de su imaginario abismo y les contó que horas más tarde el general Sansoni se vio en la penosa obligación de matar a Seignerus cuando sus guardias sorprendieron al médico inyectando dosis mortales de mercurio a sus amados roedores de caverna.

La noche había caído sobre Londres. Pero allá dentro, en la cabina de edición, reverberaba aún la luz de un día insólito. Un día hecho de luminiscencias ambarinas, como si en él quedasen todavía los fotones que invocara el sherpa al ir describiendo la agonía de las bestias del doctor Seignerus. Encabalgado en esa luz, Seamus Linden sintió que también Milena brillaba. La vio espléndida en su hartazgo de noctámbula. La vio como la había visto días atrás en el tendejón del nonagenario sherpa: insoportable, radiante en el mal humor que la invadía cuando empezaba a sentirse harta.

Milena, dijo al fin el periodista, me parece que podríamos incluir en la película algo sobre las ratas del médico alemán. Son zarigüeyas, Seamus, lo corrigió ella sin pizca de entusiasmo. Como fuera, ratas o zarigüeyas, Linden insistió en que podrían aprovechar alguna de las digresiones del sherpa. Podrían incluso usar lo que había contado Gleeson sobre la Quinta Compañía de Fusileros para dar un toque de color a su documental. Cierto, el primer corneta había contado al sherpa un montón de zarandajas, pero lo de la Quinta Compañía de Fusileros no carecía de interés para quien buscara conocer a fondo la historia del abismo. No por nada el sherpa se los había contado. A veces, dijo Linden, no nos damos cuenta de la trascendencia de ciertas cosas hasta que alguien más nos lo hace ver. Y un cuento remoto o desordenado puede ayudarnos a ordenar una historia reciente. Así debió de entenderlo el sherpa, y por eso escuchó a Gleeson sin importarle que éste estuviese evidentemente mal de la cabeza. Algunos viejos, Milena, recuerdan su juventud con más claridad que lo que hicieron el día anterior. Pasang Nuru era casi un niño cuando ayudó al capitán a descubrir la Gruta del Toscano, y un niño sabe lo que en verdad importa. Un niño lo registra todo, lo ve todo, lo guarda todo en un rincón de la memoria donde los años no conseguirán tocar lo verdaderamente esencial. ¿Cómo no iba a estremecerse el sherpa cuando un tipo como Gleeson aparece en su vida y promete explicarle lo que pasó veinte años antes en el Valle del Silencio mientras él jugaba al héroe en las montañas? Ésa sí que es una historia, Milena, concluyó exultante Seamus Linden. El segundo secreto mejor guardado de la Gruta del Toscano, dijo. Y miró a su compañera esperando de ella una confirmación, la señal de que aún podían recuperar su antigua complicidad de viajeros himalaicos sin suerte.

Pero a Milena Giddens todo aquello seguía pareciéndole una sarta de garrulerías, consejas junto al fuego invocadas por un anciano que a su vez las había escuchado contar a un loco. Por otra parte, no acababa de creer que Gleeson hubiese revelado al sherpa nada sustancial sobre la oscura suerte de la Quinta Compañía de Fusileros. En todo caso, no pensaba discutirlo con su compañero. Allá él con su entusiasmo de niño y su periodismo mercenario. A esas horas de la noche Milena se sentía impelida a pensar en cualquier cosa que no fueran las delirantes confesiones de Marcus

Gleeson, menos aún las zarigüeyas del doctor Lothar Seignerus. Su mirada, no obstante, seguía fija en la pantalla,
alerta, constatando que esa tarde en el Tíbet había tenido
la cámara en cuadro y el tendejón perfectamente ilumina-
do. ¿Por qué entonces la escena no acababa de gustarle? La
imagen del viejo sherpa todavía la hacía pensar en estatuas
y hologramas. Un holograma de terracota, un inconmovible
ectoplasma de chino que hablaba sin cesar y contaba cosas
inauditas a las que ella sin embargo no conseguía sustraerse.
Quizá, se dijo, Pasang Nuru tenía razón cuando afirmaba
que el gordo Marcus Gleeson lo tenía hipnotizado. Lo caótico es hipnótico, recordó por fin Milena Giddens mientras
la imagen del sherpa temblaba en su pantalla como una es-
talactita a punto de caer.

Lo caótico es hipnótico, en efecto. Esas mismas palabras
fueron las que usó el sherpa aquella tarde para explicar a los
periodistas británicos por qué no había podido interrumpir
a Gleeson, cuya historia hecha de historias inconexas se
prolongó hasta el amanecer sin que asomasen sus razones
para haber viajado a la llanura. Es verdad que Pasang Nuru
intentó al principio imponer un poco de orden a la charla
de su huésped, pero al cabo descubrió que su discurso le gustaba aunque no tuviese pies ni cabeza, o tal vez justamente
por eso.

En su entrevista, Pasang Nuru define el relato de Gleeson
como una erupción volcánica, un estallido de palabras que
lo envolvían a uno como si de pronto el tiempo se hubiese
ovillado en su lengua e hiciera falta escucharlo para recuperar una noción clara y distinta del auténtico transcurso

de las horas, los años, las eras. Oírlo era como recuperar el sentido después de un accidente, dice el sherpa. Un sentido diferente de las cosas, pero sentido a fin de cuentas. En el mismo momento se le arrumbaban a uno en la cabeza palafitos del tamaño de castillos, revelaciones funestas sobre el Valle del Silencio, cárceles australianas y manadas de bestias fabulosas. Entonces no importaba ya si una cosa había sido contada o vivida antes que otra. En el discurso de Gleeson todo había ocurrido simultáneamente y en un mismo lugar, todo seguía ocurriendo como en un anfiteatro en cuyo centro no hubiera más que palabras: chozas hechas de palabras, animales recubiertos de palabras, hombres y mujeres hechos sólo de pronombres desmedidos, capaces sólo de ejecutar verbos desmedidos, describibles sólo con adjetivos desmedidos: zarigüeyas prodigiosas, sociedades perfectas, exploradores indómitos y aborígenes sabios, sapientísimos, tan sabios como nunca nadie ha visto desde que el mundo es mundo.

Para Gleeson, sin ir más lejos, el sabio del presidio de Auckland había sido poco más que un emisario celestial, un auténtico Mesías. Fue mi Abate Faria, exclamó Gleeson cuando el sherpa se había resignado ya a no arrancarle nada sobre el Valle del Silencio. Fue mi atalaya, mi faro, mi Virgilio en el viaje por la oscura noche hacia la luz del día, dijo. Acto seguido musitó que nunca supo por qué nadie habría querido encerrar a semejante sabio en una cárcel como aquélla, donde no había un hombre, señor Nuru, ni uno solo, que lo mereciera. Una mañana, mientras esperaban su turno en las duchas de desinfección, Gleeson descubrió que su guía tenía deshecha la mitad inferior del cuerpo, como si sus piernas, sus pies y su bajo vientre fuesen una inmensa y expansiva cicatriz. Sólo entonces Gleeson se atrevió a preguntar a su maestro por qué estaba allí, pero éste replicó que evitase hacer ese tipo de preguntas, pues aquélla no era en realidad una cárcel, como pensaba la mayoría, sino un manicomio, y que todos allí estaban rematadamente locos, empezando por él mismo, a quien sin duda le habría gustado creerse Napoleón si éste no hubiese cometido tantas tropelías cuando invadió el Piamonte, masacre inútil donde las haya, amigo Gleeson, un error trágico que nadie en su sano juicio habría podido cometer.

Al gordo Gleeson esta revelación le provocó ante todo una tristeza enorme, un desamparo de manatí arponeado. El sabio portugués le había hablado con fatiga, como quien repite su lección a sabiendas de que nadie podrá comprenderla. Frente a ellos, un grupo de prisioneros rapados y desnudos se alineaba junto a un muro de loseta mohosa para recibir una descarga de agua helada. Más allá, otros se dejaban rociar con desinfectante y salían de la sección sanitaria como aborígenes invocando a una deidad pánica. También desnudo y también rapado, Gleeson miró al sabio de reojo y le pareció que lloraba. O tal vez, diría luego Pasang Nuru, era él quien lloraba, no porque su guía le hubiese revelado una verdad espantosa, sino porque comprendió que nunca hallaría la forma de saber si su mentor estaba en lo cierto, y porque se sentía literalmente en cueros ante la magnitud de su dilema: si su mentor estaba efectivamente loco, reflexionó, entonces no estaba en condiciones de saber si aquel lugar inhóspito en Nueva Zelanda era un sanatorio, un presidio o una cafetería, y si no lo estaba, entonces tenía razón y aquello era en verdad un manicomio donde todos tenían que estar rematados del juicio, por lo que su maestro y él mismo estaban locos, y así hasta un punto donde todo, la cordura, la insania o incluso la realidad se rompían en pedazos tan pequeños que terminarían fugándose por las coladeras de la ducha de desinfección.

¿Entiende mi dilema, señor Nuru?, inquirió el gordo Gleeson en un tono que saltaba entre la súplica y la vanidad metafísica. El sherpa movió la cabeza de arriba abajo. No, no lo entiendo, pensó. Pero al mirar el rostro complacido del primer corneta recordó que los occidentales usaban ese mismo movimiento de cabeza en sentido afirmativo. Luego se entretuvo en recordar si los blancos negaban a su vez moviendo el cráneo de izquierda a derecha, así, dijo años más tarde en su entrevista. Así, repitió, como hacemos en el Tíbet para decir que sí.

Seguramente a Milena Giddens y su compañero aquel matiz gestual los traía completamente sin cuidado, pero el sherpa aún lo tenía como una de las mayores incógnitas a las que había tenido que enfrentarse en su paso por la profesión de intérprete. Desde niño, dijo, la suerte lo había favorecido con una asombrosa capacidad para los idiomas. Muy temprano en su vida, los comerciantes de la cordillera lo adoptaron para que los asistiese en sus escaramuzas y negocios desde Nepal hasta la India. Allá iba aquel huesudo diccionario parlante, montado sobre un yak o una mula, a veces también en automóvil, envuelto en mantas cada vez mejores y cada vez mejor alimentado por sus amos, a medida que su destreza para encajar lenguas se hacía más lucrativa. A la edad de quince años, el futuro intérprete del capitán Reissen-Mileto era capaz de desenmarañar los contrastes dialectales que por años distanciaron a los sherpas tibetanos de los osoletas del Gobi, las acrobacias consonánticas de los bandidos de Abu Simbel y el hechizo vocal con que negociaban su soldada las putas de Bombay. No sólo podía engarzar un idioma con otro. Podía asimismo reconocer la antigüedad de cada idioma, trazar espontáneamente sus líneas de consanguinidad y anticipar su evolución remota o inmediata con el simple acto de leerlo o escucharlo.

Sólo el inglés le resultó por un buen tiempo extremadamente difícil de asimilar. Era como si en su cabeza poblada de gramáticas rupestres y vocabularios infinitos hubiese surgido un meandro, un tumor donde la lengua de Albión resbalaba como agua hasta las grutas de su olvido sin que él pudiese remediarlo. Por más que lo intentaba, el joven sherpa no conseguía amaestrar aquel idioma cuya importancia se volvía más notoria según entraba en conciencia de su incapacidad para comprenderlo plenamente, o para comprender por qué era incapaz de comprenderlo como comprendía las demás lenguas. Si de algo estaba seguro era de que esa torpeza lingüística no tenía nada que ver con la aversión. Los ingleses le gustaban, le gustaban aun más que los chinos o los franceses, cuyas lenguas había asimilado sin dificultad e inclusive sin necesidad. Le gustaban los ingleses porque en el fondo le parecían sumamente contradictorios, porque eran capaces de reírse de sí mismos, por su frágil equilibrio entre la absoluta barbarie y la extrema civilidad. Le gustaban pero no podía impregnarse de su lengua. Cierta vez, recordó el sherpa, un peregrino había pasado por su pueblo y había sembrado en sus oídos la única frase en inglés que tendría pleno sentido para él por espacio de muchos años. Con ascética humildad, esa vez el peregrino agradeció los honores que le prodigaron los aldeanos dejándoles en prenda una frase que sólo el pequeño intérprete fue capaz de retener: *Thus comes the English with full power upon us.* Pasang Nuru entendió la sentencia de inmediato, como entendía casi todo, y no dio al hecho la menor importancia. Con el tiempo, sin embargo, según corrían los años y las restantes formas del inglés seguían escapando a su comprensión, la sentencia del peregrino se convirtió para él en una suerte de amuleto, un fetiche al mismo tiempo amado y misterioso. Cuando se sentía desfallecer por las maneras del mundo, Pasang Nuru recitaba aquella frase como había visto hacer a los lamas con sus rosarios de oraciones. Sólo entonces las palabras inglesas goteaban en su sangre hasta formar un torrente de sentido, un sentido que iba más allá del sentido tal como él lo concebía. Si bien no le ayudaba a comprender la lengua inglesa, la frase en sí seguía anunciando el advenimiento de los ingleses en toda su gloria, pero de improviso esos ingleses eran ya otra cosa, eran cualquier inglés y cualquiera que no lo fuese, incluido Dios, cuya llegada se anunciaba también en esa frase, un Dios hermético pero amo absoluto de todas las lenguas, de su dirección, de sus variantes. Un Dios pura palabra y dueño del secreto por el cual un hombre podría decir no exactamente con el mismo gesto que sus antípodas empleaban para decir sí.

Desde un principio el gordo Gleeson había hablado a Pasang Nuru en gaélico, un gaélico atrabiliario y salpicado de anglicismos que sólo servían para hacer más complicado su discurso. Por supuesto, al sherpa no dejaba de intrigarle que el primer corneta pareciera al tanto de sus dificultades con el inglés, pero igual agradecía los esfuerzos de su huésped y se esmeraba él mismo en comprenderlo para que siguiese adelante. Quizás en algún momento temió que su falso gesto afirmativo exasperase al inestable narrador, pero enseguida descubrió que su respuesta había alegrado a Gleeson como si lo hubiese absuelto un juez famoso por su intransigencia. Que el sherpa aparentase comprender el gran dilema de su cordura le pareció tan confortante como si el dilema mismo hubiese sido resuelto. Entonces, para reafirmar la comprensión del sherpa, Gleeson procedió a aclarar que a él, por ejemplo, no lo habían encerrado en Auckland por haber perdido el juicio. Su falta era bien clara: el 3 de marzo de 1938, la policía de Nueva Zelanda lo había sorprendido en el acto de atracar una boutique de lencería que regenteaba una tal Madame Doucelin en aquel puerto.

Aquí Gleeson miró a Pasang Nuru con la orfandad infinita de quien ha perdido las llaves de su casa, y dijo: Usted no lo sabe, señor Nuru, pero yo morí con los tristes de la Quinta Compañía de Fusileros, y al volver de entre los muertos me dio por hurtar ropa de mujer, lo normal, amigo mío, ya me entiende: vestidos, enaguas, sombreros, a veces un par de zapatos, casi siempre lencería, pero no cualquier lencería, señor mío, sino la fina, la de encajes y bordados, la que no irrita las ingles ni tolera que la laven cinco veces sin deshacerse en el aire. Después dijo que esa ropa había sido para él la única manera de retribuir a su lastimado cuerpo el maltrato que por años le hizo padecer la vestimenta militar: aquel blusón de manta que escocía las axilas y lo dejaba a uno tullido para disparar, o el quepis de tela marda que se ladeaba a la menor provocación, o las botas, señor Nuru, las malditas botas negras de la Quinta Compañía de

Fusileros, que atraían el barro como si tuviesen en las suelas un imán también de barro, unas botas diseñadas para escalar los Apeninos y que temblaban como zapatillas de ballet si alguien osaba siquiera nombrar en su presencia los Himalayas.

Aquellas botas, siguió diciendo el gordo Gleeson, fueron el principio de nuestra ruina.

Cuando alcanzamos el Valle del Silencio, la mitad de la Quinta Compañía de Fusileros traía las botas deshechas y los pies hinchados. Al poco tiempo empezaron a criar entre los dedos de los pies una pelambre densa que, si bien los protegía del frío, se añadía a la hinchazón y hacía que calzarse fuese un auténtico suplicio. Con el pelo, las uñas de aquellos desgraciados empezaron a crecer a tal velocidad que apenas había tiempo de cortarlas antes que reventasen las botas. Los más atribulados solían descalzarse por las noches esperando que sus botas sobreviviesen la revista del siguiente día. Pero andar descalzos sólo aumentaba el miedo de los soldados, les quitaba el hambre y les dejaba en el gaznate una sensación de absoluta fragilidad ante las fuerzas naturales y ante las cosas sin nombre que los esperaban allá arriba, en una cordillera que todos imaginaban plagada de partisanos osoletas cuyo número y crueldad preferíamos no calcular.

Para entonces el capitán Reissen-Mileto había partido ya hacia la montaña, y el alférez Aibel no hallaba el modo de remediar lo que estaba ocurriendo. Los primeros días, en cuanto supo que algunos de sus hombres andaban descalzos, los castigó con lujo de dureza y les ordenó remediar su aspecto como mejor pudieran. Más tarde, sin embargo, cuando él mismo comenzó a tener problemas para caminar, comer y afeitarse, contuvo su rabia, ordenó destruir las botas de los enfermos y dispuso un estrambótico programa de aseo en el que ya se anticipaban los efluvios de la demencia colectiva. Daba pena ver a esos pobres diablos desmedrados, con los pies envueltos en jirones y las manos encallecidas de tanto afeitarse unos a otros con muy pobres resultados. Diríase que la profusión de uñas y pelo aumentaba con cada intento de los soldados por hacerlos desaparecer, como castigo a una falta que nadie entendía pero que adivinaban mayúscula, imperdonable. Desde luego, no faltaron entonces quienes exigiesen que la compañía abandonase cuando antes el valle. Pero el ordenanza mayor Aibel tomó aquello como una ofensa personal, se mantuvo en sus cinco y una tarde hizo fusilar a tres desdichados que habían sido sorprendidos orinando en cuatro patas junto al cadáver fresco de una de las mulas predilectas del teniente Ehingen de Granz.

Así estaban las cosas en el Valle del Silencio cuando escuchamos los aullidos, dijo Gleeson. Al principio fue sólo un zumbido vago a la hora del rancho, un runrún como de aviones atrancados en alguna parte de la cordillera. Los primeros en notarlo lo atribuyeron al mal de altura, al cansancio o la tensión que se habían enseñoreado del valle desde la partida del capitán Reissen-Mileto. Pero el ruido siguió creciendo hasta que fue evidente que no formaba parte del delirio de la tropa. El alférez Aibel estaba en la letrina de oficiales cuando escuchó la voz del primer corneta Marcus Gleeson gritarle usted perdone, señor, pero tiene que ver esto. El alférez Aibel salió echando pestes del retrete. Por su bien, dijo al corneta que lo esperaba pálido y lampiño en la puerta, más le vale que sea algo importante. Finalmente el alférez escuchó con nitidez el aullido y preguntó qué diablos es eso, corneta. Son lobos, señor, muchos lobos, señor, replicó el aludido señalando una enorme silueta que en ese preciso instante dibujó la luna en el borde de una colina. El alférez Aibel vio también a sus soldados arrojar platos, cucharas y pocillos para correr hacia ninguna parte. Pensó primero que desertaban, pero luego se dio cuenta de que habían cercado las monturas de la compañía y se lanzaban sobre ellas como si se tratara del más fiero de los partisanos osoletas.

El alférez Aibel se quedó suspenso en el acto de abrocharse el cinto. Están locos, señor, le gritó el primer corneta Marcus Gleeson mientras se metía de un salto en la letrina. El gordo esperó por un momento a que el alférez lo siguiera, pero fue en balde. Pasmado, con las manos en el cinto, el alférez Aibel contempló a los aguerridos miembros de la Quinta Compañía de Fusileros devorar sus propias bestias, desnudarse y brincar por el campamento como si ejecutaran una especie de ballet impresionista, un ballet que los críticos juzgarían moderno por tener matices cavernícolas. El alférez Aibel vio al capellán de la compañía profiriendo maldiciones y sumándose después a aquel castigo bíblico. Vio su propia ruina y oyó a sus hombres más bizarros rugir como animales mientras desperdigaban las vísceras del ganado. El alférez Aibel lo vio todo y sólo se le ocurrió disparar al aire. Disparó y sintió que aquella orgía duraba más allá de los diez minutos que de hecho duró, más allá del plazo que los hados le tenían dispuesto para ser un hombre en la tierra, bastante más allá, hasta el día de muchos años más tarde en que el primer corneta Marcus Gleeson relatara al sherpa Pasang Nuru por qué decía que había muerto con los tristes de la Quinta Compañía de Fusileros.

O aún más tarde, cuando el propio Pasang Nuru recordase estremecido el relato del gordo Gleeson frente a la muda audiencia de dos descreídos periodistas británicos y una cámara portátil bastante menos expresiva. Por entonces el sherpa sabía perfectamente que sus huéspedes no habían viajado hasta allí para escucharlo hablar del destino de la Quinta Compañía de Fusileros. De cualquier modo había decidido contarlo, pues él mismo había tenido que esperar muchos años sin saber qué suerte habían corrido aquellos hombres, y en cierta forma se sentía endeudado con Gleeson por habérselo explicado, aunque fuera en parte.

Durante décadas, el antiguo intérprete del capitán Reissen-Mileto había rememorado obsesivamente la escena que recibió a la expedición a su vuelta de la Gruta del Toscano: el campamento vacío, su orden intachable, los fusiles alineados en la tienda de oficiales, las botas destrozadas y los uniformes doblados a escasas millas del valle. Y tantas más. Había acuñado toda suerte de teorías para explicarse lo ocurrido. Nunca sin embargo sospechó que la desaparición de aquellos hombres tuviese que ver con botas raídas ni con hambrientos lobos. Por eso, mientras Gleeson le contaba en tiempo real lo que vio, escuchó o imaginó desde su refugio en la letrina, Pasang Nuru sintió otra vez que el viento abría un hueco en el techo de su tienda y el simurg de plomo volvía a decirle atención, sherpa de mierda, atención porque este gordo no sabe lo que dice. Míralo bien, Pasang

Nuru Sherpa, mira cómo le tiemblan las manos cuando habla, mira que no es capaz de mantener una conversación coherente.

Pero a esas alturas el sherpa ya no estaba con ánimos de escuchar las advertencias del cernícalo de plomo. Pasang Nuru había tardado en cuestionar al gordo Gleeson y ahora no le quedaba más remedio que creer lo que éste le dijese. Era obvio que aquel hombre estaba enfermo, pero eso no quería decir que estuviese mintiendo. El obeso primer corneta de la Quinta Compañía de Fusileros le parecía un hombre honesto, digno de su entera confianza, no peor que el capitán Reissen-Mileto o cualquiera de los hombres con los que había tenido que lidiar en su largo historial de intérprete, reclutador de porteadores, guía de montaña, coadyuvante o testigo en la carrera de los occidentales por conquistar la Gruta del Toscano. Por más que el simurg pretendiera lo contrario, nada de lo que el gordo pudiese contarle merecía que nadie lo descalificase. Así se lo hizo entender al simurg de plomo, pero éste lo interrumpió con un bufido y dijo: Haz como quieras, sherpa de mierda, pero eso de los lobos ya se pasa de la raya. ¿Y qué sabes tú de eso?, le preguntó Pasang Nuru. El simurg replicó que había de lobos a lobos, e intentó marearlo con una obtusa distinción entre la loba poéticamente veraz que aparece por ejemplo en el vestíbulo del infierno dantesco y los descomedidos lobos de los que ahora estaba hablando el gordo Gleeson, que eran claro producto de una imaginación lunática. *Delirium tremens*, sentenció el cernícalo de plomo. *Id est: Pape Satan, pape Satan aleppe.*

Pasang Nuru pensó que la cátedra del simurg no sólo estaba plagada de sofismas, sino que era francamente inaceptable en un simurg de su estatura, de quien habría esperado algo más agudo.

Éste, pensó el sherpa, usaba la retórica de un mercachifle, un vendedor de baratijas o alfombras voladoras, alfombras sin duda auténticas, pero nada más que alfombras. Lárgate, le ordenó al fin sacudiendo la mano como quien espanta de sí un insecto. Pero el simurg de plomo ya no estaba allí. Se había ido antes de que el sherpa lo despreciase.

No obstante, mientras trataba de retomar el hilo del relato del gordo Gleeson, le pareció escuchar como entre líneas, suavemente aunque con saña, la promesa que al partir le hizo el simurg de volver en el momento menos esperado, mas ya no como tu amigo, sherpa de mierda, sino para castigar tu tozudez y tu credulidad.

Y se fueron, suspiró el gordo Gleeson. Sus camaradas de la Quinta Compañía de Fusileros se largaron. Lo dejaron metido en la letrina, huérfano y asustado en el culo mismo de la tierra. En el valle se había impuesto un silencio de campana quieta. Hasta el interior de la letrina le llegaba apenas un suave ulular del viento, acaso el tintineo de un pocillo que rodaba por el suelo, nada más. Era como si los lobos hubiesen venido sólo para secuestrar el ruido y llevarlo donde nadie sino ellos pudiesen escucharlo, rasgarlo, desmembrarlo para alimentar su aullido carnicero. En su escondite, el primer corneta Marcus Gleeson contenía la respiración y esperaba a que alguien le gritase sal de allí, gallina, ya se han ido, Gleeson, no fue nada.

Pero no le gritaron. Nadie vino a sacarlo de allí ni a llamarlo gallina, lo cual, dadas las circunstancias, le habría parecido una bendición. En la letrina sólo había mierda y después moscas, unas grandes moscas negras que comenzaron a asediarlo como si con ello quisieran castigar su huida, su piel blanca y adiposa, su epidermis sospechosamente lisa, inexplicablemente inmune a la pelambre y la hinchazón que había agobiado a sus camaradas. Entonces se dijo: Ahora sí que te llevó el demonio, Marcus. Y abandonó el retrete con el alma hecha un ovillo.

Pero no es eso lo que he venido a contarle, se interrumpió de pronto el gordo Gleeson dando un largo sorbo a su infusión. Sus motivos para estar en la llanura eran más altos y más nobles, dijo. Bástele saber, amigo Nuru, que abandoné el presidio de Auckland hará cosa de tres años, en la noche de san Eustaquio de 1940, dijo. Acto seguido aclaró que a él lo habían dejado libre por buen comportamiento, ni más ni menos, pues un caballero no se evade de la cárcel como si fuera un criminal. A esas alturas el intendente del presidio le había tomado algún afecto, de modo que le permitió volver al mundo si prometía por lo más sagrado que no volvería a hurtar ropa de mujer. Lo cual juró el convicto Marcus Gleeson de muy buen grado, no sólo por salir de allí cuanto antes, sino porque en su larga reclusión había aprendido que hay maneras más honestas para renovar el propio guardarropa.

Al cabo de unos meses en libertad el tal Gleeson había comenzado a ganarse la vida y a adquirir faldas, pelucas y zapatos de tacón con el sudor de su frente. Nunca más volví a robar, declaró el gordo con un orgullo que Pasang Nuru no alcanzó a compartir. Nunca más, repitió el gordo. El intendente del presidio le había conseguido un trabajo de estibador. El trabajo no le pareció sencillo ni bien remunerado, pero sus años en la cárcel de Auckland le habían enseñado también que el trabajo ennoblece, y que un hombre puede alcanzar la plenitud alimentándose tan sólo de tomillo y zanahoria. En ese tiempo, el gordo Gleeson perdió ocho libras de peso y pudo ahorrar un poco para comprarse a veces un sostén, a veces un liguero. En sus ratos de ocio, que no eran pocos, escribía al sabio portugués, que seguía preso en la cárcel de Auckland. Cartas largas y prolijas donde contaba a su maestro los descalabros del hombre libre, sus impresiones de un mundo al que no acababa de adaptarse porque lo sentía demasiado frío, desprovisto de ambición y poco fértil para el pensamiento. Cuando no estaba escribiendo o trabajando en el puerto, se paseaba por la ciudad con un libro bajo el brazo y se detenía frente a los escaparates de las tiendas de ropa, donde se extasiaba hasta el sonrojo mirando la mercancía que llegaba cada dos meses de las mayores ciudades europeas y americanas.

En cierta ocasión el gordo Gleeson descargó en el puerto una docena de cajas que habían llegado de Amberes con el invitante sello de una tienda holandesa connotada por la finura de su lencería. Incapaz de resistir la tentación de acariciar aquellas joyas, esa noche el gordo se introdujo a hurtadillas en el galpón de la naviera, desclavó un par de cajones y pasó una hora celestial probándose aquella feliz cornucopia de ropa femenina. Con los ojos anegados enfundó su cuerpo de cetáceo en vestidos de seda, ciñó su vientre con armazones y sus muslos con ligueros, se pavoneó por el galpón en bragas, con la calva velada por un sombrero estilo Emperatriz Carlota y los pies enfundados en un par de zapatos rojos que lo hicieron sentirse a un escalón del Walhalla.

En eso estaba cuando oyó abrirse las puertas del galpón y alcanzarlo el vocerío de una cuadrilla de marineros ebrios. No era tanta la luz como para distinguir sus rostros, aunque sí para que ellos contemplaran a aquel cetáceo humano que se había quitado el sombrero estilo Emperatriz Carlota y se cubría con él las partes blandas en un gesto que sólo empeoró las cosas. Tras un segundo de sorpresa, los marineros estallaron en risotadas, lo rodearon y finalmente lo llevaron a un rincón donde el gordo fue arrancado del éxtasis para entrar en un infierno donde un demonio de infinitas cabezas, manos y bocas lo sometió a un prolongado ultraje de caricias, golpes, besos de aguardiente y sucesivos empalamientos.

No duró el ultraje más de media hora, pero al final el gordo Gleeson se sintió como si los marineros lo hubiesen mantenido dos semanas en la ácida penumbra del galpón. Al marcharse, el demonio de infinitas bocas beodas tuvo la atención de cerrar la puerta tras de sí, de modo que el tal Gleeson se quedó en penumbras, naufragando entre vestidos jironeados y toda suerte de viscosidades. Todavía faltaba un tiempo para que los golpes comenzaran a dolerle de verdad, pero aun así pudo sentir su magnitud y su inminencia. Con gran esfuerzo consiguió ponerse en pie, contempló el desorden pantagruélico que le había dejado su liviandad, devolvió lo que pudo a sus cajones y salió renqueando del galpón. Ya se perdían a sus espaldas las luces del puerto cuando notó que su cojera no era sólo producto de los golpes recibidos, pues al mirar su pie izquierdo descubrió que aún llevaba puesto un zapato rojo con la etiqueta de los almacenes Groeper atada a la base del tacón. El gordo Gleeson se sentó en la acera, se quitó el zapato y entonces, mientras contemplaba aquel involuntario trofeo de su desdicha, supo, sin ningún género de dudas, que su mentor acababa de morir envenenado en la celda octava del presidio de Auckland. Por un momento pensó que los golpes que acababan de propinarle le habían sesgado la melancolía y que en realidad su maestro había sido al fin exonerado de sus culpas, rehabilitado en su nación de navegantes y coronado de gloria por su infinito saber. Pero aquella visión fue muy pronto desplazada por otra más nítida: sin apartar los ojos del zapato holandés, el primer corneta Marcus Gleeson vio la celda de su mentor, sintió su frío y vio sus muros trazados de mapas, versículos bíblicos y pasajes íntegros de Swedenborg que su maestro habría escrito con la punta monda de una hebilla negociada a sus custodios. Extrañamente vio también la consistencia inasible del graznido de las cacatúas que despertaban a los presos antes que la voz del intendente. Vio en un escondrijo de la celda octava el raquítico cuenco de madera donde esperaba su destino un polvo ceniciento que el sabio portugués le había mostrado con orgullo como si fuese un manojo de llaves para abrir la puerta de su celda, de cualquier celda. Y vio por último a su maestro, desnudo y con las piernas corroídas por un ácido antiguo e incierto, desnudo y escribiendo una carta que el primer corneta Marcus Gleeson recibiría semanas después de su ultraje en el galpón. Una carta también larga y prolija en la que su mentor, su faro, su Virgilio, le heredaba los diagramas y su idea largamente ponderada de conquistar el infierno de Dante a bordo de un globo aerostático.

Pasang Nuru aclara aquí que ya para entonces detentaba ideas bastante ordenadas sobre la locura y el caos. Dice que su convivencia con los hombres le había enseñado que no hay proeza sin delirio ni locura que no parta de una especie de suprema claridad. Reconoce, por otra parte, que el tema del destino le parecía sumamente complejo, y que sus conclusiones al respecto eran todo menos ordenadas. Más que conclusiones, prefiere llamarlas perplejidades, exorcismos mentales, anzuelos arrojados sin pensarlo mucho en las aguas procelosas de la condición humana. A veces, por ejemplo, especulaba que hasta la más descompuesta sucesión de eventos tenía que estar regida por un sistema. Evidentemente, nadie sabía cuál era tal sistema o si éste obedecía, digamos, a vectores matemáticos o a una impermeable lógica de premios y castigos cuya ejecución estaba en cargo de un espíritu también impermeable. Cada hombre, concluía el sherpa recitando para sí los versos del peregrino de su infancia, está buscando y esperando algo. Pero lo que busca no es siempre lo que espera. Cada hombre intuye que alguien, en un sueño o en un momento crucial de su niñez, le entregó una visión, una profecía tan intrincada que a veces no hay manera de saber con certeza cuándo exactamente se cumplió, si lo hizo de muchas formas o si no se cumplió jamás. Cada hombre, en suma, esperaba en su fuero interno la llegada de sus ingleses en todo su poder y en toda su gloria. Por desgracia los ingleses que esperaba Pasang Nuru no habían honrado su bien ganada fama de puntuales y se habían tardado mucho en llegar. El sherpa había dedicado la mitad de su vida a buscarlos entre todos los hombres: en los osoletas que arrasaron el Tíbet poco después de la visita del peregrino a su pueblo, en el recio capitán que lo llevó a descubrir la Gruta del Toscano, en el místico jesuita Mário Gudino y hasta en los italianos del general Massimo Sansoni. Pero pasaban los hombres, se desvanecían las cosas y se atropellaban los acontecimientos sin que el sherpa se sintiese seguro de que aquéllos eran o habían sido *sus* ingleses. Uno tras otro los había dejado ir como algunos dejarían pasar su muerte o el amor o el momento más importante de sus vidas. Los había ayudado a perderse en la Gruta del Toscano sin involucrarse demasiado con ellos, siempre escéptico, siempre despreciando sus obsesiones místicas y simbólicas, siempre convencido de que ninguno de ellos merecía llenar el hueco de su gran espera inglesa.

Con el gordo Gleeson las cosas fueron distintas desde el principio. Cierto, aquel buen hombre no parecía típicamente inglés, pero era definitivamente lo más próximo que había a sus ingleses metafísicos. A su entender, la insistencia del gordo en decirse natural de Nueva Eyre podía ser sólo una añagaza, un recurso de su locura para ocultar su enconado ser inglés. No es que el sherpa no hubiese hablado antes con personas nacidas, nutridas o cultivadas en la isla británica. Sin duda había conocido a muchas, tal vez demasiadas, pero éstas jamás cumplieron con sus expectativas, nunca encajaron en la idea algo arbitraria que se había ido fraguando del ser inglés desde que oyó la profecía del peregrino. Nada le había costado resignarse a que Massimo Sansoni fuese italiano o que el doctor Seignerus fuese alemán. Pasang Nuru había aceptado aquello como si le hubieran dicho esa mujer es alta o esa manzana es verde o roja o amarilla. En cambio, quienes decían ser ingleses le parecían irremediablemente mentirosos. Quizás ellos mismos estaban convencidos de que eran ingleses, pero el sherpa habría apostado lo que fuera a que, en el momento menos pensado, sometidos a la conveniencia o al suplicio, aquellas personas habrían renegado de su patria sin que sus torturadores tuviesen empacho alguno en creerles.

Pero al tal Gleeson nadie le habría creído si abjurase de su ser inglés. El más cándido de los inquisidores se habría rehusado a aceptar sin más que aquel gordo desorbitado no era inglés. Un inglés como un templo, un espía inglés, el último de los dodos ingleses, un explorador inglés, un hijo de puta inglés que rebosaba inglesidad por los cuatro costados. Ni el flemático capitán Reissen-Mileto le había parecido tan cercano a lo que él pensaba o esperaba de sus ingleses. El primer corneta Marcus Gleeson podía haber nacido en China o en Escocia, podía haberse llamado de cualquier otra manera, podía inclusive haber odiado denodadamente a los ingleses sin que nada de eso obstase para convencer a Pasang Nuru de que ahí estaba el tuétano mismo de la profecía del peregrino. Si de algo estaba convencido el noble sherpa era que ese tipo concreto de inglesidad no se adquiría por el nombre, el terruño o la lengua. Debía ser otra cosa. Tal vez, pensó la noche en que conoció a Gleeson, era su extraña forma de mezclar la excentricidad con las buenas maneras, la locura honesta con la flema aviesa. Pero no: tampoco era eso, no podía ser eso. Acaso era más bien que cada poro de aquel buen gordo, por esas cosas de la vida, exudaba una imparable voluntad de ser inglés, una voluntad que iba más allá de toda comprensión y aun por encima de toda resistencia. No otra debía ser la razón por la cual Pasang Nuru le había perdonado la vida y aceptado sin reparos su fárrago de historias delirantes. Sí, debía ser eso: una intuición, un presentimiento que se convirtió en absoluta certeza cuando el gordo Gleeson le anunció que el sabio del presidio de Auckland le había heredado la idea de alcanzar el fondo de la gruta en aerostato. Entonces, sólo entonces, como si le hubieran abierto en la frente un tercer ojo, Pasang Nuru se dijo sonriendo que su larga espera había valido la pena.

¿Un globo?, exclamó el sherpa, y enseguida se arrepintió de haber dado a sus palabras un énfasis de incredulidad. Sí, un globo, respondió Gleeson, visiblemente ofendido. Un aerostato, amigo, un Montgolfier. Una enorme bolsa de aire caliente con una canastilla de mimbre, dijo. Sé muy bien lo que es un aerostato, replicó el sherpa, también molesto. No crea que por vivir en el culo del mundo soy un ignorante, dijo.

No se ofenda, amigo, dijo Gleeson, y extrajo de su chaleco un pedazo de papel raído que desdobló amorosamente sobre la mesa. Pasang Nuru lo miró hacer recordando para sí que una superficie cualquiera no toleraba ser plegada a la mitad más de ocho veces, importante conclusión a la que había llegado después de varios años de experimentar dobleces en todo tipo de materiales, a cual más delgado. Pero el papel del gordo Gleeson seguía desdoblándose sobre la mesa del tendejón. El sherpa contó hasta quince dobleces y no pudo creerlo cuando al fin tuvo ante sí aquel pliego inmenso: un auténtico universo de papel agobiado por un vertiginoso sistema de fórmulas, bocetos, planos y diagramas que parecían robados de la pesadilla de un armero renacentista. Vio, entre muchas otras cosas, un instructivo para fabricar, ensamblar y rellenar un aerostato de tamaño modesto. Reconoció un diagrama minucioso de los nueve círculos y las incontables fosas, ríos y lagos que formaban el Infierno de Dante Alighieri tal y como alguna vez se lo había mostrado el jesuita Mário Gudino. Vio una tabla barométrica donde se explicaba cómo y por qué la temperatura del abismo descendía en vez de ascender. Intuyó al centro del pliego un acucioso diagrama donde se indicaban, con lujo de detalles, las corrientes subterráneas de la cueva y las acrobacias exactas que tendría que ejecutar la aeronave para aterrizar con la gracia de un cisne en el fondo helado del Cocito. Finalmente, en el margen superior izquierdo del pliego, el sherpa reconoció con más pena que asombro un mensaje manuscrito donde el sabio portugués indicaba a Marcus Gleeson el camino que debía seguir en la cordillera para alcanzar la entrada de la gruta luego de ensamblar el aerostato en la tienda de un sherpa llamado Pasang Nuru, antiguo intérprete del capitán Reissen-Mileto, cuya experiencia le sería sin duda inapreciable para llevar su arriesgada empresa a buen término.

De esta forma comenzó la primera y última incursión aérea a las entrañas del mundo. No había sanado aún la herida en la cabeza del primer corneta Marcus Gleeson cuando un ejército de porteadores inundó el llano con un alud de cajas, sacos, lona y alambrón. En el colmo de las perplejidades, Pasang Nuru vio también llegar tres jaulas de carrizo, en cada una de las cuales venía una pareja de zarigüeyas de caverna idénticas a las que años atrás había aniquilado el malandante doctor Seignerus. Cómo o de dónde obtuvo el gordo aquellas cosas, fue para el sherpa algo tan insondable como los planos que usarían para ensamblar el aerostato. Gleeson, por su parte, parecía otro. En esos días hizo gala de una asombrosa capacidad de mando que iba a parejas con una notable agudeza mecánica y una desaforada vitalidad. Las órdenes de aquel gordo impredecible eran cumplidas por los porteadores como si procediesen del Gran Khan. El propio Pasang Nuru, que al principio estimó a Gleeson como una suerte de molusco más digno de cariño que de respeto, se plegó a su autoridad como no recordaba haberlo hecho desde los tiempos del capitán Jan Reissen-Mileto y el teniente Ehingen de Granz.

No fue menor su asombro cuando vio que la empresa avanzaba sin los contratiempos que ineluctablemente habían entorpecido o atajado la marcha de anteriores expediciones. Nunca dieron los porteadores la más ligera señal de querer desertar, no digamos de iniciar alguna de sus proverbiales huelgas de brazos caídos. Jamás mostró Gleeson signos de fatiga, mal de altura o cualquiera de los muchos padecimientos que el sherpa había visto devastar a hombres infinitamente más recios. Por más que lo intentaba, Pasang Nuru no alcanzaba a entender si aquello era una transformación o una simple revelación del primer corneta Marcus Gleeson. Aun en los frenéticos preparativos de su viaje aéreo, el gordo seguía pareciéndole tan excéntrico como antes. Definitivamente, pensó el sherpa, su manera de ver el mundo había cambiado. De pronto lo desorbitado parecía ser lo correcto. Por simple contraste con sus predecesores, Marcus Gleeson era incapaz de ver el significado simbólico del abismo o el romanticismo de su empresa. Además, carecía por entero de ambición, y era justamente de esa ausencia de donde sacaba su fortaleza, su inesperado liderazgo, su notable buen sentido para los asuntos prácticos. Nada parecía más lejos de sus propósitos que ganar fama o darle una lección a la humanidad. Ni siquiera se mostraba particularmente interesado en constatar si la Gruta del Toscano era el infierno dantesco. Si acaso, pensaba el sherpa, su motor era la gratitud, su gratitud y pasión casi infantil hacia el sabio que lo había acompañado en su locura, lo cual, en opinión del sherpa, bastaba para que sus perspectivas de salir airoso de la gruta fuesen mayores que las que nunca soñaron tener quienes lo habían precedido.

El aerostato inició sus pruebas en un tiempo récord de diez días. Y en poco menos de tres semanas estaba ya ensamblado en el interior de la Gruta del Toscano, a orillas del Aqueronte, henchido y listo para alzar el vuelo hacia el centro del abismo. En sus vuelos probatorios, como solía llamarlos, el gordo Gleeson mostró una pericia innata para guiar el globo como si se tratara de un perro faldero, un animal doméstico y azul que se mezclaba con las nubes tibetanas y daba a veces la impresión de jugar con ellas a convertirse en pato, en biplano, en una pareja de amantes indios que se besaban con la bendición de aquel aeronauta de cien kilos, que parecía también relleno de aire caliente. En varias ocasiones el sherpa rechazó cortésmente la invitación que le hizo Gleeson de acompañarlo en alguna de sus pruebas, y aunque no se arrepintió jamás de haber permanecido en tierra, conservó la certeza de que con esa negativa había renunciado a una de las pocas muertes placenteras de las muchas que el destino le tenía asignadas.

Los días previos al despegue, el gordo Gleeson los pasó cazando mariposas en la selva áspera que franquea el vestíbulo de la Gruta del Toscano. Mientras sus hombres se afanaban en los últimos preparativos del viaje, el primer corneta perseguía al macho de una rara especie de coleóptero que, en opinión de su maestro, sólo podía hallarse en aquellas latitudes y era altamente apreciada en los más venerables círculos entomológicos de Europa. Tal fue el empeño que puso en su cacería, que por momentos Pasang Nuru temió seriamente por el destino del globo y todo cuanto en él se había invertido. Bien es cierto que el sherpa se había acostumbrado a esperar de Gleeson esos y aún más drásticos cambios de rumbo. Pero a esas alturas del partido, el viaje de su huésped al corazón de la gruta había adquirido para él un carácter inesperadamente personal, como si también él o sólo él, por primera vez en su vida, lo hubiese apostado todo a la travesía de su amigo y a la preocupante voluptuosidad de su juicio.

La víspera del despegue el sherpa resolvió encarar sus temores y preguntarle a Gleeson si aún tenía intenciones de seguir adelante con el descenso. Al oír esto, el gordo lo miró como si fuese él quien dudase de la salud mental de Pasang Nuru. Luego le dijo que estuviese tranquilo, pues esa misma mañana había encontrado al fin un magnífico ejemplar del *Trifinus melancolicus*, y no estaría mal celebrarlo con un descenso a los infiernos.

En efecto, al día siguiente, muy temprano, el primer corneta Marcus Gleeson revisó con rigor castrense el aerostato, la presión atmosférica, la ruta a seguir entre los círculos infernales, los aparejos que llevaría en su vuelo, el estado físico de las zarigüeyas con que pensaba iluminar el fondo de la gruta, sus reservas de agua y una provisión más que bastante de cocido de tomillo. Con los nervios desechos y luchando en su fuero interno con una enorme congoja, Pasang Nuru observó en silencio cómo el gordo se acercaba al aerostato y se quitaba la bota izquierda para calzarse un espigado zapato rojo. Sólo entonces, mientras su amigo entraba con agilidad en la canastilla del globo, el sherpa se atrevió a decirle vuelva pronto, amigo Gleeson, pues aún debe usted contarme qué paso con los tristes de la Quinta Compañía de Fusileros. Desde la canastilla, el gordo dirigió al sherpa una mirada de sorpresa y le replicó: Usted perdone, señor Nuru, pensé que se lo había dicho: a los de la Quinta de Fusileros se los llevó el demonio. Usted perdone, repitió sinceramente apenado mientras el globo ganaba altura sobre las aguas ácidas del Aqueronte.

Libro segundo

EL GUSANO QUE HORADA

LA TIERRA

L A MUCHACHA EN LA CABINA DE EDICIÓN NO SE LLAMA Milena. Eso lo sabemos todos en el gremio, pero nos da igual. Por nosotros, Milena puede llamarse como le plazca. Elizabeth o Cleopatra o incluso Jacques. Su enfadoso compañero de trabajo, cuyo nombre es indisputablemente Seamus Linden, tiene una teoría muy singular sobre el empeño que pone ella en hacerse llamar así, aunque prefiere callársela. También él la llama Milena, o mejor dicho, My Lenna, que para el caso es lo mismo. Digamos, pues, que la muchacha en los estudios de la BBC se llama por ahora Milena, y que en cualquier caso tiene los ojos de la novia de Franz Kafka, acaso un tanto menos almendrados, pero sin duda los mismos.

Por lo que hace al resto de sus rasgos y maneras, Milena no es lo que se diría una amante bohemia, más bien todo lo contrario. En realidad, aunque eso no le consta a mucha gente en Londres, se considera tímida y se sabe mucho más reprimida de lo que quisiera. Ambas cosas la avergüenzan, mas no puede hacer gran cosa en su remedio. La subleva no sentirse segura de sí misma, y por eso intenta disimularlo con una ofensiva ausencia de maquillaje y un desparpajo obcecadamente viril en el hablar. Su cabello sería hermoso si no lo llevase tan corto, pues el pelo largo, asegura, es una imposición tiránica de los varones. Cuando la oye decir esto, Seamus Linden le pregunta con sarcasmo qué piensa entonces de los hombres que llevan el pelo largo. No me jodas, ésa es una típica trampa machista, dice Milena mientras trata de olvidar su propio grito cuando el sherpa le mostró su zarigüeya disecada. Mejor dime qué vamos a hacer con esa cinta inútil, dijo. Si se enteran que gastamos tanta película y tanto dinero en filmar a un chino hablando de zarigüeyas, aerostatos y manicomios australianos, de seguro le dan la exclusiva a alguien más.

Seamus Linden palidece. Su postura de jeque árabe en el diván de vinipiel se ha esfumado de golpe, como si su colega hubiese prendido fuego a su estudiada estampa oriental. ¿De qué hablas, Milena?, grita. ¿A quién más podrían darle la exclusiva? A Milena la complace que por una vez su colega no la llame My Lenna. Consciente de que Linden ha empezado a pasarlo mal, se toma su tiempo para responder. Pausa la grabación, rebobina, pausa de nuevo, se encoge de hombros y dice: No sé, a Ekaiser o a Haskins, por ejemplo. ¿Haskins?, exclama el otro fuera de sí. Eddie Haskins sería incapaz de aceptar algo así, Milena, Eddie es un camarada y juega limpio, dice. ¿Estás seguro?, pregunta ella, y disfruta al ver que su colega titubea. Me da igual quién pueda quedarse con la historia, dice al fin el pesaroso Seamus Linden. Lo que importa es que aquí hay una gran historia y que el sherpa nos confió la cámara fotográfica a nosotros, Milena, sólo a nosotros. Entonces ella arquea las cejas, tuerce los labios y le recuerda dos cosas: Primera, que no soy Tu Lenna, y segunda, que el chino me confió la cámara sólo a mí, Seamus, que quede bien claro.

Encima eso, piensa Seamus Linden. Lo piensa pero no lo dice. Calla porque entiende que sería un error fatal echarse en contra a quien tiene los ojos de la novia imposible de Kafka, cuanto más si lleva razón. Cierto, el maldito sherpa le había confiado la cámara fotográfica a ella, principalmente a ella. En mitad de la entrevista, Pasang Nuru enmudeció, miró a la chica detenidamente, le dijo que le iba bien el pelo corto y le entregó sin más una bolsa de plástico en cuyo interior se sugería un objeto rectangular. Milena tomó la bolsa con la punta de los dedos, como si temiese hallar en ella otro cadáver pétreo, quizás un repugnante insecto preservado en ámbar.

¿Qué es eso?, preguntó Linden al sherpa, que sonreía como si acabase de quitarse un tremendo peso de encima. La cámara, respondió. ¿Cuál cámara?, preguntó Milena. La cámara de los ruritanos, respondió Pasang Nuru. Entonces Seamus Linden le dijo que eso no podía ser, señor Nuru, pues no había cámaras de ese tipo cuando el capitán Reissen-Mileto descubrió la Gruta del Toscano. No, dijo enfático el sherpa, hablo de los otros ruritanos, los que bajaron a la gruta en 1949.

Al oír esto Linden sintió que una descarga eléctrica le estremecía la médula espinal. Milena había extraído el paquete de la bolsa y jugueteaba ahora con una cámara que él reconoció enseguida como una Leica 600, juguete predilecto de cualquier aventurero después de la Segunda Guerra Mundial. Luego recordó que, en efecto, una expedición de ruritanos había estado a punto de conquistar el abismo a finales de los años cuarenta. Hacía tiempo había leído el testimonio de uno de los supervivientes, y estaba seguro de que alguno de sus colegas llevaba años investigando sobre esa expedición y seguramente preparando un libro al respecto.

Poco más podía recordar Linden de la expedición ruritana, pero eso le bastó para entender que el regalo de Pasang Nuru podía ser el hallazgo más importante de su carrera. De repente, las historias que el sherpa les había contado esa tarde adquirieron un sentido nuevo, encajaron en su mente como si la cámara fotográfica en manos de Milena le hubiese disparado un dardo entre las cejas, un dardo empapado en claridad, una claridad que acabaría por alumbrarlo todo, no sólo la historia de la Gruta del Toscano, sino su propia existencia y hasta la de Milena.

Abrumado por esa claridad, Seamus Linden atropelló al sherpa con una andanada de preguntas. ¿De dónde había sacado la cámara? ¿Cómo se llamaba el dueño? ¿Qué más podía decirles de la expedición ruritana de 1949? Pasang Nuru esperó educadamente a que el periodista terminase de hablar. Luego miró a Milena, volvió a mirar a Linden y dijo: Lo siento, yo no estuve allí en 1949. La última vez que entré en la Gruta del Toscano fue en 1943 para acompañar a Marcus Gleeson. Y con esto retomó el sinuoso hilo de su relato como si la cámara fotográfica de los ruritanos, su enigmático dueño y aun sus huéspedes británicos jamás hubieran existido.

Dice el sherpa que esperó cuarenta días el regreso del primer corneta Marcus Gleeson. Cuarenta días con sus noches, ni uno menos, dijo. Lo esperó sin apartarse apenas del sitio donde viera partir al gordo sacudiendo la mano ante una multitud imaginaria que lo despedía como a una reina de belleza. Lo aguardó con infinita paciencia, y puede también que con cierto escepticismo. Sólo así habría podido soportar tanto tiempo en la boca misma del infierno. Sólo la intuición de que su amigo podía estar muerto le dio fuerzas para marcar el compás de los minutos, las horas y los días que pasó en las riberas del Aqueronte: los minutos que gastó en espantarse el dolor de haber perdido a Gleeson de manera francamente estúpida, las horas que consagró a perseguir insectos para mitigar su hambre, los días que pasó durmiendo hasta confundirse en una cuarentena que no estuvo libre de fiebres, mosquitos y revelaciones de dudoso carácter místico.

Dice el sherpa que una noche vio emerger de las profundidades del abismo una luz resplandeciente, y pensó que el gordo Gleeson regresaba victorioso de su viaje. Dice que esperó con la ansiedad de un niño que lo alcanzase aquella luz, pero que ésta era sólo una zarigüeya famélica que cruzó quién sabe cómo el Aqueronte y fue a morir a sus pies para que él la disecase y la mostrase años después a sus huéspedes británicos.

Dice también el sherpa que en ese lapso sus sueños de piedras locuaces fueron desplazados por un sueño que habría sido excesivo llamar sueño. Era más bien una alucinación codificada en Braille. Un daguerrotipo para manos amodorradas. Como si un rabino de Cracovia hubiese hallado la forma de traducir las fluctuaciones del color a delicadas placas sensibles sólo al tacto de los ciegos. En su visión, también Pasang Nuru era ciego. Llevaba años siendo ciego y era por tanto capaz de leer con precisión la imagen que en ese momento se había instalado en la placa braille de su cabeza. Sentía o creía sentir que en esa tabla de metal o arcilla, labrada hacía siglos y hasta entonces conservada en una biblioteca egipcia, estaba escrita la historia secreta de la humanidad. En el tumulto de sus formas, alguna llamaba su atención, y de ésa pasaba a otras. Declinaba el día, y a medida que sus dedos se movían sobre la placa, el sherpa comprendía que no había cosa en la tierra que no estuviese ahí. Lo que había sido, lo que era y lo que sería. La historia del pasado y la del futuro, lo que había tenido y lo que tendría. Todo ello lo esperaba en alguna parte de ese laberinto tranquilo. También estaba ahí el diagrama plegadizo de la Gruta del Toscano que el sabio portugués había dibujado para el gordo Gleeson y su instructivo para ensamblar el aerostato, y otro dibujo, más pequeño, de la órbita de Plutón según los cálculos del cosmógrafo irlandés Johannes Carolus Druxis, alias *El Murciélago*, posible mecenas de William Shakespeare, cuya obra completa, en edición económica de Magpie Books, aparecía también en la placa estremeciendo los dedos del sherpa con la sentencia de Enrique V en el drama del mismo nombre: *Thus comes the English with full power upon us.*

Diantres, dijo el sherpa, sorprendido él mismo de haber maldecido en inglés. Aquella frase era idéntica a la que lo había obsesionado desde niño. Pero ahora llegaba hasta él con un sentido nuevo. Fue como si un portón cerrado por espacio de muchas décadas se hubiese abierto al fin para que Pasang Nuru entrase a saco en el territorio antes vedado de la lengua inglesa. De repente la obra completa de Shakespeare le resultó no sólo comprensible, sino hermosa en extremo. Ni la lengua de Dante, recitada con fruición por Mário Gudino y con franca chulería por el general Massimo Sansoni, lo había estremecido de esa forma. Ésta era una lengua radiante, virginal, reservada para él como si la sentencia del peregrino de su infancia no se hubiese referido a los ingleses, sino al inglés mismo, así, diría luego Pasang Nuru en su perfecto inglés isabelino, así, con su sintaxis, sus palabras cortas y esa sonoridad lacustre que entonces lo arrancó del sueño en la caverna y lo convenció de que había llegado su hora de alejarse del maldito abismo que acababa de engullir al único amigo que creía haber tenido en la vida.

¿Por qué abandonó el sherpa la llanura? Él mismo no podía explicarlo. A veces lo veía como un castigo, pero no sabía si era él quien castigaba al abismo o si éste lo castigaba a él. Otras veces hablaba de huidas y de miedo. Y otras más lo atribuía sencillamente al hartazgo, a un impulso natural de buscar algo en otra parte, acaso un punto a partir del cual ya no fuese posible volver atrás, un lugar que había de darle la luz, quizás incluso la muerte.

Lo cierto es que el sherpa se alejó de la Gruta del Toscano sin estar seguro de que volvería. Contagiado por la errancia del primer corneta Marcus Gleeson, Pasang Nuru dejó su tendejón en febrero de 1944. Salió del Tíbet y llegó a Delhi días antes de la masacre de Lahore. Dice que el aire allá era tan denso que sin dudarlo siguió su camino hasta Bombay, donde abordó un carguero saudita que sacaba a la gente de la guerra asiática para entregarla a la ignominia africana. A mediados de marzo desembarcó en Ciudad del Cabo y llegó a lomo de mula hasta las lindes absolutas del desierto del Kalahari. Allí entró al servicio de un bullicioso belga que traficaba piedras preciosas y polvo de molibdeno en todos los rincones del continente. Gracias a aquel hombre pudo el sherpa conversar con tres pigmeos en las faldas del Kilimanjaro, orinar sobre hipopótamos en un afluente del Zambezi, escapar por un pelo a los safaris humanos del temible déspota Siphiso Shonwe y sobrevivir a una variedad desconocida de malaria que contrajo en Malawi cuando pretendía pasar al lado mozambiqueño con un cargamento de esmeraldas.

En la miseria más extrema y en la opulencia más absurda, el belga supo tratar a Pasang Nuru con el respeto que sólo puede darse entre los hombres por motivos de mutua conveniencia. Desde el primer momento, el robusto hijo de Flandes comprendió que su empleado, taciturno y leal como un eunuco, había perdido hacía tiempo su paciencia para escuchar penas ajenas, y llegó a estimar su hermetismo por encima de cualquier cosa. Por eso, contra su costumbre y su natural locuacidad, el belga se esforzaba de veras en no abrumar al sherpa con sus memorias de la guerra europea, menos aún con la pesada carga de enseñanzas vitales que ésta al parecer había tatuado en su delicado espíritu flamenco.

Pero una noche el belga no pudo contenerse por más tiempo. Por entonces Pasang Nuru estaba en cama luchando todavía con la malaria, y el belga aprovechó su indefensión para narrarle no sólo sus terrores en la línea Maginot, sino también su infancia bucólica, sus primeros amores, su traumática estadía en el Seminario Conciliar de Lieja y su dolorosa iniciación en la Gran Logia de los Hermanos de la Estrella. Le contó inclusive los detalles más procaces de una autobiografía erótica con la que esperaba enriquecerse cuando el negocio de las esmeraldas ya no diese para más. Ya verá, amigo mío, decía el belga emocionado, ya verá cómo nos premia la vida. Y se apuraba a seguir contando como si supiera que estaba cometiendo un acto ilícito o profundamente cruel.

El abatido Pasang Nuru recibió las confesiones del belga con un estoicismo digno de mejores causas. Ni por un momento dejó de escucharlo. Ni un gemido salió de su boca humeante mientras oía las historias de su patrón. Ni el más leve reproche centelleó en las aguas gordas de su rostro transpirado. Lo escuchó todo sin pedir clemencia hasta que el belga lo dejó hecho un guiñapo en su cama, mirando como entre brumas los primeros rayos de sol que espejeaban en la superficie del lago Malawi.

Horas después, cuando fue a buscarlo en compañía de un médico que había hecho venir desde Pretoria, el belga halló la habitación vacía y la cama del sherpa perfectamente tendida. El baúl donde solían guardar las esmeraldas esperaba en silencio sobre la mesa de noche. El belga lo abrió y vio que faltaban por lo menos cuatro piedras, cuyo monto equivalía al sueldo que debía a su más fiel compañero de fatigas. En el fondo del baúl halló también una cantidad de efectivo que, según decía el sherpa en un recado sin firma, correspondía estrictamente a lo que había costado a su patrón procurarle durante su convalecencia. No hace falta indicar aquí que el ingrato hijo de Flandes jamás volvió a ver a Pasang Nuru.

Conocí a la duquesa Tibia Grics en diciembre de 1981. A esas alturas había perdido casi todos sus encantos, pero aún se le trataba con un respeto que sólo habría merecido la joven viuda de un mariscal de campo. A pesar de la edad, conservaba su aire de medusa en celo. Se escurría acechante entre sus aduladores, se reía de ellos, los desdeñaba. La encontré inclusive más alta de lo que sugerían sus fotografías de tiempos de la guerra. Más alta y más señora de una sociedad que para ella debió estar siempre poblada de sementales liliputienses.

Pero sobre todo, la duquesa me pareció todavía temible: para entonces el capitán Reissen-Mileto llevaba casi treinta años bajo tierra, los chinos finalmente habían conquistado la Gruta del Toscano y el mundo entero había dado vuelcos tan drásticos como impredecibles. Aun así aquella anciana actuaba como si nada de eso hubiese ocurrido sin su intervención o, por lo menos, sin que ella hubiese consentido de algún modo en los trabajos de una humanidad que nunca pudo sustraerse por completo a sus designios.

Nadie supo nunca cómo inició el amor del capitán por la duquesa Tibia Grics. Al ordenanza Beda Plotzbach le irritaba hablar de ella, y lo hacía sólo cuando hacerlo le brindaba una oportunidad para insultarla. Era una puta, me dijo cuando hablé con él en el Portal de los Frailes. La frase me tomó desprevenido, no porque tuviese a Tibia Grics por un dechado de virtudes, sino porque no estaba preparado para oír semejante frase en un hombre como Plotzbach. Su aspecto dócil y apocado discordaba con la dimensión de su rencor. A su juicio, las mayores desdichas de su patrón habían estado siempre vinculadas con su pasión por la duquesa. Una mañana, me dijo, el capitán le mandó descolgar el sable de sus bisabuelos. Así lo hizo el ordenanza, y cuando le preguntó inocentemente si deseaba que puliese el arma con aceite de cardamina, su patrón le replicó que no se molestase, pues no creía que decapitar a una aristócrata ruritana exigiese tanta pulcritud. Horas después, el capitán Reissen-Mileto lloraba en el regazo de su amada y suplicaba su perdón como un niño al que su madre hubiese sorprendido en una falta sin mayores consecuencias.

He sabido por otras fuentes que ese tipo de episodios eran habituales entre ellos. Pero me he leído también que fue la duquesa quien mantuvo al capitán con vida cuando las desgracias se volcaron sobre él. En sus memorias, el doctor Klaus Rohem afirma que el capitán habría muerto mucho antes de no haber sido por la influencia de aquella mujer ingobernable. No sólo fue ella quien salvó al capitán del paredón, sino que también fue la única en creer desde un principio que la Gruta del Toscano era el infierno dantesco. Aun ahora es imposible discernir los motivos de semejante fe. Algunos opinan que aquello fue sólo una de las muchas máscaras de su ambición, pero otros piensan que la duquesa amaba sinceramente al capitán con una pasión tan desbordada como incomprensible para el resto de los mortales.

Cualesquiera que hayan sido sus razones, no hay duda de que la duquesa sostuvo sobre sus hombros una porción considerable de la historia del abismo y del quebrantado ánimo de su descubridor. Actuaba como si ella misma hubiese descubierto la gruta, escribe sin mucho ingenio el doctor Klaus Rohem. Después cuenta que la noticia del naufragio del jesuita arrojó a su paciente en una depresión tan honda que estuvo a punto de ser su tumba. Al parecer, en los días posteriores a la visita del padre provincial, el capitán se negó a seguir el doloroso tratamiento que requería para sobrellevar su enfermedad. Sólo la duquesa Tibia Grics pudo convencerlo de que aún no era el momento de rendirse, escribe el médico. La mujer llegaba antes del desayuno, se encerraba con él en la habitación y se alejaba del enfermo cuando éste conciliaba el sueño. En la vigilia, no obstante, la duquesa lo trataba con tal desprecio que más de una vez los criados acudieron a Rohem para pedirle que salvara a su patrón de las garras de aquella dama inconsecuente. Entonces el médico los tranquilizaba diciendo que ciertos males estaban más allá de su capacidad, y que en ocasiones un amor así era la única forma de arrancar a un hombre de los brazos de la muerte.

En efecto, al cabo de unas semanas el capitán Reissen-Mileto había recuperado unas ansias de vivir no menos alarmantes que su convalecencia. Azuzado por la duquesa, se entregó a la búsqueda febril de cuanto tuviese que ver con el infierno dantesco. De un día a otro la casa de Zenda se llenó de libros, grabados, revistas y cartas de académicos dispuestos a enseñarle hasta el más nimio detalle de la vida, exilios, amores y obra de Dante. El capitán dedicaba sus tardes al estudio, y por las noches presidía interminables veladas donde disertaba con eruditos capaces de discutir hasta el alba sobre un verso poco frecuentado o sobre la posible constitución física de tal o cual círculo dantesco. Sorteando los vapores de una guerra que ya se sentía en el aire, el capitán Reissen-Mileto congregó a pensadores italianos y franceses, ingleses y alemanes que, por el dinero de aquel excéntrico ruritano, fueron capaces de olvidar sus diferencias para departir en torno a su común obsesión poética.

Sobra decir que la duquesa Tibia Grics estaba encantada con la vehemencia erudita de su amado.

De alguna forma el fracaso del padre Gudino le había devuelto íntegro el control de la voluntad del capitán. Y si bien nunca volvió a mencionar en su presencia a los fascistas del general Sansoni, era evidente que para ella la única forma de conquistar el fondo de la gruta era seduciendo a los poderosos sin reparar en lealtades, identidades o devociones. Así, mientras el capitán se entretenía con sus estudios dantescos, ella misma se ocupó de prodigar y escamotear sus favores a cuantos prelados, políticos y militares juzgó necesario conquistar para que, llegado el momento, no faltasen los medios para llevar a cabo una nueva expedición como Dios manda.

Hoy parece que las argucias de la duquesa estuvieron más relacionadas con su intención de aprovecharse de la guerra que con los proyectos cavernarios del capitán Reissen-Mileto. En efecto, la duquesa Tibia Grics sobrevivió indemne al conflicto y a su cercanía con las potencias derrotadas.

Nada de eso, sin embargo, obra contra el hecho de que sus gestiones le sirvieron asimismo para allegarle al capitán los recursos que en 1949 le permitirían armar lo que él consideraba la cordada perfecta para revelar de una vez por todas los últimos secretos del abismo.

Tampoco está muy claro cómo recibió el capitán Reissen-Mileto las noticias de que en 1937 una expedición italiana al mando del general Massimo Sansoni había alcanzado milagrosamente el círculo cuarto del abismo. No es del todo inverosímil que el capitán sólo supiese de esta hazaña hasta bien entrada la guerra, cuando ya Sansoni había muerto en Montecassino y el propio capitán estaba demasiado embebido en sus proyectos personales como para ocuparse demasiado de los fascistas.

De cualquier modo, la incursión de los italianos fue por mucho tiempo el pasaje más glorioso en la historia de la gruta. Naturalmente, no faltaron críticos que hicieron cuanto estuvo en sus manos para cuestionar los méritos de Sansoni. Pero las revelaciones de esta expedición sobre la topografía profunda del anfiteatro infernal, que incluyen el hallazgo de la Estigia y su intento por dinamitar un sistema rocoso comparable con la ciudad de Dite, fueron finalmente acreditados por la academia dantesca, que por primera vez comenzó a tomarse en serio la Gruta del Toscano.

Cuando le pregunté si conocía la opinión del capitán sobre la hazaña de los italianos, el ordenanza Plotzbach negó con la cabeza y dijo que no creía haberle oído nada al respecto. Recordaba, eso sí, con absoluta claridad, que muchos de los comensales del capitán estaban al tanto de los resultados de la expedición de 1937, y que más de una vez hablaron de ella en su presencia. En tales casos, dice Plotzbach, el capitán esperaba a que la conversación cambiase de curso o simplemente se abstraía como asaltado por un remoto e incomunicable pensamiento.

No era muy distinta la actitud de la duquesa cuando el tema de los italianos salía a colación. Beda Plotzbach, sin embargo, estaba convencido de que el solo nombre de Sansoni estimulaba veladamente el orgullo de la duquesa y a veces también su rubor. El ordenanza estaba convencido de que la duquesa había apoyado a los italianos a espaldas del capitán, y que este último sabía de la traición de su amada. En todo caso, dice Plotzbach, el capitán sabía también que la información recabada por Sansoni resultaría al cabo invaluable para que la cueva, su cueva, fuese al fin conquistada como y por quienes él quería que lo hicieran.

Desde que los alemanes ocuparon el Principado de Ruritania, el capitán Reissen-Mileto se aferró a una neutralidad en la que muchos vieron su rencor hacia las instituciones que lo habían humillado cuando descubrió la gruta en 1922. Lo mismo escarnecía a los jóvenes resistentes que a la aristocracia ruritana, que se había entregado al Führer esperando que éste, concluida la contienda, les concediera la autonomía que habían ansiado durante siglos de dominación francesa, germana y hasta eslava. En opinión del capitán, creer en la palabra de los nazis era tan ingenuo como pensar que los aliados les darían la independencia al terminar la guerra sin más razones que la gratitud. Esas cosas, decía crípticamente el ilustre explorador, se negocian fuera del campo de batalla. Y desde luego, no sería él quien les ayudase a hacerlo. Sus preocupaciones eran de otra índole, mucho más significativas para el futuro de la humanidad que para la ambición del pequeño principado al que había entregado en balde los mejores años de su vida.

En los primeros meses de la ocupación, el capitán Reissen-Mileto cambió sus tertulias dantescas por un intenso escrutinio de la historia reciente del alpinismo y la espeleología regional. Mientras el mundo entero se debatía entre bombas y masacres, el descubridor de la Gruta del Toscano construía su ejército privado, una nueva cofradía de seres excepcionales que acometerían la conquista del abismo con los datos, las herramientas y la convicción que hasta entonces habían faltado en sus predecesores. Liberado de sus aprensiones y hasta de su cuerpo, el capitán Reissen-Mileto se entregó a aquel proyecto, lo cual no sólo le permitió enajenarse de la guerra, sino aferrarse a un tipo nuevo de esperanza con la paciencia de quienes enfrentan la última oportunidad de justificar su breve paso por el mundo.

No bien comenzó a avistarse el final de la contienda, el capitán Reissen-Mileto transmitió al ordenanza Plotzbach su idea de crear la Cofradía de Zenda y le encomendó asimismo la intrincada misión de salvarle la vida a sus futuros integrantes.

Hasta ese día, el capitán había guardado para sí aquel giro postrero de sus ambiciones trogloditas, al grado de que sus amigos llegaron a pensar que había renunciado por completo a ellas. A veces, cuando hablaba con su médico de cabecera o con la duquesa Tibia Grics, dejaba caer distraídamente el nombre de un explorador imberbe, expresaba su admiración por las proezas de cierto joven alpinista en los años previos a la guerra o inquiría por los orígenes de un novel espeleólogo. Luego cambiaba de tema o de plano concluía el encuentro con el pretexto de que sus estudios de poesía italiana, combinados con una leve punzada en la vejiga, le exigían recluirse en sus habitaciones.

Así fueron las cosas hasta que los nazis iniciaron su retirada del suelo ruritano. El mismo día en que los aliados desembarcaron en Francia, el capitán invitó a su ordenanza a compartir con él una botella de vino zendiano, y Plotzbach supo enseguida que aquella invitación le deparaba más de una jaqueca. Aficionado a los vinos españoles, el capitán sólo probaba el flojo vino de su tierra cuando se traía entre manos algo muy gordo o algo muy difícil de confesar. En esa ocasión, le dijo a Plotzbach, se trataba de fundar la mejor cordada que jamás se hubiera visto en la historia de la exploración. Según sus cálculos, en menos de tres años los alpinistas más prometedores de la región estarían listos para conquistar la Gruta del Toscano. Él mismo, dijo, se encargaría de instruirlos para que esta vez las cosas salieran bien. Los fondos para la expedición no serían problema, pues la duquesa Tibia Grics se había ofrecido generosamente a financiarla con su modesta fortuna y la de algunos conocidos suyos que le debían demasiados favores y tenían demasiados secretos como para negarle nada. Ahora sólo necesito que usted me ayude a reclutarlos, explicó el capitán a su ordenanza apurándole tres dedos de taimado vino zendiano. Tiene usted, querido Plotzbach, mi absoluta confianza, sé que no le costará ningún trabajo convencer a esos muchachos de que acepten esta oportunidad para cubrirse de gloria.

El ordenanza Plotzbach atendió con buen talante las palabras de su patrón, pero no pudo callarse los temores que éstas le provocaron de inmediato. Sin apartar la vista de su copa, dijo que todo eso le parecía muy bien, salvo que Europa aún estaba en guerra y era probable que los miembros de su cordada perfecta estuviesen ahora mismo parcial o irreversiblemente incapacitados para aceptar su invitación, por tentadora que ésta fuese.

El capitán Reissen-Mileto, muy en su carácter, fingió considerar las razones de su ordenanza. Luego sonrió y, levantando la copa, reconoció que la guerra era todavía un problema, pero era justamente por eso que Plotzbach debía darse prisa si no quería que los mejores alpinistas del mundo se perdiesen en los campos de batalla o en los sótanos de la Gestapo. Era de hecho posible que algunos de ellos hubiesen muerto ya, pero la lista del capitán comprendía quince nombres, de los cuales le bastarían seis o siete para salir con su intención. El ordenanza sólo tendría que saber dónde y en qué condiciones se hallaba cada uno de ellos para que la duquesa Tibia Grics o el propio capitán hicieran lo que hiciese falta para apartarlos del peligro y sumarlos a su noble causa.

La gesta negra de la Cofradía de Zenda se cifra en media docena de libros que no mencionan al ordenanza Beda Plotzbach. En el transcurso de mi investigación he revisado infinidad de documentos: novelas veraces y fotografías dudosas, crónicas incompatibles, entrevistas amañadas y diarios editados para refutarse unos a otros sin que parezca importarles una higa el testimonio del único hombre en el mundo que en verdad hubiera podido decir cómo empezó la desventura de aquella expedición. En febrero de 1948, el discreto servidor del capitán Reissen-Mileto debió de estar presente cuando los seis jóvenes miembros de la cordada, por él reclutados a costa de enormes sacrificios, tuvieron que prestar solemne juramento de obediencia a Werner Ehingen, a la sazón designado jefe de la cofradía. El traslúcido ordenanza Plotzbach tuvo que haber oído la protesta generalizada de aquellos jóvenes aventureros cuando además los hicieron firmar un oprobioso contrato que los obligaba a no escribir ni declarar nada sobre el desarrollo de la expedición en los quince años subsiguientes. Sólo Plotzbach, el único actor de este reparto que jamás comprometió su silencio por escrito, hubiera podido denunciar con entera credibilidad los sucesos que desde esa tarde ensombrecieron el camino de la expedición ruritana a la Gruta del Toscano.

Pero no lo hizo. El invisible ordenanza del capitán Reissen-Mileto se redujo al silencio como si hubiera sido el primero en firmar aquel contrato ignominioso. Se resignó a la inexistencia como si también él hubiese jurado no hablar de la expedición con tal de conservar el sitio que nunca le concedieron los discípulos del capitán Reissen-Mileto.

En la pléyade de testimonios que aluden a la tarde en que nació la Cofradía de Zenda, el silencio del ordenanza Plotzbach se vuelve aún más incómodo cuando leemos que fueron Ulises Stackbach y Néstor Rivatz quienes más se resistieron a jurar obediencia al único hijo del subteniente Ehingen de Granz. Hoy resulta una ironía que fuesen justamente ellos quienes más titubearon a la hora de firmar el documento que les imponía tres lustros de silencio sobre aquella aventura. En su propia versión de los hechos, publicada exactos quince años después de la trágica desaparición de Stackbach y Rivatz en el fondo de la gruta, el gemelo Kástor Jenbatz invoca los pormenores de aquella ceremonia en las oficinas de la Real Sociedad Geográfica, y sugiere que sólo la autoridad moral del capitán Reissen-Mileto permitió que los cofrades accediesen a sus términos, en apariencia draconianos. Sólo el ilustre explorador pudo explicarles que el contrato de silencio había sido la única manera de costear la expedición garantizando a una revista francesa la exclusiva de sus resultados. Sólo él pudo convencerlos de que el inexperto Werner Ehingen tenía no obstante las cualidades de liderazgo necesarias para llevar la empresa a buen término. Sólo el capitán, en fin, pudo mantener a raya a aquellos jóvenes turbulentos que quizás habrían hecho bien en hacerle menos caso y respetarlo menos.

Otros libros, otros testigos se han explayado en las razones que pudieron tener Ulises Stackbach y Néstor Rivatz para objetar aquella tarde el liderazgo de Werner Ehingen. Pero no son menos los que afirman que al capitán le sobraban motivos para considerar que el hijo del subteniente Ehingen de Granz era el hombre idóneo para meter en cintura a una cordada cuyos miembros nunca se caracterizaron por su humildad, su disciplina o su prudencia. Durante la guerra, el ordenanza Beda Plotzbach hizo auténticos milagros para reunir a aquella hueste de alpinistas cuya energía suicida no fue más útil para reclutarlos que para sacarlos de los líos en que se habían metido. Con excepción de Werner Ehingen, que colaboró abiertamente con los nazis desde que éstos ocuparon el Principado de Ruritania, el resto de los hombres elegidos por el capitán se habían incorporado a la resistencia o estaban repartidos en las huestes partisanas que lucharon hasta el último momento contra el gobierno de ocupación. Cuando lo conocí, el propio Plotzbach seguía admirándose de haberlos hallado vivos cuanto una parte sustancial de sus contemporáneos había caído ya en los campos del honor. Fue como cazar ratones en un cementerio lleno de gatos, me dijo. A Néstor Rivatz, por ejemplo, lo había sacado casi a rastras de un nido de ametralladoras partisanas poco antes de que lo arrasaran las tropas fugitivas de Von Ribbentrop. A Ulises Stackbach y a Eneas Molsheim, que habían sido arrestados en Nihlsburgo, los sacaron milagrosamente enteros de los sótanos de la Gestapo gracias a la oportuna amistad de la duquesa Tibia Grics con un alto oficial de las ss. Los gemelos Kástor y Pollux Jenbatz aparecieron casi al final de la guerra en un poblacho de la Alzaría, donde sus habilidades para la exploración troglodita habían sido de inestimable ayuda para instalar al ejército rebelde en el laberíntico sistema cavernario de la frontera franco-ruritana.

De la lista de reclutas que el capitán Reissen-Mileto había entregado a su ordenanza, sólo Daniel Grinberg se salvó de luchar o de morir en las trincheras. Pero eso no se debió a su corta edad, sino al hecho de que su padre, un banquero judío de Streslau, supo ver a tiempo los peligros del régimen alemán y se marchó con su familia a Suiza. Hasta allá fue a verlo Beda Plotzbach días después del armisticio. Según me dijo el ordenanza cuarenta años después, el joven Grinberg fue quien más reparos puso en aceptar la invitación de incorporarse a la extravagante cordada del capitán Reissen-Mileto. Como el resto de sus camaradas, el muchacho profesaba hacia el capitán un profundo respeto, pero él, más que ningún otro, tenía motivos de sobra para recelar de una cordada cuyo líder fuese Werner Ehingen. Bien entendía él que el capitán se sintiese en deuda póstuma con su amigo Ehingen de Granz, de quien todos conservaban una imagen entrañable. Pero eso no justificaba que el liderazgo de la expedición hubiese recaído en su hijo, quien no sólo era un alpinista mediocre si se le comparaba con el resto de sus compañeros, sino que además había colaborado con el régimen de ocupación. Así se lo hizo saber Plotzbach al capitán Reissen-Mileto cuando volvió de Suiza, pero éste se negó a cambiar de parecer. Werner Ehingen era la persona ideal para dirigir la cordada. Cierto, su técnica y su destreza eran menores que las de sus compañeros, y quizás en la guerra su actitud había dejado mucho que desear. Pero llevaba en la sangre algo que ninguno de los otros llevaba. Algo que en opinión del capitán era imprescindible para llegar al fondo del infierno y vivir para contarlo: el rencor. Esto dicho, el capitán Reissen-Mileto cogió la lista de las manos de su ordenanza, meditó un instante, tachó el nombre del joven Grinberg y anotó en su lugar algo parecido al nombre de Pasang Nuru Sherpa.

Los esfuerzos de Plotzbach por incluir al sherpa en la expedición de 1949 fueron tan baldíos como antes habían sido efectivos para reclutar a los restantes miembros de la cofradía. En vano acudió a embajadas, sobornó a funcionarios, interrogó a montañistas y telegrafió a la policía tibetana para que le diesen razón del invaluable guía. Pasang Nuru se había esfumado. Nadie lo vio partir de la llanura ni se atrevió jamás a profanar el candado que una tarde hallaron en la puerta de su tendejón. Es verdad que su partida causó algún revuelo en la cordillera, pero al cabo de unos meses su ausencia se volvió tan habitual como el hambre que en ese entonces asolaba la región. En noviembre de 1947, Plotzbach oyó decir que Pasang Nuru había partido luego de participar en una incursión aérea a la Gruta del Toscano, pero la historia era tan extravagante que el ordenanza optó por no creerla, dio por terminada su búsqueda y convenció al capitán de que siguiesen sin el sherpa los preparativos para la expedición.

Está de más decir que a Pasang Nuru los trabajos de Beda Plotzbach para hallarlo le importaron un bledo. O le habrían importado de haber llegado a sus oídos, como no lo hicieron, pues a esas alturas el sherpa estaba en algún lugar de África, metido hasta el cuello en sus propias búsquedas y abismos. En su entrevista con la BBC, Pasang Nuru dice que le hubiera gustado conocer a los miembros de la Cofradía de Zenda, pero añade que no se arrepiente de los años que dedicó a recorrer el mundo. Para entonces el sherpa tenía ya la venerable edad de ochenta años, había vuelto hacía unos quince a la llanura y no tenía intención alguna de abandonar otra vez su tendejón. Agotado por sus viajes africanos, vendía sal gruesa y traficaba con indocumentados chinos con ganancias cada vez más exiguas. El comercio en esa parte de los Himalayas no era muy boyante que digamos, pero era más que suficiente para el viejo. Sin miedo ni nostalgia, Pasang Nuru solía recibir la noche sentado en el portal del tendejón, fumando una cachimba de coral y observando cómo se alargaba cada día la sombra de la cordillera, lento al principio, más aprisa luego según se acercaba el invierno y el paisaje en la región se volvía más huraño. Por un tiempo Pasang Nuru creyó que la muerte lo hallaría así: bien dispuesto, aguardando impávido a que ese garfio de sombras lo enganchara de una buena vez y se llevara su alma a horcajadas de un monzón. Pero una tarde la sombra alcanzó la tienda y pasó de él como si no existiera. Entonces el sherpa comenzó a temer que el destino lo hubiese olvidado como se olvida un expediente en los pasillos de una inmensa oficialía de partes. Poco a poco aquel temor, que comenzó como una simple intuición, echó raíces en su pecho hasta ocupar las coordenadas del pánico. Atenazado por el insomnio, pasaba horas rebuscando en su cuerpo señales ciertas de agotamiento, síntomas ambiguos o precisos de una enfermedad que a sus años tendría que haber sido fatal, advertencias de que todavía lo amenazaba un acto de violencia extrema, un peligro enorme o mínimo del que esta vez no habría querido defenderse.

Finalmente una mañana, cuando se había resignado a convivir con sus miedos, una recaída de malaria lo sorprendió en el indigno trance de afeitarse la cabeza. Quiso esa vez su buena estrella que su espejo fuese lo primero en caer al suelo, pues de otra forma el sherpa habría tenido que vivir su eternidad ultraterrena con el recuerdo nada grato de su propio rostro desarticulado por el dolor bajo una peluca de espuma que le daba un aire de payaso centenario.

La navaja de afeitar siguió al espejo en su caída y abrió con su punta enjabonada un trazo de dos centímetros en el empeine izquierdo del anciano. Un delgado hilo de sangre brotó de la herida, pero Pasang Nuru no alcanzó a sentirlo, mucho menos a verlo, pues dice que en ese preciso instante su cuerpo entero había empezado a desplomarse y sus ojos estaban ya ocupados en no perder detalle alguno del fugaz largometraje de su vida.

Lo vio al principio con curiosidad y luego asombrado de que ningún pasaje de su existencia lo asombrase gran cosa. En eso estaba cuando percibió en la proyección un fogonazo de desmemoria, o mejor dicho, el oscuro hueco de los años africanos que siguieron a su huida del Lago Malawi. Lo vio como si alguien hubiese puesto un sombrero frente al proyector en el momento justo en que él mismo, protagonista indisputable del filme, abandonaba el camastro donde estuvo a un paso de sucumbir a la malaria. Vaya, diría entonces el sherpa con el cráneo coronado de espuma, allí están los años perdidos, ni más ni menos. Qué curioso: en un momento estoy allá, temblando como un pámpano en los brazos del maldito belga, y luego nada, sólo ese agujero grandísimo. ¿Dónde habré estado después de dejar Malawi? ¿Qué habré hecho en esos años? ¿Cuántos fueron? ¿A quién amé? ¿A quién tuve que degollar para que no me degollase a mí? ¿Amé o maté o solamente fui pasando por la vida sin ganas de darme cuenta? ¿Qué grave enfermedad o qué hecho intolerable tuvo que ocurrir para que borrase esos años y no otros?

Tales preguntas pasaron por la mente de Pasang Nuru Sherpa mientras yacía de bruces en el suave pastizal de la llanura. No era ésa la primera vez que una recaída de malaria lo apuñalaba por la espalda, pero ahora todo le parecía más dulce, más próximo que nunca al auténtico final de su existencia. El sherpa llegó inclusive a pensar que aquello era en verdad su muerte, y le agradó constatar que ésta incluía efectivamente entradas para ver la película de su vida. No es que ansiara conocer los pormenores de una historia cuyos momentos cruciales recordaba a la perfección. Lo animaba más bien el deseo de saber cómo sería asistir a una película donde uno mismo desempeñase el papel estelar, y cómo sería verse metido en el cine, aquel invento occidental que tanto lo había asombrado en su largo peregrinar por el mundo.

Ciertamente no fueron muchas las películas que Pasang Nuru pudo ver en las ciudades africanas por donde pasó, pero eso no impidió que el cine llamase poderosamente su atención, y tanto, que no es osado contarlo entre los motivos que luego tuvo el sherpa para entrevistarse con la BBC. Pasang Nuru recordaba especialmente la primera vez que asistió al cine. No bien desembarcó en Ciudad del Cabo, un compañero de viaje lo tomó del brazo y lo condujo a un templo cristiano en cuyos muros iniciaba una dislocada proyección de películas antiguas. Todo comenzó con una panorámica del cambio de guardia en el castillo de Buckingham. A esto siguieron varias tomas de las tropas británicas en Kabul, un veloz acercamiento al palco del emperador Francisco José en Viena y dos llegadas del tren de París a la estación de Nantes. Decepcionado y harto, o quizás hastiado de su decepción, Pasang Nuru iba a abandonar la improvisada sala cuando inició la última película. La proyección no debió durar más de tres minutos, pero bastó para que el sherpa se congelase en su sitio como una mariposa clavada en la vitrina de un museo. Sobre el muro de la iglesia, los trenes franceses, los guardias ingleses y el palco imperial austriaco habían sido sustituidos por un trío de vagabundos esmirriados, melancólicos e idiotas que esperaban algo o a alguien junto a un árbol sin hojas. De pronto el vagabundo de apariencia más esmirriada cogía el sombrero del vagabundo más melancólico, quien a su vez se calaba con ambas manos el sombrero del vagabundo de aspecto más idiota. El vagabundo esmirriado se ponía entonces el sombrero del vagabundo melancólico, quien se calaba con ambas manos el sombrero del vagabundo idiota. El vagabundo melancólico recibía el sombrero del vagabundo esmirriado en lugar del sombrero del vagabundo idiota, el cual lo tendía a su vez al vagabundo esmirriado, quien finalmente lo tiraba al piso mientras el vagabundo idiota miraba todo con sus ojos de idiota y el sombrero del vagabundo melancólico.

Todo ocurría con movimientos muy rápidos, quién sabe si debido a la agilidad de los actores, al apremio natural del cinematógrafo o a ambas cosas a la vez. En todo caso Pasang Nuru quedó preso en la pantalla como si también él fuese un vagabundo idiota y melancólico y esmirriado, un vagabundo de tres cabezas con un solo sombrero a quien la muerte de Marcus Gleeson o el hastío hubieran arrojado lejos de aquel perenne árbol sin hojas, al otro lado de la pantalla, al margen de algo profundamente cierto que discurría sin tregua sobre el muro empedrado de la iglesia. Lo que existe y ocurre de este lado, concluyó el sherpa sin apenas parpadear, es una estupidez. Su tienda en la llanura, la Gruta del Toscano, los Himalayas, el pequeño amuleto de hueso que por entonces llevaba colgado al cuello, todo era una fantasmagoría, una representación falible de lo que sólo en el corazón del cine podía ser perfecto y lógico. Las cosas sensibles, reflexionó, eran remedos burdos del juego de luminiscencias que acababa de ver. Quizá sólo a través del cine podía entenderse la vida como debía haber sido antes de que la enrarecieran la materia, la razón y el arbitrario tiempo que acompasa nuestros actos entre el nacimiento y la muerte. Por eso la existencia, cualquier existencia, era en el fondo tan difícil de aferrar, sólo comprensible en la medida en que reflejase fielmente la historia ideal de una trinidad de vagabundos que cambiaban de sombrero y esperaban a alguien que no llegaba junto a un árbol de utilería. La aventura del Gordo Gleeson, pensó Pasang Nuru, había estado más cerca que ninguna otra de lo que acababa de ocurrir en el cine. Pero el capitán Reissen-Mileto y el resto de los exploradores de la Gruta del Toscano eran la pura irrealidad, lo último que nadie habría esperado ver expuesto en los muros de un templo cristiano en Ciudad del Cabo. Eran la suma misma de una falsa e inconmovible convicción en lo absoluto, un absoluto que sólo podría alcanzar quien careciera por entero de convicción. El general Massimo Sansoni era demasiado bello como para parecer un vagabundo, el jesuita Mário Gudino se tomaba demasiado en serio a Dios como para haber aceptado sin más un intercambio de sombreros como aquél, el doctor Lothar Seignerus odiaba demasiado al género humano como para esperar lo incomprensiblemente humano junto a un árbol calvo. Cada uno de ellos, concluyó el sherpa, se había situado a miles de millas de distancia de la perfección, y merecían por tanto ser despreciados por él o por cualquiera que aspirase un día a abandonar la oscura caverna del sentido.

Desde aquel día Pasang Nuru Sherpa estimó el cine como otros habrían atesorado la visión de una mujer tan bella como esquiva. Para cuando conoció al traficante belga, el sherpa había elaborado de tal forma su epistemología del cine que ésta casi se había convertido en una teología, en un credo menor aunque extremadamente útil para admitir las imperfecciones del mundo con el consuelo de que al menos había algo más allá y más depurado que el mismo mundo.

Como si esto no bastase para acentuar sus devociones, cierta vez el belga le explicó que, según le habían contado moribundos de su entera confianza, al morir uno veía pasar ante sus ojos la película de su vida. A partir de entonces el sherpa no dejó de pensar en cómo había de ser la suya, si llegado el momento tendría que soportar hasta el más nimio detalle de su existencia o si sólo vería aquello que recordaba o aquello que deseara recordar.

Muchos años más tarde, fulminado en la llanura en el trance de afeitarse la cabeza, Pasang Nuru vio con tranquilidad que el asunto era infinitamente más sencillo, y que morir era sólo un repaso indoloro de memorias donde no figuraba lo que no importaba o lo que uno buenamente había decidido olvidar. Prueba de ello era esa sombra, diría luego ante la cámara portátil de Milena Giddens. Prueba de ello era aquel hueco inescrutable que vio pasar en la película de su vida justo antes de que su cuerpo golpease el suelo con un bombazo atomizado de espuma, agua y hierba himalaica.

DICE EL SHERPA EN SU ENTREVISTA QUE EL HUECO PASÓ raudo entre su última noche en Malawi y la mañana en que comprendió que llevaba dos años trabajando como guía de turistas para una obtusa agencia de viajes en el centro de Marrakesh. De pronto estaba de pie frente a un escritorio tapizado de mapas y opúsculos en todos los idiomas europeos. Junto a él, los esposos Al Yahawi, dueños de la agencia, insistían que probase una confitura de dátiles que la señora juraba haber preparado aposta para celebrar el segundo aniversario de Pasang Nuru en el próspero negocio del turismo sahárico. Anímese, le instaba su patrón chupándose los dedos como muestra incontestable del talento culinario de su esposa. Pruebe un poco de este ámbar, señor Nuru, que hoy se le ve un poco desmejorado. No es nada, mintió él, supongo que me falta algo de sueño, eso es todo. Razón de más, dijo la señora Al Yahawi convencida de que su confitura era lo mejor que podía haber para curar el insomnio. Ante tanta insistencia, Pasang Nuru no tuvo más remedio que ceder, pero el dulce le supo inexplicablemente a jabonadura y hierba, no la hierba enana que abunda en las lindes del Sahara, sino la que solía crecer en la llanura himalaica, cuando las sombras de la cordillera cubrían su tendejón con una voracidad de buitre fúnebre. De cualquier modo se esforzó por halagar a la orgullosa cocinera. Le dijo gracias, señora, está buenísima, e inclinó levemente la cabeza en un gesto de reminiscencias orientales que causaba las delicias de sus patrones.

No eran malas personas esos Al Yahawi, diría luego Pasang Nuru. El salario que le daban no era exactamente generoso, pero le bastaba para subsistir con dignidad, comprar algunos libros entre los saldos del zoco, ir al cine o hacerse calentar el lecho cuando así se lo exigían el cuerpo o la tristeza. Aunque en esos tiempos el turismo sahárico distaba mucho de ser lo que es ahora, había demanda suficiente para que la agencia Al Yahawi fuese sólo una de las muchas que ofrecían la aventura inolvidable de beber té en el desierto o pasar tres días en amena convivencia con falsos tuareg ataviados con falsos turbantes y armados con auténticas cimitarras que blandían siempre en la estimulante hora de negociar sus propinas. Por lo general, acudían al llamado turistas europeos con intereses más bien antropológicos y americanos indigestos de mala literatura europea escrita con intereses estrictamente antropológicos. Una sobredosis mal llevada de novelas de Michener y Elbergh los impelía a gastarse sus fortunas, sus ahorros o sus pensiones en aventuras desérticas, en desquiciadas odiseas que normalmente acababan mal y hacían que las agencias de viajes durasen lo que dura la virtud de una viajera neoyorquina en manos de un camellero o lo que tarda un jubilado alemán en sucumbir al tifus. Las oficinas públicas de Tánger estaban inundadas de denuncias de numerosos consulados a los que en el fondo les daba igual la suerte de sus representados. Cuando un turista desaparecía o era víctima de alguna enfermedad, robo o ultraje, las autoridades allanaban las oficinas de la agencia involucrada, arrestaban a quien se hallase en ella, requisaban máquinas de escribir y removían montones de papeles como si debajo de ellos esperasen hallar los restos mortales del turista o una tropa diminuta de temibles beré-beres armados con mondadientes sospechosamente filosos. Al cabo de dos días los gendarmes rendían al consulado en turno un minucioso informe de los motivos por los cuales la investigación había llegado a un punto muerto, y los res-ponsables de la agencia salían libres para reabrir el negocio con otro nombre aunque no necesariamente en otro sitio.

Aunque no recordaba cómo había comenzado a trabajar para ellos, el sherpa estaba seguro de que sus patrones ha-bían pasado varias veces por aquel singular proceso. Y aunque eran efectivamente buenas personas, era asimismo notorio que tampoco a ellos les importaba gran cosa el bienestar de sus clientes. Los señores Al Yahawi sabían por experiencia que nadie dispuesto a pagar fortunas por meterse en el de-sierto podía esperar que lo tratasen con prudencia, no di-gamos con honestidad. El riesgo, solía afirmar el señor Al Yahawi, es nuestro valor agregado. Por él pagan nuestros clientes y por él han preferido el Sahara a Londres o a Pa-rís. Sin el riesgo, añadía, no tendríamos nada que ofrecerles, nada que no hayan encontrado y exprimido ya en sus paí-ses, en los hogares que los vieron deslomarse trabajando a cambio de comodidades que tarde o temprano les parecen indignas de su esfuerzo.

A Pasang Nuru esta filosofía le parecía a veces tan desafo-rada como los precios que su patrón imponía a sus clientes. No obstante, su experiencia en la llanura y un sencillo ejer-cicio de memoria lo convencieron muy pronto de que las palabras del señor Al Yahawi encerraban una honestidad casi cinematográfica. Una verdad que él mismo, a su manera, había aprendido en los años que vivió a costillas de los hombres que lo habían dejado todo para conquistar la Gruta del Toscano. Tanto el capitán Reissen-Mileto como los demás seres febriles a los que alguna vez sirvió se habían mostrado dispuestos a pagar lo que fuese y dejar algo más que sus fortunas en la empresa de ser los primeros en llegar al fondo de aquel agujero inextricable. Acaso aquéllos, a diferencia de los turistas saharianos, escudaban su pasión por el peligro con un decálogo de razones en apariencia trascendentes, tales como el honor nacional, la divinidad, la conquista de últimas fronteras, la inmortalidad y el dominio de las fuerzas naturales. Pero a la postre sus fracasos y aun sus modestos logros habían probado ser tan abstrusos como el simple interés de otros por beber té en el desierto. Como los clientes del señor Al Yahawi, los exploradores del abismo no habían ganado nada con sus desplazamientos. La humanidad no parecía mejor ni más santa porque un puñado de hombres ateridos hubiese puesto el pie en tal o cual círculo del infierno. Ni siquiera podía decirse que alguien se hubiese hecho más rico a consecuencia de esas expediciones. El riesgo, en suma, parecía haber sido el único motor de aquellos hombres, lo cual, como bien sugería el señor Al Yahawi, no hablaba muy bien de la templanza de los occidentales, menos aún de su estatura moral o de su derecho a no saberse defraudados.

Como era de esperarse, al principio estas ideas deprimieron un poco al antiguo intérprete del capitán Reissen-Mileto. Después de todo, también él había sucumbido alguna vez al espejismo del riesgo inútil. Con el tiempo, sin embargo,

Pasang Nuru terminó por aceptar que no hay peor camino para comprender a los hombres que tomárselos demasiado en serio ni mejor manera de explotarlos que hacerles creer lo contrario. Sólo entonces supo que estaba listo para conducir a los clientes del señor Al Yahawi hasta donde quisieran llegar sin que hacerlo le provocase más pena que una ligera punzada en el ventrículo derecho y alguna noche en vela perfectamente soportable.

Cierta madrugada de noviembre, el dueño de la agencia sacó al sherpa de la cama para anunciarle que acababa de tener una iluminación. En realidad dijo que había tenido una idea morrocotuda. Lo dijo así, en castellano, en ese español procaz y aspaventoso que sólo usaba para embaucar sefarditas. Mientras recorrían la cara externa de la muralla, el señor Al Yahawi le dijo usted sabe, amigo Nuru, que el negocio de los viajes no ha ido bien últimamente. No tenía idea, respondió en serio Pasang Nuru, quien tenía a la agencia como una de las empresas más prósperas del orbe. Pues sí, siguió diciendo su patrón. El negocio no va bien, amigo, nada bien, pero creo que he encontrado la clave para salir de este agujero.

Hay que aclarar aquí que Pasang Nuru estaba acostumbrado al fatalismo del señor Al Yahawi, un fatalismo de visos supersticiosos que parecía asumido sólo para invocar la buena suerte. Por eso aquella vez prefirió esperar callado las razones de su patrón como si éste estuviese a punto de iniciarlo en el secreto de su esposa para conseguir que una confitura de dátiles supiese a jabonadura y hierba himalaica.

El señor Al Yahawi se tomó su tiempo para revelar al sherpa su idea morrocotuda. Lentamente lo condujo a la oficina de la agencia, echó llave a la puerta, lo hizo sentar frente a un inmenso mapamundi y sentenció: Timbouctou. Pasang Nuru aguardó a que su patrón siguiese hablando, pero éste lo miró como si todo estuviese dicho y ahora tocase al sherpa perder la compostura, subir al escritorio y bailar como un derviche ante tamaña revelación. ¿Timbuktú?, preguntó al fin. No, Timbouc-tou, replicó el otro con un guiño en el que ya se entreveía la punta de su idea morrocotuda. Lo mismo da, dijo Pasang Nuru. Timbuktú o Timbouctou, si no me equivoco, eso está en Malí o en Mauritania, al otro lado del Sahara, sería una locura llevar turistas allá, añadió. Precisamente, gritó el sabio y emotivo señor Al Yahawi, allí está nuestra mina de oro, señor Nuru: ni usted mismo sabe con certeza dónde queda ese lugar, ni siquiera sabe cómo se escribe, ¿sabe por qué? Pasang Nuru dijo que no. Porque da exactamente lo mismo, rugió su patrón dando un puñetazo triunfal en el mapamundi, un puñetazo napoleónico, contundente, justo en mitad de la línea discontinua que separaba la península Ibérica pintada de rosa pálido y el borde catalán del territorio francés irónicamente coloreado de azul prusiano. Con el golpe, una docena de chinchetas rojas, blancas y ocres se desprendió de Marruecos, se deslizó sobre el Atlántico y fue a perderse entre las alpargatas del señor Al Yahawi. Entiendo, se apresuró a decir sinceramente el sherpa ante aquel indiscutible alarde de poderío y visión comercial. Acto seguido, comenzó a recoger las chinchetas pensando que sin duda el mundo estaría mejor si lo hubiese concebido alguien como el sabio señor Al Yahawi.

En poco menos de seis meses la idea probó ser efectivamente morrocotuda. Sólo en marzo, Pasang Nuru condujo a siete grupos de turistas hasta un pueblo miserable que el gobierno marroquí, llevado por los untos del señor Al Yahawi, accedió a bautizar con el sonoro nombre de Timbouctou. En palabras del dueño de la agencia, aquello en modo alguno debía ser tomado como un engaño. Al contrario, se trataba de evitar el fraude, un pecado por el cual habría tenido que pagar en esta vida o en la otra. La publicidad era tan franca que rayaba en la beatitud: aquel poblacho era Timbouctou, una típica aldea saharita por la cual no había pasado el tiempo y en la cual, seguramente, habían repostado en su momento las fatigadas tropas del famoso mercenario Abdul Kommet, cuya influencia podía sentirse aún en las consejas y hasta en el dialecto de los nativos. Los folletos indicaban asimismo que una de aquellas casas de adobe había sido acondicionada para que los visitantes pudiesen conocer cómo vivían los saharitas e inclusive blandir una cimitarra del siglo xviii muy similar a la que habría sido utilizada en Jartum para decapitar al general Gordon. Los nativos, no obstante, eran pacíficos y estaban más que bien dispuestos a agasajar a los forasteros con las mismas recetas que habrían deleitado las fatigosas campañas de la Legión Extranjera en su guerra con los tuareg. El nombre de la aldea tenía claras resonancias universales, si bien cabía aclarar que significaba Nicho de Moscas en alguno de los muchos dialectos beréberes.

Nada decía el opúsculo sobre la existencia de un Timbuktú original o primigenio. Pero tampoco decía nada que impidiese pensar que existía otra población del mismo nombre. El libreto que Pasang Nuru utilizaba en sus viajes abundaba en historias igualmente elípticas que sin embargo provocaban un profundo interés en sus clientes. Apenas avistaban Timbouctou, los turistas elevaban un sanctus de alivio que podía resultar penoso. Ya en el pueblo, el sherpa los dejaba hacerse fotografías y rumiar a sus anchas la decepción que les venía de no creer que Timbouctou fuese sólo eso. En sus primeros dos viajes, Pasang Nuru temió que alguno le reclamase haberlos llevado a ese poblacho, pero en el tercero comprendió que nadie en realidad habría tenido una razón o el impudor suficiente para decirse engañado.

Aun así, gracias o a pesar de su bonanza, a mediados de abril el señor Al Yahawi volvió a decirle que el negocio no iba bien. A este paso, gimoteó, acabaremos todos por volver a Egipto. Esto dicho, rogó a Pasang Nuru que guiase a una pareja de jóvenes americanos por la mitad del precio convenido. Habituado a las argucias de su patrón, el sherpa aceptó porque no tenía nada mejor que hacer o porque estaba convencido de que pronto llegaría su hora de abandonar el Sahara. No es que estuviera harto. Simplemente sentía que algo fuera de sus manos estaba a punto de sacudir de nuevo su existencia. Algo inusual, quién sabe si benigno o terrible. Algo que en cualquier momento lo obligaría a cambiar de rumbo como antes le había ocurrido con el gordo Gleeson o con la tempestuosa confesión del belga. Bien mirada, su estancia en el desierto había sido tranquila, y puede que hasta feliz. Los señores Al Yahawi habían sabido respetar su privacía y habían pulimentado su indiferencia con un desparpajo que no cejaba de parecerle encomiable. Ahora, sin embargo, su cuerpo y su cabeza le decían que el desierto no era ni sería jamás el último escenario de su existencia. Lejos estaba aún de constatar que el suyo no era un viaje sin

146

retorno, aunque ya desde entonces tenía claro que un día los Himalayas lo llamarían de vuelta y él tendría que decidir si deseaba acudir a su llamado. Es verdad que en ese momento nada le atraía menos que regresar a las lindes de la Gruta del Toscano, pero eso no estorbaba que la mezquina oferta del señor Al Yahawi y aquel último viaje a Timbouctou le pareciesen la señal que había estado esperando para acabar con una larga travesía planetaria en la que sentía haber perdido más de lo que había encontrado.

Los sobrevivientes de la Cofradía de Zenda volvieron a Streslau en enero de 1950. Para entonces la noticia de la desaparición de Ulises Stackbach y Néstor Rivatz en el fondo del abismo había estremecido al mundo entero. A pesar del fracaso de la expedición, la muerte de ambos exploradores hizo que sus compañeros de cordada fuesen recibidos como héroes. Los obstáculos que habían sorteado los sobrevivientes para regresar a casa parecieron de repente una admirable gesta cuya popularidad superó con creces la que hubieran conseguido de haber llegado al fondo del abismo. La revista *Odisea*, que había adquirido los derechos exclusivos para cubrir la noticia, publicó al vapor un número especial con la imagen de los dos exploradores cuando se disponían a despeñarse en la Fosa de los Gigantes. La fotografía no es nítida, pero igual permite ver a Rivatz revisando sus reflectores de carbóxido mientras Stackbach pone en su mochila la bandera del Principado de Ruritania y un minúsculo estandarte con el emblema de la compañía de neumáticos que financió una porción considerable de la aventura.

Varias décadas más tarde, la hija del gemelo Kástor Jenbatz me aseguró que aquella foto había sido alterada de modo que la segunda banderola sugiriese el escudo de la empresa automotriz en vez de la espiral cruzada de la Cofradía de Zenda. Aparte de Werner Ehingen, nadie en la expedición estuvo jamás conforme con acreditar comercialmente los recursos que la habían hecho posible. Si había una insignia que mereciera ondear junto al blasón ruritano en el fondo del infierno, ésta no podía ser otra que la de la Cofradía de Zenda. Insinuar siquiera que Ulises Stackbach o cualquiera de los restantes miembros de su cordada habían cambiado de parecer en el último momento era una injusticia, un engaño más de los muchos que, en opinión de Paola Jenbatz, pervirtieron la verdad de la catástrofe.

Amañada o no, la fotografía permitió que aquel número de la revista *Odisea* rebasara con mucho sus expectativas de venta, pues por entonces los emblemas importaban menos que los muertos de la expedición. Fueron los rostros y los cuerpos aún vivos de quienes pronto morirían entre las brumas del infierno lo que atrajo la atención de miles de lectores que hasta entonces ni siquiera sabían de la existencia de la Gruta del Toscano. En un golpe inesperado de astucia, Werner Ehingen supo aprovechar aquel morboso fervor para convertirse en un mito viviente: aún no abandonaba el Sanatorio Central de Streslau cuando ya había dictado un centenar de folios donde narraba los orígenes de la expedición, algunos de sus tropiezos, su temerario clímax y la conjunción de liderazgo, valor y camaradería que le había permitido sacar a sus compañeros de la gruta y devolverlos a su patria.

El testimonio de Ehingen fue publicado ese mismo año bajo el título de *Las entrañas del mundo*, y muy pronto se convirtió en el libro de cabecera de cualquiera que tuviese un mínimo interés por la aventura. El estremecedor relato de las malandanzas de la expedición de 1949 se disparó a alturas insospechadas. De la noche a la mañana, la catástrofe ruritana en la Gruta del Toscano comenzó a ser apreciada como una cátedra de humanidad, tesón y resistencia de los hombres contra los poderes inicuos de la naturaleza. Pero, sobre todo, se transformó en paradigma del liderazgo altruista en situaciones límite. Con su despliegue de prosa sentimental, Werner Ehingen logró que cada etapa de su viaje se leyese como una epopeya donde Ulises Stackbach y Néstor Rivatz eran sólo el necesario saldo de una batalla ganada contra la adversidad. El objetivo original de la expedición era poca cosa cuando se le comparaba con las decisiones y actos extremos que el líder de la cordada había acometido para salvar a sus camaradas. En su relato, Ehingen llega incluso a despreciar los irreversibles daños físicos que le había dejado la aventura. Si los ácidos de la gruta le habían destruido el cuerpo, aquello ahora le parecía un precio justo por el privilegio de haber salvado a sus cofrades. Lejos de lamentar su suerte, el autor de *Las entrañas del mundo* celebraba su desgracia como un auténtico renacimiento que habría dejado mudos a los conquistadores de las cumbres más agrestes. Como Orfeo, dice Ehingen en las últimas líneas de su libro, resurgimos de los infiernos en calidad de hombres renovados, fortalecidos y dispuestos a enfrentar el juicio de la historia con la conciencia del deber cumplido y la convicción de que en la vida siempre quedan muchas otras cumbres y muchos otros abismos por vencer.

A la fecha, *Las entrañas del mundo* ocupa todavía un lugar central en los anales de la literatura de viajes. Sus traducciones y el número de copias que ha vendido desde que fue publicado por primera vez, hace más de treinta años, son incontables. A diferencia de sus cofrades, Ehingen nunca pudo ni quiso formar parte de ulteriores expediciones. En cambio, llegó a ser alcalde de Zenda y más tarde presidió por algún tiempo la Real Sociedad Geográfica de Ruritania. Desde 1970 vive retirado en su finca zendiana, aunque todavía se le ve como invitado de honor en algunos congresos orientados a compartir con las nuevas generaciones la lección de vida que tuvo la fortuna de aprender en la Gruta del Toscano.

También para mí el libro de Werner Ehingen fue en su momento una enseñanza y una tabla de salvación. Lo leí por primera vez a la edad de trece años, cuando aún no era capaz de distinguir entre los personajes de Julio Verne y los miembros de la Cofradía de Zenda. En esos años sublimé a Ehingen, Stackbach y Rivatz con el mismo fervor con que mis condiscípulos idolatraban a los Yanquis de Nueva York o a los Medias Rojas de Boston. Aprendí sus nombres, sus vidas y sus récords cavernarios como si fuesen los titanes de un mundo enrarecido al que me aferré como una marca que me singularizaba del resto de los mortales. Demasiado pronto los convertí en una legión mítica y, por supuesto, lloré con amargura el día en que una expedición china conquistó el fondo de la Gruta del Toscano apagando para siempre la esperanza de que alguno de los nuestros concluyese la aventura de Stackbach y Rivatz.

Más tarde, a medida que me adentraba en el mundo de la escalada y la espeleología, decidí que la grandeza de aquel libro residía en el carácter intensamente veraz de lo que narraba. Los protagonistas de aquel moderno viaje al centro de la tierra merecían mi respeto por el solo hecho de haber alcanzado profundidades míticas desde su palpable condición de seres humanos. Era sobre todo la realidad de lo narrado lo que dignificaba a los expedicionarios muertos, pero también a los restantes miembros de la cordada, particularmente a Werner Ehingen. Aquello debía bastar para ganarles un lugar entre los dioses, máxime para quienes sabíamos cuántas agallas exigía adentrarse en una oscura cavidad de piedra o balancearse en una saliente de granito a mil pies de altura.

Debo entonces a la prosa de Werner Ehingen haberme consagrado a la escritura de libros de viajes. Hace ya algún tiempo escribí un artículo para la revista *American Explorer*. El texto pretendía, no sin jactancia, enlistar las mejores crónicas de viaje escritas en nuestro siglo. La lista consistía en veinte títulos, y no tuve el menor empacho en situar *Las entrañas del mundo* a la cabeza de todos ellos.

Cinco años después de haber publicado aquel artículo, en marzo de 1979, conocí en Suiza a Robert Seize, un indómito editor de libros de viaje con quien llevaba una amistad epistolar fincada en nuestra común pasión por la espeleología. Esa tarde nuestra conversación derivó inevitablemente en el famoso libro de Werner Ehingen. Con mal disimulada ironía, Seize invocó el desmedido entusiasmo con que yo había ponderado aquella obra en mi artículo de la *American Explorer*. ¿Le parece exagerado?, pregunté como si Seize fuese el último ser en la tierra de quien hubiera esperado semejante censura. El editor dio una larga chupada a su habano y afirmó lentamente con la cabeza. ¿Por qué? Pensé que estaría de acuerdo conmigo, le dije. La respuesta de Seize fue tan prolija como dolorosa. *Las entrañas del mundo*, explicó, no era más que un mito sahumado, la idealización melosa de una tragedia que no merecía semejante trato, pues cuanto había ocurrido en 1949 era en realidad bastante más oscuro que cualquiera de las cosas descritas por Ehingen en su libro.

Mientras escuchaba hablar al editor comencé a arrepentirme de haber emprendido aquella conversación. No es fácil asistir sin inmutarse al desmantelamiento de lo que uno ha creído por espacio de veinte años. Seize debió entenderlo así, pero eso no fue suficiente para detenerlo. A su entender, la expedición de 1949 había comenzado de la peor manera posible. Poco antes de partir, los jóvenes miembros de la cofradía habían sido obligados a firmar un contrato que les prohibía publicar o declarar nada sobre la expedición en los quince años posteriores al descenso. Durante ese tiempo, por acuerdo previo con los patronos de la Real Sociedad Geográfica, sólo Ehingen estaría acreditado para responder a los periodistas y acaso publicar su versión de la aventura. De esta forma, sentenció Seize, los futuros conquistadores del infierno quedaban por entero a merced del disputado líder de la cordada, ya no sólo en lo que hacía a su dudosa capacidad técnica, sino a su visión, a su memoria y a todo lo que para ellos representaba el hijo del teniente Ehingen de Granz.

Curiosamente, siguió diciendo el editor, ninguno de aquellos jóvenes vivió lo suficiente para publicar una versión distinta de la oficial: Ulises Stackbach y Néstor Rivatz, ya se sabe, se perdieron en las sombras cuando intentaban alcanzar el fondo de la gruta desde el borde oriental de la Fosa de los Gigantes. Eneas Molsheim murió dos años más tarde en un subterráneo de Lieja, reventado al parecer por una sobredosis de heroína. Y los hermanos Jenbatz, gemelos hasta en la muerte, perecieron en marzo de 1961, cuando la avioneta en que viajaban se estrelló en la ladera oeste del Kashenuga, a sólo doscientas millas de la caverna donde doce años atrás habían visto desaparecer a sus compañeros de cordada.

En el primer aniversario del desastre aéreo, la viuda de Kástor Jenbatz declaró a un periodista que su marido llevaba algunos meses acariciando la idea de publicar su diario de la expedición apenas concluyese la moratoria de silencio a la que los obligaba su contrato con la Real Sociedad Geográfica. El diario se publicó efectivamente en julio de 1967 bajo el título de *La memoria de Orfeo*, pero las entradas, comentarios y glosas más reveladores del testimonio del extinto gemelo fueron en tal forma expurgados en la imprenta por el propio Werner Ehingen, que su publicación pasó prácticamente inadvertida.

En opinión de Seize, aquélla era una de las más infames censuras en la historia de la literatura. Tan pronto supo que la viuda de Kástor Jenbatz tenía intenciones de publicar el diario de su marido, Ehingen se apresuró a pedirle el manuscrito y se lo entregó a Fritz Lauengram, entonces editor de la Real Sociedad Geográfica, para que se hiciese cargo de la publicación. En el proceso, Ehingen y Lauengram peinaron, mutilaron y reformaron cuidadosamente el diario cuyo título original, según afirmaba Seize, era *La soberbia de Orfeo*. Los editores no sólo alteraron el título, sino que suprimieron del texto de Kástor Jenbatz cualquier comentario crítico, irónico o acerbo que pudiera poner en entredicho el contenido de *Las entrañas del mundo*. De allí, concluyó el editor, que la versión publicada del libro de Jenbatz pareciese una mera glosa de la obra de Ehingen, un fastidioso recuento de datos que apenas servían para corroborar lo que el líder de la cordada había narrado en 1950 con su despliegue de prosa lacrimógena, homérica y, hay que decirlo, sobremodo convincente.

Cuando ahora invoco mi encuentro con Robert Seize, descubro que fue entonces cuando mi admiración por Ehingen empezó a transformarse en otra cosa. Mejor hubiera sido que el editor me relatara algún secreto crimen de mi padre. A él, al menos, hubiera podido perdonarlo, pues mi amor filial nunca llegó tan lejos como mi devoción por el líder de la Cofradía de Zenda. Esa vez las palabras del editor derrumbaron mis más fuertes convicciones y me dejaron a merced de un sentimiento no lejano a la venganza. Cierto, aún faltaba mucho tiempo para que yo mismo confirmase los recelos de Seize y ahondase en ellos con la furia del converso. Pero esa noche, confrontado con las revelaciones del editor, sentí crecer en mi ánimo la fuerza torrencial de la decepción, el nacimiento imprevisto de la energía furiosa que desde entonces me ha llevado a horadar en la historia oculta de la Cofradía de Zenda.

No sé ya si aquella vez opuse alguna resistencia a las revelaciones del editor. Supongo que no, pues mis defensas habían sido devastadas y sólo deseaba que la charla cambiase de rumbo. Por desgracia, la historia de *La soberbia de Orfeo* no terminaba allí. Como muchos de sus compatriotas, Seize nunca se resignó a aceptar la mutilación de los diarios del gemelo. En Zenda, el editor se había hecho amigo de la hija de Jenbatz, quien conservaba una versión original de la bitácora de su padre. Aunque estaba molesta por la censura que Ehingen había ejercido sobre *La soberbia de Orfeo*, la muchacha se encontraba por entonces en una encrucijada sentimental, pues a la muerte de su padre el propio Werner Ehingen se había convertido en protector de su familia. De esta suerte, el hombre que había de traicionar la memoria de Kástor Jenbatz no sólo obtuvo para sus deudos apoyo financiero del gobierno ruritano, sino que fue también el responsable de acompañar a Paola y a sus hermanos en sus primeras visitas a las cavernas de Europa, así como en varias de las tribulaciones escolares por las que éstos pasaron durante sus primeros años de orfandad.

Le tomó a Robert Seize varios años de amistad con Paola Jenbatz persuadirla de que le permitiese publicar la versión íntegra de *La soberbia de Orfeo*. El libro, me aseguró el editor, tendría que haber sido publicado ese mismo año, pero la muchacha se había arrepentido en el último momento. De cualquier modo, la sola noticia de la existencia del manuscrito íntegro había causado cierto revuelo durante los festejos del trigésimo aniversario del descenso de la Cofradía de Zenda a la Gruta del Toscano. En los círculos más selectos del mundo de la exploración trascendió que el relato de Jenbatz podía modificar radicalmente la versión que Ehingen había impuesto por espacio de tres décadas. Se decía que la bitácora del gemelo Jenbatz denunciaba que la aventura estaba muy lejos de haber sido un ejemplo de cohesión, y que el trabajo de Werner Ehingen había dejado mucho que desear. Caprichoso y con frecuencia inepto, Ehingen habría sido en cierto modo responsable del fracaso de la cordada, lo cual sin duda echaría por tierra buena parte de la gloria de la que por entonces seguía gozando.

Entre los conocedores, me dijo Seize, siempre habían privado dudas sobre la suerte de la Cofradía de Zenda en el

abismo, si bien muy pocas de esas sospechas habían hallado eco en el extranjero. En efecto, yo nunca había escuchado
una crítica importante al libro de Ehingen, de modo que
ahora, mientras hablaba con el editor, sentí que mi desilu-
sión venía hasta mí mezclada con una extraña variedad del
entusiasmo. Aun cuando fuese más tenebrosa que la versión oficial, pensé que la verdad sobre la Gruta del Toscano podía a la larga convertirse en un relato más humano y
más justo, un relato de intensa complejidad moral, con preguntas esenciales sobre el papel del honor y el juego limpio,
una auténtica recapitulación sobre el heroísmo distinta de
la que por años habíamos celebrado gracias a la elocuencia
de Werner Ehingen. Era desde luego lamentable que Paola
Jenbatz se hubiese negado a publicar el libro de su padre,
pero éste podía ser sólo la punta de un iceberg seductora-
mente arrollador. Aquello prometía ser más parecido a una
tragedia de Conrad que a una epopeya de Verne. De cualquier modo, pensé, lo que en realidad había ocurrido en
1949 en el fondo de la gruta, y todo lo que vino después de
aquellos hechos, pedía a gritos un cronista, alguien que lo
atrapase y lo contase en su brutal integridad sin importarle
cuán duro pudiera ser para algunos el golpe que les deparaba la verdad.

Cuando el señor Al Yahawi le presentó a los jóvenes americanos, Pasang Nuru se arrepintió de haber depositado en ellos tantas cábalas y augurios. Sólo verlos, descartó que fuesen a darle nada más memorable que un par de jaquecas. Desde el primer instante le pareció que encarnaban en muchos sentidos la estulticia del turismo saharita. Habituado a lidiar con millonarios viejos y excéntricos, le costó un esfuerzo enorme aceptar la juventud y la frondosa bobería de sus nuevos clientes. El señor Al Yahawi los presentó como Cathy y Ben Bateson, naturales de Hazelton, Pennsylvania. No debían sumar entre ambos más de cuarenta años, ignoraban que eran ofensivamente hermosos y jamás disimularon el asombro que les provocaba el inglés antiguo e inmaculado del sherpa. La muchacha festejaba como un triunfo deportivo cada uno de los arcaísmos de su guía, que le parecían una encantadora muestra del anacrónico exotismo marroquí. El chico, por su parte, le hacía segunda declamando para ella los más innobles sonetos de una versión vaquera de Romeo y Julieta, aprendida seguramente en una escuela secundaria de irretenible nombre sioux.

En cuanto salieron de la agencia, la chica insistió en retratarse con Pasang Nuru. El muchacho les hizo por lo menos veinte fotografías mientras ella lo cogía del brazo y le suplicaba que sonriese para la cámara, vamos, señor, diga queso, no sea tímido. A lo que el sherpa respondió diciendo queso veinte veces sin sonreír una sola. Dijo queso como Lady Macbeth habría dicho jabón luego de matar a su marido. Dijo queso frente a un portón de la muralla que cada mañana aparecía minada con mierda de camello. Dijo queso y pensó mierda mientras la chica le pedía otra vez que dijese queso y le tiraba de la mano para que se sentase junto a ella en el borde de un pozo seco desde los tiempos del diluvio universal. Y siguió diciendo queso hasta que llegaron a la pensión donde se hospedaban los Bateson. Entonces Pasang Nuru fue liberado, se frotó discretamente el brazo enrojecido, y descubrió con cierto espanto que la chica pensaba que el señor Al Yahawi, tan simpático, se llamaba en realidad Alphonse Y. Hoowie, lo cual le parecía sumamente curioso, como si el astuto egipcio fuese una mezcla de gángster y bufón de película muda. Luego notó que tampoco él estaba libre de las aberraciones onomásticas de la muchacha, quien desde ese momento decidió llamarle P. S. Angie, y no perdió la ocasión de preguntarle a qué nombre correspondían esas letras, señor Nowroo, quiero decir, esas iniciales, señor, que sin ánimo de ofender le parecían algo femeninas, pues ella tenía en Ohio una prima con esas mismas iniciales, si bien tampoco supo nunca a qué nombre, mote o grado académico correspondían.

Al sherpa, claro está, nada de eso le causaba gracia ni curiosidad ni asombro. Más bien le enervaba, pero acabó por aceptarlo porque los Bateson lograron con el tiempo parecerle también buenas personas, aunque en un sentido distinto, casi antagónico, de los señores Al Yahawi, cuya bondad era más bien oblicua. Una débil voz en su fuero interno comenzó a decirle que la señal que estaba esperando para marcharse del desierto no podía ser de otra forma: incómoda y aleccionadora al mismo tiempo, una suerte de fastidio inasible, quizás el anuncio de que se estaba volviendo soberbio, intolerante a la estupidez humana e incapaz de aceptar el mundo tal cual era. Después de todo, concluyó, estos chicos no le hacen daño a nadie. Soy yo quien está mal. En el fondo los Bateson lo sorprendían, le transmitían algo extremadamente profundo a través de su ligereza, de esa manera tan despreocupada de ver el mundo, como si fuesen una pareja primigenia descubriendo el extraño paraíso de arena donde Dios, no tan buena persona como los esposos Al Yahawi, los había colocado cuando sólo ansiaba que llegase el domingo para mandarlo todo de una buena vez al diablo.

Para el día en que llegaron a Timbouctou, Pasang Nuru se había encariñado con los Bateson. El trayecto a la aldea no estuvo libre de avatares, pero los muchachos de Hazelton lo soportaron todo con una devoción estoica que habrían envidiado los más sólidos exploradores himalaicos. Su ignorancia, su festiva ineptitud para temer o recelar, su imprudencia y aun su vitalismo fotográfico habían removido algunas de las fibras más sensibles del antiguo intérprete del capitán Reissen-Mileto. Poco antes de partir hacia la aldea, el chico había caído presa de un brote de disentería que sobrellevó gracias a la lectura. Entre la cama y el inmundo retrete de la pensión, Ben Bateson capoteó su enfermedad recorriendo las páginas de un libro que afirmaba haber hallado de milagro en el precario acervo del dueño del local.

Era un libro descuadernado cuyas páginas, pensó el sherpa en un principio, debían servir al pobre chico para algo más que la lectura. Pronto, sin embargo, supo que aquel volumen tenía para el enfermo un significado más emocional que sanitario. La muchacha le explicó alguna vez que aquél había sido por mucho tiempo uno de los títulos de cabecera de Ben, un torrente inacabable de sabiduría vital que había marcado hondamente a toda una generación de aficionados a la aventura. De allí la pasión con que el joven Bateson se aferraba a aquellas páginas deslavadas, como si su libro predilecto hubiese aparecido milagrosamente en Marrakesh para recordarle cómo reírse de sus ridículos contratiempos y seguir adelante con su modesta odisea saharita.

Era hasta cierto punto natural que Pasang Nuru descreyese del encomio libresco de la muchacha. Aun sin conocer el texto, el sherpa podía imaginar el tipo de palabras y pasajes que tanto habían estimulado al inocente Ben Bateson, la retórica sentimental con que el autor o autores del libro habrían deformado su viaje hasta convertirlo en una epopeya plagada de triunfos y tragedias. No en vano el sherpa había tenido que escuchar en su momento los discursos del general Massimo Sansoni o los monólogos del capitán Reissen-Mileto. Pasang Nuru conocía sobradamente la pueril retórica del heroísmo y había aprendido a despreciarla como muestra inequívoca de que los occidentales estaban condenados a vivir en un mundo de utilería emocional, en una suerte de alucinación colectiva donde se sentían forzados a rellenar la vacuidad de sus existencias con fárragos de palabras por las cuales eran capaces de cualquier cosa que no fuese la diferencia entre la vida, la fantasía y la muerte.

De esta forma convencido del carácter pernicioso de aquel

libro, Pasang Nuru sintió que era su deber lograr que el joven Bateson desistiese de su lectura. Pero las cosas resultaron infinitamente más complicadas que eso. Una mañana, el sherpa encontró al muchacho visiblemente recuperado leyendo en el vestíbulo de la pensión. Sin dudarlo, Pasang Nuru le preguntó cómo se sentía. Estupendo, dijo el chico y cerró el libro con sumo cuidado luego de indicar con un doblez la página que había estado leyendo. De reojo, Pasang Nuru reconoció en la cubierta una pared de hielo, un trazo de niebla, dos o tres escaladores que subían o descendían con gran esfuerzo. Veo que este libro le ha sentado bien, dijo dando en lo posible un énfasis burlón a sus palabras. Pero el chico no se dio por enterado. En efecto, reconoció, aquel libro había sido su mejor medicina. Gracias a él, su espíritu se había fortificado de tal forma que incluso la disentería le parecía ahora una bendición. Pasang Nuru le dijo que lo alegraba su recuperación, pero añadió que le resultaba difícil creer en las bondades lenitivas de los libros de montañismo, especialmente los que hablaban de los Himalayas, que por lo general estaban llenos de exageraciones e inexactitudes. Puede ser, respondió Ben Bateson sin mucha convicción, pero este libro es distinto, señor. Éste no es un libro común, ni siquiera puede decirse que sea un libro de montañismo, yo diría que es todo lo contrario, acotó. No le entiendo, dijo el sherpa extendiendo la mano para coger el volumen. Para empezar, siguió diciendo el joven Bateson, estos hombres no subieron a ninguna cima, sino que bajaron al infierno, lo cual es infinitamente más complicado, no sé si me explique, señor Nowroo. No cualquiera se mete así como así en un agujero helado, lleno de murciélagos y aguas venenosas. Eso sí que tiene mérito, dijo.

El muchacho todavía se explayó un poco en la defensa del volumen, pero el sherpa ya no lo escuchó. Había cogido el libro con ambas manos y lo sostenía ahora a escasos centímetros de su rostro, como si verlo de cerca fuese la única manera de creer en su existencia, o más propiamente, de creer que él mismo no se había convertido de repente en un ser de ficción descartado de una historia de la que debía haber sido personaje. El libro se llamaba *Las entrañas del mundo*, y su aspecto ajado parecía una burla aún mayor que el propio título. Era como si de repente la Gruta del Toscano le cobrase al sherpa el desprecio que siempre había sentido hacia ella y hacia los hombres que la habían penetrado. Ahora, gracias tal vez a ese libro sobre una aventura en la que él no había participado, el abismo era una parte contundente de la realidad. Una realidad que Pasang Nuru seguía aborreciendo pero que debía ser crucial para miles de personas como el joven Bateson, toda una legión de hombres y mujeres que nunca lo comprenderían y a los que él jamás comprendería. En una palabra, el libro que había estado leyendo el joven Bateson fue para el sherpa el signo último de su soledad, la prueba definitiva de que su vida había sido diseñada para desarrollarse en las márgenes de todo, en una línea fronteriza desde la cual tendría que ser siempre testigo de hechos que sólo serían protagonizados por otros acaso menos sabios pero más dignos que él.

La víspera de su partida, los Bateson tuvieron que ir al consulado para denunciar el robo de sus pasaportes. El señor Al Yahawi les propuso postergar el viaje, pero los muchachos se rehusaron. Ya se las ingeniarían para volver a ser alguien una vez que el señor Nowroo los hubiese conducido a Timbouctou.

Está de más decir que el desenfado de los americanos sólo sirvió para acrecentar la admiración del sherpa. Un tipo de admiración que llegó a creer perdida luego de soportar durante años la solemnidad, la ambición y el escrúpulo maniático de los exploradores del abismo. Pero con la admiración vino también la culpa. Un desbordamiento de vergüenza y culpa que el sherpa no había padecido con el resto de los clientes a los que había llevado a Timbouctou. De pronto lo asfixió el deseo de revelarles a los Bateson el carácter doloso de aquella empresa, aunque por otro lado le parecía igualmente criminal desbaratar la quimera que inyectaba energía y deseo a aquellos jóvenes. Tal era el entusiasmo que mostraban los Bateson hacia las cosas más zafias o más nimias de Marrakesh que era incluso posible que el paupérrimo poblado les pareciese magnífico, en cuyo caso hubiera sido innecesario confrontarlos con la verdad. De cualquier modo, tales razonamientos no redujeron la culpa del sherpa. Más bien la agravaron, la multiplicaron hasta acorralarlo en un callejón de sordos conflictos morales, dilemas grandes o pequeños, culpas gordas o magras que se engarzaron unas en otras hasta que fue imposible distinguirlas. Así, mientras los Bateson dormían plácidamente de camino a su espejismo saharita, Pasang Nuru se debatía en su tienda de campaña cocido por el remordimiento, recriminándose por darle tanta importancia al bienestar de unos extraños, buscando las palabras justas para contarles la gran estafa que contra ellos habían orquestado los señores Al J. Hoowie y P. S. Angie Nowroo, émulos saharitas de Bonnie and Clyde.

Así agobiado por la culpa y el insomnio, el sherpa resolvió sincerarse con sus clientes en cuanto llegaron al poblado. Esto es todo, anunció a los Bateson señalando las casas míseras que en ese momento se sofocaban bajo una densa nube de moscas. No hay más, dijo, y procedió a contarles la industria con que su patrón había inventado Timbouctou. Los Bateson lo escucharon en silencio, un silencio que Pasang Nuru imaginó denso y cargado de recriminación, un aluvión de reproches que sin embargo nunca llegaron. Dispuesto como estaba para ahogarse en ese alud, al sherpa casi lo ofendió notar que el silencio de los Bateson no era producto de la decepción, sino del respeto y la sorpresa. Respeto hacia la visible congoja de su guía y sorpresa por dos motivos que Ben Bateson se apresuró a explicar: primero, dijo el chico interrumpiendo la confesión del sherpa, porque nunca imaginaron que cambiarle el nombre a un pueblo fuese tan sencillo, y segundo, porque él y su compañera sabían desde el principio que aquel lugar era espurio y creyeron siempre que el sherpa sabía que ellos lo sabían.

¿De verdad?, preguntó Pasang Nuru. Claro que lo sabíamos, respondió Cathy Bateson como si el asunto no tuviese la menor importancia. Y agregó que el Timbuktú de Mauritania había sido fundado de manera similar a finales del siglo pasado. Y que el Timbaktú del Sudán había sido creado en 1911 por decreto del jeque Mohamed Muharaji. Y que dos etnias enemigas de la selva congoleña se habían exterminado en 1917 por el derecho a que sus aldeas detentasen el arcano nombre de Toombuktú. Sabían incluso que en el norte de Texas había por lo menos dos pueblos con ese nombre, y que en un rincón de su natal Pennsylvania había una librería de viajes llamada *Tim Books Two*, nombre a todas luces desafortunado para un establecimiento tan agradable. Un oasis de placer, suspiró la chica mientras cambiaba el carrete de su cámara. Una joya de librería, cuyo dueño, naturalmente llamado Tim, era presidente vitalicio del Club Timbuktú, del que los Bateson eran socios fundadores desde el venturoso 5 de agosto de 1948.

Pasang Nuru sintió que se evaporaba en su asombro a medida que escuchaba aquel recuento. Sintió que le faltaba el suelo y tuvo que sentarse para no caer. Supongo, suspiró al fin, que han visitado ustedes todos esos pueblos. Sólo nos faltaba éste, respondió el chico, orgulloso. Y uno en Texas, lo corrigió ella. Ése no cuenta, gritó él. No importa, señores, no importa, se apresuró a conciliar el sherpa. Y añadió: Hagan por favor las fotos que gusten. Yo los alcanzaré en un momento, sólo necesito un poco de aire.

Esa noche los Bateson y su guía celebraron su encuentro con Timbouctou. Bailaron, bebieron, se fotografiaron en todos los escenarios disponibles y en las posturas más insinuantes. Liberado al fin de sus culpas, Pasang Nuru se dejó embriagar por una felicidad sin límites y no tuvo que pensarlo mucho para decidir que había llegado su hora de volver a la llanura. Contra sus temores, la decisión no le causó ningún pesar. Su regreso ahora le parecía tan natural como alguna vez lo hizo su partida. Su peregrinación no podía concluir de mejor manera. No es que hubiese cambiado ni aprendido gran cosa en los últimos años. Ahora simplemente sabía que viajar no hacía mejores ni peores a los hombres, y que ése era acaso el mejor aprendizaje al que nadie podía aspirar. Le alegraba haber viajado para entender que hacerlo era una pérdida de tiempo, un acto tan inútil y vacío de romanticismo como la más extrema inmovilidad. Acaso había esperado demasiado para recibir esta confirmación, pero el costo era en el fondo aceptable si tomaba en cuenta lo que otros, en especial los exploradores de la Gruta del Toscano, habían pagado en su momento para apenas intuir lo que él ahora sabía con absoluta certidumbre.

Cinco días después Pasang Nuru conducía a los Bateson al consulado americano en Marrakesh, donde un secretario sudoroso les devolvió sus pasaportes a cambio de una suma que aun al sherpa le pareció escandalosa. Luego fueron a la agencia para despedirse de los señores Al Yahawi, pero encontraron la oficina cerrada por inventario. Pasang Nuru no dijo nada, aunque sintió en su fuero interno un gran deseo de tirar a puntapiés la puerta del negocio. En vez de eso, ofreció a los americanos conseguirles un lugar de privilegio en el próximo tren a Tánger.

Camino de la estación, la muchacha lloró desconsoladamente y juró por todos los árboles de Ohio que enviaría al sherpa una copia de cada una de las fotografías que se habían hecho con él en ese viaje memorable. Su compañero no fue menos elocuente: cuando les llegó la hora de abordar el tren, abrazó al sherpa con la fuerza de un grizzly y le entregó la copia única e íntima del libro que le había permitido sobrevivir a la disentería y convertirse, una vez más, en el conquistador perpetuo de Timbuktú.

No fue fácil resignarse a que una historia para él tan significativa se narrase en un libro de aspecto tan precario, tan visiblemente expuesto a la impiedad de los muchos desiertos, mares y montañas que había recorrido en su larga travesía hasta una pensión de mala muerte en Marruecos. Al volumen la faltaba por lo menos una cuarta parte de las páginas. Y el resto era más bien un amasijo de papel, un pulposo palimpsesto de hojas cruelmente dobladas, anubladas a veces por impenetrables manchas color marrón, mancilladas otras por las tachaduras, las acotaciones y los subrayados de quienes lo habían leído antes que Pasang Nuru Sherpa. Junto al título, un sello que debió ser rojo festejaba que en sólo dos años *Las entrañas del mundo* hubiese agotado medio millón de ejemplares en una docena de idiomas. La sinopsis en la contracubierta recordaba a los lectores que Werner Ehingen había dictado aquella historia trepidante mientras se recuperaba de sus heridas en el Sanatorio Central de Streslau. Nada añadían los editores sobre los males que entonces aquejaron al autor o sobre los motivos que le habrían impedido escribir él mismo el relato de su expedición. Aun así, Pasang Nuru sospechó que Ehingen había pagado con sus manos la cuota impía de la gangrena.

Desde antes de abrir el libro imaginó al explorador en un cuarto insoportablemente blanco, apenas contrastado por el chillante iris de las flores que le habrían enviado sus devotos, sus patrones y sus compañeros de cordada. Lo imaginó espléndido, curtido todavía por el sol de la cordillera himalaica, tal vez cegado por el relumbre de la nieve. Le atribuyó el rostro beatífico de los que están por convertirse en mito y lo saben. Lo vio recostado como un pontífice en su lecho hospitalario, también blanco, las manos vendadas sobre el regazo mientras dictaba a un amanuense cómplice sus recuerdos frescos del abismo, más de uno ya inventado.

Y lo imaginó también meses más tarde, repuesto ya de sus heridas, narrando su gesta en auditorios pletóricos de fervorosos jóvenes de Hazelton o Zenda o Bratt Unter Rhin. Una leyenda humana incapaz ya de distinguir si lo dicho y lo escrito correspondían a la realidad, pero igual contándolo sin importarle que un día de muchos años después Pasang Nuru o alguien semejante a Pasang Nuru tendría aquel libro en sus manos y diría no entiendo, en verdad no entiendo cómo este hombre se ha vuelto tan famoso, si después de todo su incursión a la caverna fue un fracaso.

Durante varios días esa pregunta atormentó al sherpa. Lo atormentó de veras, aunque no bastó para emprender la lectura del testimonio de Ehingen. Algo había en ese libro más tenaz que su curiosidad, algo acaso vinculado con su miedo a revivir sus propios recuerdos de la Gruta del Toscano. Muchas veces estuvo a punto de abandonar el volumen en el desierto o malbaratarlo en el zoco. En cierta ocasión se atrevió a dejarlo en el local donde solía beber el té, pero el libro volvió a sus manos como vuelve al hogar un gato con el que se ha vuelto imposible convivir. De esta suerte entendió el sherpa que perder un libro, el pasaporte o el alma en Marrakesh eran cosas ajenas a la libertad. Allá donde cualquier cosa podía extraviarse, era prácticamente imposible deshacerse voluntariamente de nada. Era como si todos en esa ciudad caótica atesoraran sólo lo que otros desearían. Por eso se esmeraban tanto en impedir que uno se despojase de lo accesorio o lo indeseable. De acuerdo con esa regla, el eterno retorno del libro de Werner Ehingen a manos del sherpa sólo podía significar una cosa: definitivamente debía leerlo, debía enfrentarlo en la conciencia de que en sus páginas hallaría no al hombre que lo había dictado, sino al que él mismo había comenzado a ser desde que acompañó al capitán Reissen-Mileto en su azaroso encuentro con la Gruta del Toscano.

Así extenuado, así resuelto a buscar su verdad entre las líneas de Werner Ehingen, cierto sábado de marzo Pasang Nuru presentó en la agencia su renuncia, compró un pasaje en el siguiente tren a Casablanca, se recostó en un banco de la estación y comenzó a leer *Las entrañas del mundo* con la vaga esperanza de que su autor tuviese efectivamente un secreto que sólo él sería capaz de comprender.

A modo de prefacio, aquella edición de *Las entrañas del mundo* abría con el discurso de un tal Fritz Lauengram, entonces editor de la Real Sociedad Geográfica del Principado de Ruritania, y amigo personal del autor. El discurso había sido pronunciado con motivo del primer aniversario del descenso de la Cofradía de Zenda a la Gruta del Toscano. Lauengram, no obstante, apenas mencionaba a la indómita cordada. Sus palabras iban más bien dirigidas a exaltar la figura de Ehingen, a quien presentaba como un ruritano excepcional, ejemplo para las juventudes europeas y gloria inmarcesible de la exploración universal. Él mismo, continuaba el tribuno, oyó cierta vez a su amigo definirse con estas palabras: Nací alemán en 1894, me hicieron francés en 1918, alemán en 1949 y de nuevo francés en 1945, pero siempre tuve un corazón ruritano.

Aquí al sherpa le hubiera gustado no imaginar aplausos, menos aún escucharlos tan estruendosos como debió de escucharlos Lauengram. Una carretada de aplausos, un vómito febril de vivas y aplausos que también habría escuchado el propio Werner Ehingen, allí presente, sin duda, sentado acaso junto al podio o en un palco de honor, agradeciendo la ovación con su diestra sin dedos, henchido de falsa modestia. Ruritano, desde luego, repetía Fritz Lauengram, tan ruritano como nuestros llorados Ulises Stackbach y Néstor Rivatz, que dejaron sus vidas en las entrañas del mundo para que un día como hoy, señoras y señores, pudiésemos decir con orgullo que esta nación conoce el hambre pero no el miedo, que esta patria milenaria ha conocido la adversidad mas nunca la renuncia.

En la mente de Pasang Nuru, el director de la Real Sociedad Geográfica cerró los ojos, Werner Ehingen cerró los ojos y el propio sherpa cerró también los ojos en un esfuerzo inútil por no ver a Ehingen y a Lauengram cerrar los ojos. Entretanto, los jóvenes del auditorio aplaudían de nuevo y asentían conmovidos como si en verdad hallasen una relación entre las palabras de Lauengram y la biografía de Ehingen. Pasang Nuru, por su parte, estaba en blanco. Por más que lo intentaba, no conseguía ligar la exaltación patriótica del editor con algo que no fuese la guerra, con una especie de combate apocalíptico que los occidentales, por razones para él incomprensibles, seguían relacionando con la Gruta del Toscano y a veces también con los picos himalaicos. Mientras leía el discurso de Fritz Lauengram, el sherpa sintió que el general Massimo Sansoni y su hueste de montañistas en camiseta habían salido inopinadamente del Sahara para pedirle que les indicase el camino más corto para llegar a Timbouctou. Naturalmente, la imagen le pareció un sinsentido y lo hizo pensar que el sueño había empezado a derrotarlo en el sinuoso tren que esa tarde lo alejaba para siempre del desierto. En cualquier caso, ni esa ni ninguna otra visión le habrían resultado menos enigmáticas que el discurso de Lauengram y su encomio de la nación ruritana a expensas de dos exploradores muertos y otro cuyo mayor mérito, al parecer, consistía en haberse mantenido más o menos vivo.

Cuando cesó la ovación, Lauengram clavó los ojos en el cielo raso, alzó el índice en un gesto admonitorio y anunció que era el deber de todo ruritano aprender la lección de Werner Ehingen. Luego pidió a los presentes que por un momento se olvidaran de aquel cálido recinto en la Universidad Católica de Amzel y trataran de imaginar a los cuatro sobrevivientes de la Cofradía de Zenda en la larga noche del 7 de noviembre de 1949. El director habló del frío glacial de la caverna, invocó el viento que calaba el cuerpo de los expedicionarios como una lluvia imparable de lanzas enemigas, describió el cansancio, el hambre, la profunda tristeza que habría embargado a aquellos hombres cuando asumieron que no volverían a ver con vida a Ulises Stackbach y a Néstor Rivatz.

Sus reservas de carbóxido se han agotado, prosiguió Lauengram. Como su esperanza, la luz los ha abandonado a su suerte en mitad del ascenso a la superficie. Desorientados, derrotados por la muerte de sus compañeros, se han perdido en la caverna y se han quedado a ciegas entre las rocas del Círculo Séptimo, muy lejos ya del fondo del abismo, pero lejos también de la laguna Estigia, donde los espera la salvación del campamento base. Aún se yerguen frente a ellos varios kilómetros de piedra vertical, dos infernales círculos de viento y aguas ácidas. Una distancia que fue dura en el descenso y que ahora, cuesta arriba y en tinieblas, les parece insalvable. Ateridos, hipóxicos, cada vez más vulnerables al delirio, los miembros de la Cofradía de Zenda se sienten derrotados. Su voluntad para seguir adelante con la vida se ha hecho trizas. En sus mentes pulverizadas sólo impera un profundo deseo de sueño eterno, el ansia de olvidarlo todo y de sumarse a la muerte que sin duda ha atrapado a sus compañeros Stackbach y Rivatz en el fondo de esa cueva infernal.

Fue entonces cuando Ehingen decidió sobrevivir, exclamó Lauengram. Fue entonces, señoras y señores, cuando este noble espíritu sacó fuerzas de flaqueza. Fue entonces cuando sacudió a sus compañeros del letargo en que se hallaban y los conminó a no darse por vencidos, pues la resignación, señores, es el único fracaso que no debe permitirse un hombre cabal. Les dijo que el viaje de los ruritanos a las entrañas de la tierra no había hecho sino comenzar. Los convenció de volver, volver a cualquier costa y alzarse de entre los muertos. Les dijo que ése era su destino, ésa la verdadera cumbre que estaban llamados a conquistar. Regresar a los suyos, a su patria. O intentarlo al menos en memoria de sus cofrades desaparecidos. La voz de Fritz Lauengram retumbó en el auditorio. La voz de Werner Ehingen estremeció los muros del abismo mientras los rostros de sus compañeros se borraban con la última lámpara de carbóxido que les quedaba. La oscuridad entonces fue total, como el silencio de la herida cofradía, continuó el editor. Ehingen pudo escuchar la respiración entrecortada de sus compañeros, su miedo, algún solloza largamente guardado, la voz de alguno preguntando cómo esperas que salgamos de aquí a ciegas. Acéptalo, Werner. Se acabó.

Pero Ehingen no era hombre para dejarse morir así, siguió diciendo el editor de la Real Sociedad Geográfica, y describió para su audiencia lo que también el sherpa Pasang Nuru, quince años después, estimaría increíble: el viaje a oscuras del obcecado Werner Ehingen por dos círculos infernales hacia su salvación, su ascenso ciego y solitario por las paredes del infierno dantesco, su proeza irrepetible, señores, su milagro de tesón, su sacrificio desbordado por una fuerza divina que le permitió llegar con vida hasta el campamento base y organizar desde allí el rescate de sus compañeros. Quienes lo vieron llegar al campamento pensaron que aquello no era un hombre, pero era más que eso, dijo Lauengram señalando a Werner Ehingen, que lo escuchaba transido de emoción. El ácido había destruido sus pulmones, pero Werner Ehingen era mucho más que sus pulmones, dijo el editor. El frío había acabado con sus manos, pero Werner Ehingen era mucho más que sus manos. El abismo le había arrebatado a dos de sus camaradas, pero Werner Ehingen había vencido al abismo. En suma, señoras y señores, Werner Ehingen había superado a la muerte para demostrarnos aquí y ahora cómo un hombre de verdad puede merecer la eternidad, dijo el director de la Real Sociedad Geográfica del Principado de Ruritania. Esto dicho, pidió nuevos aplausos para Ehingen y se sentó agradeciendo a los presentes su amable atención.

El tren llegó a Casablanca más tarde de lo programado. Pasang Nuru buscó dónde alojarse y terminó en la bodega de un taller mecánico que olía a guiso de cordero. El dueño del lugar era un antiguo socio del señor Al Yahawi. Tal vez por eso no se tentó el corazón para cobrarle al sherpa veinte dólares a cambio de aquel rincón infame, dos cantimploras de agua y una cobija moteada de manchas inextricables. El viajero pagó sin chistar y se sintió inclusive afortunado de tener dónde reparar sus huesos.

Pasang Nuru se lavó como pudo con el agua de una de las cantimploras, vació la otra de un trago y se envolvió en la cobija con la firme intención de dormir hasta el día siguiente. Pero a eso de las dos de la mañana lo despertó un runrún de voces que parecían venir del techo. Pensó al principio que aquello debía ser un eco, y que las voces provenían de la calle. Después quiso ubicar su origen en el taller, en la casa contigua, y otra vez en el techo. Sin levantarse del suelo, alzó la vista. Definitivamente, un hombre y una mujer sostenían una animada conversación en el techo de la bodega. O dos hombres y una mujer. O dos hombres, dos mujeres y un niño. Quién sabe. Desde donde estaba, Pasang Nuru no podía distinguir el género ni el número de quienes participaban en tan singular coloquio. Es la malaria, se dijo sin apartar la vista del cielo raso, y temió que el techo se abriese de pronto para dejar entrar a un simurg de plomo, el mismo o uno muy similar al que lo había visitado en la llanura cuando conoció al gordo Marcus Gleeson. Pero no ocurrió nada: las voces prosiguieron su charla sin mostrar el menor interés por el hombre que abajo los espiaba. Temeroso de perderse una vez más en brazos de la fiebre, Pasang Nuru renunció a dormir y prefirió matar el tiempo desmembrando la conversación del techo.

Oyó entonces que una de las voces afirmaba que lo más prudente era esperar hasta que estuviesen seguros. Las otras voces, sin embargo, no eran de la misma opinión. Quizá, sugería una de ellas, será mejor hacer las cosas en caliente. Entonces la primera voz, sin acatar ni desechar la propuesta, se limitaba a decir: Tengo curiosidad por saber qué va a decirnos, sea lo que sea no nos compromete a nada. ¿Qué le hemos pedido concretamente?, preguntaba una tercera voz. ¿No estabas allí?, decía la primera. No presté atención, respondía la otra.

Ahora guardarán silencio, pensó el sherpa desde su puesto de escucha. Pero las voces en el techo siguieron hablando. Tengo frío, decía una de ellas. Hemos llegado demasiado temprano, decía otra. Siempre a esta hora. Pero no pasa nada. Amanecerá temprano, como ayer, y después podremos marcharnos. Y luego será otra vez de día. ¿Qué hacer, qué hacer?, se preguntaba angustiada una de las voces al cabo de una breve pausa.

Pasang Nuru metió la cabeza debajo de su manta. Las voces en el techo enmudecieron como por sortilegio. El sherpa se asomó despacio y le pareció que sus visitantes se habían marchado. Intentó dormir, pero el súbito silencio del lugar le resultó opresivo, intransitable. Sacudió sus dos cantimploras sólo para descubrir que no le quedaba agua. Luego las devolvió a su sitio, cogió el libro que le había regalado el joven Ben Bateson, encendió la luz y prosiguió su lectura con más resignación que interés.

Werner Ehingen dictó *Las entrañas del mundo* en diciembre de 1949. Lo hizo desde su cama en el Sanatorio Central de Streslau, seguramente al mismo tiempo en que Pasang Nuru contraía la malaria en Malawi. Aún faltaba un año para que Ehingen oyese la sentida apología de su amigo Fritz Lauengram, pero dictaba su aventura como si ya lo hubiese hecho. Dictaba su descenso a la Gruta del Toscano como si éste fuese consecuencia y no causa del inflamado discurso del editor de la Real Sociedad Geográfica. Su amanuense se llamaba Birgitte Skärup, una enfermera danesa que se había ganado a pulso la confianza y puede que hasta un poco del amor de Werner Ehingen, quien le dedica el libro. Fue ella, acota luego el orgulloso explorador, quien lo convenció de contar su historia y quien dio cauce a su manía por comparar a sus cofrades con los Caballeros de la Tabla Redonda. Aquí y allá, en efecto, sin entrar en detalles ni venir siempre a cuento, Ehingen se refiere a los miembros de su cordada como émulos de Arturo, Lancelot y Perceval. El capitán Reissen-Mileto preside aquella ilustre cuadrilla como una suerte de Merlín, mitad viejo y mitad mago, a quien todavía quedan fuerzas para lanzar a sus pupilos en pos del Santo Grial.

En tales términos recuerda Ehingen una histórica reunión en casa de la duquesa Tibia Grics, acaso la primera en que los cofrades estuvieron juntos en presencia de su protector. La reunión transcurre como una mezcla de fiesta frívola y misa fundacional. Junto a la duquesa, el capitán Reissen-Mileto alza una copa de espumante y arenga a sus jóvenes reclutas, los confronta con su ineluctable destino, los hechiza con el relumbrón de la gloria, la inmortalidad y tal vez, nunca se sabe, del conocimiento último que guarda la Gruta del Toscano al resto de la humanidad. Los cofrades alzan sus copas y brindan por el éxito de la misión. Ehingen los mira emocionado y dice para sí que esos muchachos son efectivamente los mejores. Movido por el discurso del capitán, el líder de la cordada ve elevarse ante ellos las selvas ásperas, las cumbres nevadas y la caverna cruel que los esperan ya en sus antípodas. Sabe que tendrán que enfrentar infinitos peligros, y que algunos de los allí presentes podrían perder la vida en el trayecto. Pero sabe asimismo que de eso, exactamente de eso, está hecha la madera de los héroes. Entonces vuelve a pensar en los caballeros arturianos, y su corazón se contrae como si esa noche, entre los árboles que franquean la opulenta mansión de la duquesa Tibia Grics, una estantigua de cruzados entonase la más desgarradora ópera de Wagner.

Por fortuna para el sherpa, su ejemplar de *Las entrañas del mundo* había perdido varias páginas de ese capítulo preciso, que sin duda le habrían parecido aún menos tolerables que el prólogo de Fritz Lauengram. Aquí el libro daba un salto tremebundo y pasaba de la fundación de la Cofradía de Zenda al momento en que ésta comenzó en Darjeeling su fatigoso viaje hacia la gruta. En esta parte del relato, Pasang

Nuru sintió que Ehingen era distinto del que había dictado las páginas iniciales del libro. Era como si de pronto, en
las semanas que le tomó dictar su historia a la afanosa Birgitte Skärup, el explorador hubiese recordado algo sustancial
que sin embargo no debía quedar expuesto en su testimonio. O como si alguien ajeno a su viaje, aunque sumamente
interesado en él, hubiese revisado ya las primeras páginas
acotándolas, dirigiéndolas, aconsejando a su autor que no
perdiese el tiempo en nimiedades y entrase de lleno en los
pasajes más dramáticos, aquellos que seguramente aguar-
daban ya, con infinita impaciencia, sus admiradores, sus
amigos, la humanidad entera.

Este cambio súbito de tono fue más bien penoso para el
sherpa, pues la prisa del autor por narrar sus desventuras
en el abismo hizo que apenas se detuviese en pasajes que
podrían haber resultado familiares para el antiguo intérprete del capitán Reissen-Mileto. Poco decía Ehingen de
los problemas que había tenido que enfrentar para siquiera
acercarse a la entrada del abismo, del calvario burocrático
que habrían debido soportar para hacer valedero su permiso de adentrarse en la cordillera, de los dimes y diretes que
habrían sostenido sin ayuda de Pasang Nuru para hacerse
de un equipo de porteadores capaz de acompañarlos en su
aventura.

No eran más elocuentes las líneas que Ehingen dedicaba
a los hombres, pueblos y accidentes orográficos por los que
pasó la cordada en un trayecto montañés que, según los cálculos del sherpa, les tomó por lo menos cinco semanas. En un
apartado más bien breve, el autor mencionaba una visita de
repuesto al monasterio de Gum Aran y su asistencia al fune-
ral de una niña sherpa. En otra parte aludía escasamente a

la desaparición de cuatro porteadores que habían caído de un improvisado puente de lianas en las aguas turbulentas de un río sin nombre. Los sherpas muertos apenas merecían de Ehingen un sentido epitafio donde halagaba la fortaleza de esos hombrecillos por los que no oculta cierta condescendencia, el dolor superficial de quien ha perdido una mascota con la que no ha tenido tiempo de encariñarse.

Lo peor del caso era que el autor de *Las entrañas del mundo* ni siquiera mencionaba el tendejón de Pasang Nuru. Pasaba sobre él como si no existiese, apurado, eso sí, por surcar cuanto antes la llanura y llegar antes del anochecer al Valle del Silencio. Sólo allí, y sólo entonces, el autor rendía dos páginas de homenaje a los hombres de la Quinta Compañía de Fusileros, que habían desaparecido en cumplimiento de su deber mientras el capitán Jan Reissen-Mileto y el teniente Ehingen de Granz descubrían para la humanidad la ubicación exacta del infierno dantesco.

Por razones que Pasang Nuru no acabó jamás de comprender, sólo en esta parte los editores del libro habían juzgado pertinente añadir una nota al pie donde explicaban de manera sucinta la prehistoria de la Gruta del Toscano. Luego de esquivar en dos palabras el asunto de la Quinta Compañía de Fusileros, los editores exponían los posibles antecedentes del descubrimiento del abismo, las diversas señales que anunciaron su posible existencia en el siglo xix y el lento proceso que siguió el capitán Reissen-Mileto para descubrirla el 14 de septiembre de 1922. Vagamente, indicaban asimismo algunos datos sobre la naturaleza, la profundidad y el posible origen del frío de la cueva, así como algunas teorías consagradas a saber si la *Commedia* había precedido a la Gruta del Toscano, o si esta última había sido adaptada de algún modo para reproducir la imaginación del poeta florentino.

Aquellas líneas en letra menuda, llenas de cifras y fechas, sirvieron al menos para que el sherpa apreciara un poco más, aunque no completamente, el tamaño de la locura de los muchos hombres que él mismo había ayudado antes a llegar hasta aquel agujero de piedra, azufre y hielo. Esa noche, mientras leía la nota explicativa de un libro que cada vez lo indignaba más, el febril sherpa sintió nostalgia de la llanura, recordó las oraciones del jesuita Gudino y el aerostato azul celeste del primer corneta Marcus Gleeson. Pensó también en el capitán Reissen-Mileto y en el teniente Ehingen de Granz, pasmados junto a él en el umbral de la Gruta del Toscano. Y pensó por último, en el recodo de sus sueños o delirios, en un poeta medieval que reía a pierna suelta a bordo de una barca que cruzaba las aguas de un río sin nombre acompañado de cuatro sherpas muertos, uno de los cuales, no está de más decirlo, era él mismo.

CREO HABER DICHO YA QUE MI ENCUENTRO CON EL OR-
denanza Plotzbach fue casual. Desde que hablé con Robert
Seize, mi obsesión por desvelar la historia oculta de la Gruta del Toscano me condujo por caminos en apariencia ló-
gicos que fatalmente terminaron en callejones sin salida.
Pronto descubrí que los amigos y herederos de los cofrades
de Zenda no estaban seguros de querer revivir la tragedia.
Habían pasado para entonces treinta años desde el acciden-
tado descenso de los ruritanos y más de quince desde el
triunfo de la expedición china. Para la celebración del trigésimo aniversario de su odisea, Werner Ehingen había publicado con éxito un cuadernillo de pensamientos que servía
de posdata a su libro *Las entrañas del mundo*. Hasta ese día
nadie se había atrevido a objetar su testimonio, pues hacerlo hubiera sido un atentado contra la fe de por lo menos tres
generaciones de lectores que seguían pensando que la expedición de 1949 era el epítome de la capacidad del ser humano para sobreponerse a la desgracia o a la derrota. Ni el
incómodo silencio de los demás protagonistas del descenso
ni el triunfo de los chinos en 1965 habían logrado opacar la
paradójica grandeza del fracaso de los ruritanos. En una palabra, Ehingen había conseguido el milagro de inmortalizar

a la Cofradía de Zenda. Como el perseverante Shackleton o el obcecado Scott, el líder de la expedición ruritana había teñido de gloria un acontecimiento que de otro modo habría sido penoso. Ciertamente Ehingen se había allegado la mayor parte del crédito, acaso a expensas de la verdad, pero ahora su éxito parecía justificarlo plenamente. Sin su ayuda, los restantes miembros de la Cofradía de Zenda habrían caído en el olvido o en el oprobio tan pronto como los chinos alcanzaron el fondo de la gruta. O aun antes, desde el momento mismo en que Ulises Stackbach y Néstor Rivatz desaparecieron en la última parte del trayecto echando por tierra el último delirio troglodita del capitán Reissen-Mileto.

No es entonces de extrañar que mis esfuerzos por remover aquella historia resultaran inútiles. En vano había querido entrevistar a Werner Ehingen, quien seguía embebido en las mieles del aniversario y no parecía dispuesto a hablar con nadie que no fuese de su entera confianza. Con Paola, la huérfana del gemelo Kástor Jenbatz, las cosas no habían ido mejor, pues mi afán por conseguir que me mostrase los diarios íntegros de su padre fue tan baldío como antes habían sido los esfuerzos de Seize por publicarlos. En un golpe de suerte, había encontrado las memorias del doctor Klaus Rohem, pero éstas sólo me aportaron un par de datos curiosos sobre la enfermedad del capitán Reissen-Mileto y poco más que pudiese ayudarme a saber algo nuevo sobre la Gruta del Toscano. Por un tiempo escudriñé los archivos de la Real Sociedad Geográfica, donde hallé algunas fotografías inéditas de la Cofradía de Zenda, el tedioso libro contable de la expedición y el desolador panorama de casi un siglo de expedientes amontonados en el sótano de aquel decrépito edificio. Sólo con la ayuda de un archivista medio ciego pude dar con cuatro páginas de la versión original de *La soberbia de Orfeo*, apenas suficientes para constatar la veracidad de la historia que Seize me había referido sobre la mutilación de los diarios de Jenbatz.

Luego supe que el viejo archivista no era otro que el ordenanza Beda Plotzbach. Él mismo se encargó de recordármelo poco después de mi visita a los sótanos de la Real Sociedad Geográfica. Esa tarde el viejo caminaba hacia la Plaza de los Frailes cuando me vio unos metros delante de él. La sombra de los almacenes Kraftstein se volcaba sobre la avenida y parecía abrazarlo todo con su engañosa penumbra navideña. Hacía meses que Plotzbach se había resignado a padecer la imparable opacidad del glaucoma. Aun así, no le costó ningún trabajo identificarme y gritar mi nombre como si me conociese de toda la vida: Haskins, gritó desde su lado de la calle, y sin duda saboreó el asombro con que yo había vuelto la cabeza para ver que me llamaba un extraño, un hombre que podría haber sido mi abuelo y que blandía su bastón con el vigor del náufrago que ha visto un aeroplano sobrevolar su balsa.

Plotzbach me dijo luego que no se hizo ilusiones de que yo lo reconociese enseguida. La mayor virtud de un sirviente, me explicó, está en pasar inadvertido, y él, que había sido el mejor de todos, sabía que la indiferencia del prójimo era el precio de su talento para ser discreto. ¿No era ésa, a fin de cuentas, la razón por la cual acababan de jubilarlo? ¿No era su destreza para la invisibilidad lo que finalmente lo había convertido en una especie de reliquia, en una moneda cuyo valor de cambio se había ido devaluando a medida que el recuerdo del capitán Reissen-Mileto pasó a ser un incómodo arcaísmo? En su acta de retiro, me dijo el ordenanza, los patronos de la Real Sociedad Geográfica le agradecían solemnemente sus servicios. Nadie allí, sin embargo, parecía tener idea de cuáles habían sido esos servicios ni por qué tendrían ahora que deberle nada a un nonagenario medio ciego que ni siquiera servía para velar de noche un edificio tan viejo como él.

Pero lo más triste del caso no era el inhumano pragmatismo de los directores de la Real Sociedad Geográfica. Lo peor, decía Plotzbach, era el hecho de que jubilarlo pareciese tan razonable. Desde el día en que lo pensionaron, el antiguo ordenanza del capitán Reissen-Mileto había buscado una justificación para su rabia o su tristeza. Había cavilado largamente en su despido hasta aceptar que las razones para mantenerlo en la institución eran casi museográficas. Aun cuando sus patronos hubiesen estado al tanto de su lealtad o de su paciencia para servir al capitán, Plotzbach tenía claro que era absurdo seguir atribuyendo algún valor a aquellos hechos y esperanzas que se habían disuelto con el triunfo de los chinos en 1965. A su entender, la victoria de la expedición china en el abismo que otrora había aniquilado a Stackbach y Rivatz era sólo una secuela de la derrota de la Cofradía de Zenda, algo así como la natural prolongación de una lucha de titanes pervertida gradualmente en riña de cantina, un capítulo más en una retahíla de desastres cuyo epílogo no había sido la muerte del capitán o el desengaño anunciado por los chinos, sino eso: la expulsión definitiva de un archivista decrépito del que nadie podía explicarse por qué seguía trabajando en los archivos cuando cualquiera con un mínimo de humanidad habría tenido que enviarlo a casa con una pensión digna o a lo menos suficiente para hacerle más llevadera la soledad, la agonía y la muerte.

El ordenanza Beda Plotzbach había cruzado la avenida y me decía que había sido archivista en la Real Sociedad Geográfica. Sólo entonces empecé a reconocerlo. Su mandíbula de campesino celta lucía tan firme como hacía unos meses, aunque ahora iba cubierta con una barba de la que uno no sabía si lamentar las canas o el desánimo que acusaba. Sin duda aquella espalda aún habría podido sostener montones de libros, pero su dueño ahora parecía tan avergonzado de su corpulencia como antes se había ufanado de ella. Imagino que esa tarde también él me vio un poco distinto, si no envejecido, sí al menos desgastado por los tropiezos que venía sufriendo desde la última vez que nos vimos. También yo me había dejado crecer la barba, había perdido algunas libras de peso e incontables horas de sueño cuyo saldo debía ser visible en mis ojos, en mi piel, en cada centímetro de mi cuerpo desangrado por una investigación que seguía sin llevarme a ningún lado.

Nada de eso estorbó a Plotzbach para festejar nuestro encuentro como quien se topa con un amor de juventud. Antes que acentuar su pesadumbre, mi irrupción en ese punto exacto de su vida debió ser para él como un madero en el agua. Ni mi ostensible fatiga ni su nueva condición de jubilado le impidieron encontrar en mí el camino que había estado buscando para desquitar su encono hacia la Real Sociedad Geográfica. ¿Cómo no iba a despreciarlos?, me preguntó más tarde. ¿Cómo perdonarlos si ningún archivo hubiera podido enumerar la mitad de las cosas que él recordaba sobre la Cofradía de Zenda y la expedición ruritana a la Gruta del Toscano? Muchas veces Beda Plotzbach había notado con alarma que el desgaste de su cuerpo discordaba con el vigor de su memoria. Pero sólo ahora entendía por qué la suerte le había concedido el milagro de acordarse de tanto por encima de tanto tiempo: de los nombres completos de cada uno de los miembros de la Cofradía de Zenda, que él transcribía en complejas minutas cada vez que el capitán convocaba a una reunión en su casa, de sus odios y hasta de sus amoríos, de los que ellos alardeaban en los pasillos de la Real Sociedad Geográfica sin importarles que el ordenanza del capitán los escuchase, agradecidos casi de poder explayarse ante un sirviente en cuya discreción confiaron todos hasta el último momento. Hallarme esa tarde y elegirme para revivir todo aquello le devolvería la convicción de que su vida no había transcurrido en vano, o que el azar y la providencia solamente son las caras de un orden supremo donde no hay deuda que no se pague.

Horas antes de encontrarme, mientras descansaba en una banca del parque Masarik, Plotzbach había experimentado una lúgubre epifanía. De pronto, me dijo, intuyó que la muerte no era una fatalidad de los hombres, sino una costumbre inveterada de las cosas. Morir es un verbo mal conjugado, añadió. Perder la vida no era un acto que debiese atribuirse a las personas, sino a las ciudades, las montañas, los astros, a todas las cosas que cotidianamente, con la extinción de cada hombre, pierden una porción de su existencia. La muerte de un hombre era en esencia la pérdida irreparable de un registro del mundo, la disolución de una memoria capaz de aglutinar el pasado y el presente para dar consistencia a todo aquello que es incapaz de pensarse a sí mismo. Por eso, concluyó el ordenanza esa tarde entre la ansiedad y el respiro, la modesta banca del parque Masarik y el universo material que la contenía morirían también una muerte enorme cuando se extinguiese la memoria del viejo que ahora las percibía, cuando les faltasen esos ojos casi ciegos que cada hora daban sentido al trajín de la capital ruritana, al parpadeo de sus escaparates o al desfile otoñal de agotadoras calles que ese día preciso lo habían conducido hasta mí y quizás un punto más cerca de la muerte.

Tal vez en otras circunstancias el viejo Plotzbach habría evitado pensar en su inminente ausencia de este mundo. Pero esa tarde venía de cobrar su pensión y requería más que nunca de una fuerte dosis de autoestima. Cuando finalmente salió del parque y emprendió el camino hacia la Plaza de los Frailes, pensaba todavía en las consecuencias cósmicas de su ausencia y se regodeaba en ellas con tal entusiasmo que estuvo a punto de no reconocer mi figura, que se arqueaba distraída sobre el borde de la acera opuesta, tan replegado en mis pensamientos que después nos pareció un milagro que nos hubiéramos encontrado en el momento justo en que ambos nos necesitábamos para no ahogarnos también en las sombras desquiciantes de la Gruta del Toscano.

Esa noche comprendí que había estado investigando por la ruta equivocada. Entre brumas de aguardiente Beda Plotzbach me enseñó que mi interés por conocer el texto íntegro de las memorias del gemelo Jenbatz no iba a llevarme muy lejos. O al menos no tan lejos como en realidad podía llegar si escuchaba atentamente lo que él sabía. Por desgracia, me dijo el viejo cuando llegamos al Portal de los Frailes, lo que pensaba contarme no estaba registrado en el diario del gemelo ni en ningún otro documento, pero estaba seguro de que un día aquella historia saldría a la luz con toda la fuerza de su incontestable realidad.

Sólo entrar en la taberna, Beda Plotzbach pidió dos botellas de aguardiente y procedió a contar lo que había callado desde que entró al servicio del capitán Reissen-Mileto. Habló sin prisa de cómo hallaron el abismo, se detuvo en los desmanes de la duquesa Tibia Grics, narró con excesivo detalle diversas anécdotas al parecer ajenas a la expedición de 1949. Mientras lo escuchaba, pensé que el viejo había sobrestimado sus recuerdos y que éstos no pasarían de ser una nómina de rencorosos cotilleos sobre las excentricidades y desamores de su patrón. Fue entonces cuando Plotzbach mencionó a Eneas Molsheim. O mejor dicho, lo invocó. Hasta allí su voz había sido serena, a veces incluso festiva. Pero el nombre de Molsheim lo había transformado como sólo puede hacerlo una aparición. Enseguida tuve claro que el viejo llevaba a Molsheim enquistado de mucho tiempo atrás, lo cual era hasta cierto punto comprensible, pues aquel humilde alpinista había sido durante años el chivo expiatorio del fracaso de la expedición de 1949. Era habitual que los críticos lo citaran para recordar a los admiradores de Ehingen que la ilustre cofradía no había cumplido con el objetivo para el que fue creada. Es verdad que los sobrevivientes de la expedición habían sido discretos en este álgido punto de su desventura, pero su silencio solidario no había impedido que Molsheim pasara a la historia como el último responsable de la muerte de sus camaradas en el fondo de la gruta. A pesar de la elocuencia de Werner Ehingen, era lógico que la gente a veces se preguntase qué había salido mal durante el descenso. Y esa pregunta sólo podía ser respondida con el nombre de Eneas Molsheim.

Nadie en realidad tiene muy clara su versión del accidente. Los más benévolos aceptan que Eneas Molsheim cometió un error difícil de perdonar, pero error a fin de cuentas. Los más duros hablan de negligencia y de apresuramiento, actitudes inaceptables en quien fuera estimado como el miembro más apto de su cofradía. Como quiera que haya sido, el hecho es que Molsheim perdió en los veneros de la Estigia una mochila con más de la mitad del carbóxido que requería su cordada para iluminar la última parte del descenso y ascender después hasta el campamento base. En *Las entrañas del mundo*, Werner Ehingen menciona el hecho con prudencia, se abstiene de hacer juicios de valor contra el causante de su perdición. Escasamente anota que el naufragio de sus provisiones de carbóxido fue el principio de una serie de eventualidades que convertirían la expedición en un auténtico viaje al corazón de las tinieblas.

En las páginas climáticas de su libro, Werner Ehingen describe cómo, ante la pérdida de la mochila, su cordada decidió seguir adelante con el descenso en una arriesgada apuesta contra la oscuridad. De acuerdo con los cálculos del explorador, sus restantes provisiones de carbóxido difícilmente bastarían para completar su misión y regresar luego al campamento base. Así se lo hizo saber a sus cofrades cuando se aproximaban al borde de la Fosa de los Gigantes. Les dijo que debían tomar una decisión: o bien iniciaban allí mismo el ascenso, o bien lo apostaban todo a que dos de ellos descendiesen hasta el fondo del abismo y registrasen su hazaña, para lo cual tendrían que utilizar la mayor parte del carbóxido que les quedaba. No hizo falta que Ehingen les plantease los riesgos de adoptar la segunda alternativa. A esas alturas los miembros de la Cofradía de Zenda sabían que sacrificar su luz para conquistar el abismo era poco menos que renunciar a la vida y a saborear la gloria que se habrían ganado con semejante sacrificio. Sólo un milagro les permitiría rehacer el camino hasta el cargamento base con el escaso carbóxido que les quedaría tras clavar la bandera ruritana en el Cocito. Aun así, afirma Ehingen, sus cofrades acataron su destino sin dudarlo. Todos ellos conocían sobradamente la historia de la expedición italiana, que en 1937 había enfrentado también una importante merma de sus provisiones de luz. Ahora ellos habían llegado más lejos que nadie, pero eso no debía bastarles. El fondo de la Gruta del Toscano estaba al fin a su alcance. Casi podían sentir la superficie gélida del Cocito llamándolos como un espejo de hielo negro desde el corazón de la Fosa de los Gigantes. Sin duda era arriesgado emprender la vuelta al campamento base con sólo tres o cuatro piedras de carbóxido, pero al menos tendrían en su favor el impulso descomunal de la victoria o la convicción de que algún día, si morían en el ascenso, una expedición futura hallaría sus cuerpos y daría a los suyos el consuelo de que habían llevado su ambición hasta el límite de sus fuerzas.

Aun ahora, cuando sé lo suficiente para no creer una palabra de Werner Ehingen, me estremece invocar ese pasaje de su libro. Ni las duras revelaciones del ordenanza Plotzbach ni su posterior confirmación han dañado un ápice la imagen que atesoro de los ruritanos decidiendo entre la victoria y la supervivencia en el borde de la Fosa de los Gigantes. No niego que los últimos acontecimientos han alterado mis ideas de la expedición de 1949, pero todavía doy de bruces contra los fantasmas de esos hombres en esa parte de su viaje y los veo nuevamente agigantados, como si desvelar sus almas sólo hubiera servido para admirarlos más, gracias o a pesar de sí mismos.

Esto es especialmente cierto en el caso de Eneas Molsheim, no sólo porque él también estuvo allí cuando la cordada decidió seguir adelante con el descenso, sino porque sólo él pagó con su deshonra la gloria que sus compañeros gozaron luego, gracias en buena parte a las mentiras de Werner Ehingen.

Eneas no merecía esa suerte, me dijo Beda Plotzbach aquella noche en el Portal de los Frailes. Lo dijo y comprendí que el viejo había sentido una afinidad secreta por

Molsheim, cuyo origen humilde lo hizo siempre más digno de los afectos del sirviente que de las efusiones de su patrón. Nadie mejor que el furtivo ordenanza para apreciar cuánto había costado a Eneas Molsheim ganarse el respeto de sus compañeros de cordada. Nadie mejor que Plotzbach para entender que el capitán Reissen-Mileto nunca se acomodó a la idea de que el mejor miembro de su tabernáculo fuese un simple guía de montaña, el único plebeyo en aquella hueste de señoritos para los que la exploración era sólo un juego de alto riesgo, un manantial de fama al que habían llegado más por ocio que por necesidad. Hasta donde el viejo alcanzaba a recordar, Molsheim se había mantenido siempre un poco marginado de sus cofrades, ajeno a las estridencias de la camaradería de ese grupo singular. No los desairaba, pero tampoco acababa de mezclarse con ellos. En las fiestas de la duquesa se le veía incómodo, resignado a su torpeza para sostener una copa de licor o para retener a las muchachas que lo cortejaban atraídas por su complexión taurina y por sus ojos, tan negros que la propia duquesa dijo alguna vez que eran imposibles, pues nadie podía tener los ojos completamente negros. En verano, cuando las fiestas se sucedían más de lo admisible, Eneas Molsheim se esfumaba de Streslau y era preciso sacudir cielo y tierra para hallarlo al fin en los refugios del sistema cavernario de Zenda, religiosamente sobrio, impávido ante los reclamos de los emisarios del capitán, satisfecho por haber descubierto la confluencia de dos corrientes en una caverna o de haber memorizado los primeros ocho cantos de la *Commedia*. Plotzbach recordaba las desapariciones de Molsheim tanto como recordaba la tarde en que el capitán le echó en cara su ausencia en una importante cena para recaudar fondos. Fue entonces cuando el joven guía de montaña le impartió sin pestañear una cátedra de los motivos por los cuales debían reemplazar el asbesto por el neopreno si en verdad deseaban alcanzar el fondo helado de la gruta.

Decía Plotzbach que a Molsheim el glamur le venía tan mal como los trajes de seda con que sus camaradas solían pasearse por los salones más distinguidos del continente. El sastre del capitán nunca consiguió cortarle unos pantalones que no le viniesen cortos, o una camisa que no pareciese siempre a punto de reventar. De allí que más de uno lo mirase como a un nativo monstruoso capturado en sabe Dios qué lejanía. No hacía falta poseer una memoria prodigiosa para recordar la noche en que un mayordomo de la duquesa tomó a Molsheim por un palafrenero de Ulises Stackbach y lo expulsó con cajas destempladas sin que el ofendido musitase una palabra en su descargo. Al día siguiente, cuando la duquesa le envió un billete suplicando su perdón y anunciándole que había despedido al mayordomo, Molsheim se limitó a decir que lamentaba la desgracia de aquel sirviente, con quien estaba en deuda por haberle dado al fin un pretexto inapelable para no aburrirse de muerte en casa de esa puta.

Ahora Plotzbach casi podía escucharlo de nuevo. Imitaba la voz de Molsheim cuando emitió aquella inolvidable sentencia, que tan bien describía a la duquesa: una puta, sí señor, una puta como no se ha visto aquí desde los tiempos de Rodolfo II, me dijo. Recordaba a Molsheim y sentía ganas de tenerlo allí para abrazarlo como no había podido hacer entonces, cuando la sola insinuación de aquel secreto a voces sobre la duquesa hubiera sido un golpe mortal para el capitán Reissen-Mileto. Quizá por eso aquella noche, curtido ya por dos botellas de aguardiente, el viejo se puso serio de repente y calló como si el capitán aún viviese y no mereciera que nadie escarneciese a la mujer por la que pasó media vida perdiendo la cabeza. Por un instante se oscureció la taberna y en la memoria de Plotzbach debieron revivir las risotadas de los gemelos Jenbatz contando una nueva conquista de la duquesa o el desplante de Eneas Molsheim. Y tal vez entonces el ordenanza se vio a sí mismo cerca de ellos, enfundado en un sobretodo que aún no se había roto con sus desvelos de archivista, o tocado por una gorra que aún no se empolvaba en el arcón de su ropa militar, o vencido por su propia espalda, encorvada desde entonces por mil tardes como ésa, cuando debió lidiar entre sus votos de silencio y su asfixiante deseo de gritarle al capitán qué tipo de mujer era en realidad la duquesa Tibia Grics, de qué pie cojeaban cada uno de sus amados discípulos y de qué forma Eneas Molsheim había sido el único cofrade en rechazar los favores de esa arpía.

Eneas era un despojo cuando volvió de la caverna, me dijo Plotzbach apurando su última botella. También Ehingen y los gemelos habían padecido lo suyo, pero la ruina de Molsheim no era sólo física. Estaba acabado, musitó el viejo. Era como si un gusano troglodita le estuviera corroyendo el alma. Es verdad que al principio lo trataron como a los otros. Figuró en homenajes, posó para los fotógrafos, asintió como un soldado ante cada una de las declaraciones de Werner Ehingen. Se le aplaudió públicamente sin que nadie se atreviese a culparlo de nada. Pero en privado las cosas fueron de otro modo. Sus compañeros nunca pudieron perdonarle su descuido, y no faltó quien lo culpase también por la agonía del capitán en los meses que siguieron al retorno de la cordada. Plotzbach recordaba sobre todo el encono con que la duquesa convenció al moribundo capitán de que Molsheim era el principal responsable del fracaso de la expedición. Fue ella, dijo Plotzbach, quien apartó a Eneas Molsheim del nicho donde pronto fueron colocados Werner Ehingen, los gemelos Jenbatz y hasta sus cofrades muertos.

Molsheim toleró como pudo su difamación, aunque sólo hasta cierto punto, pues aún le quedaba orgullo para defenderse. En los meses que ocuparon la agonía del capitán Reissen-Mileto, Molsheim intentó hablar con él. Suplicó, amenazó y exigió verlo con una vehemencia que terminó por parecer locura. Fue inútil: una y otra vez, el desgraciado guía de montaña se estrelló con la celosa vigilancia de la duquesa Tibia Grics, quien llegó al extremo de llamar a la policía para que lo apartase de la finca donde el capitán había resuelto morirse.

Una noche Beda Plotzbach halló a Molsheim en el jardín de la finca. Lívido y acaso ebrio, cargaba en sus inmensas manos seis o siete piedras negras del tamaño de huevos prehistóricos. Plotzbach lo vio acercarse al pie de la ventana del capitán y no hizo nada para detenerlo, sólo cerró los ojos y esperó el chasquido del cristal. Pero no ocurrió nada. Cuando el ordenanza abrió los ojos, Molsheim se había sentado en el césped y sollozaba con su artillería de piedras en el regazo. Plotzbach se le acercó despacio y le preguntó qué pasaba. Molsheim alzó la vista y mostró al ordenanza su rostro sudoroso, su mandíbula prensada, sus imposibles ojos negros. Luego, como en anticipo de su muerte, Molsheim contó a su último amigo lo que el capitán jamás llegaría a escuchar, una historia que el propio Plotzbach, muchos años más tarde, me contaría a mí como si también yo me hubiese convertido en albacea del malhadado guía de montaña. También lívido y acaso también ebrio, esa noche el ordenanza del capitán Reissen-Mileto me contó que Werner Ehingen, amigo mío, ese perro de Ehingen no realizó a oscuras el ascenso al campamento base. Así como lo oye, querido Haskins. Las piedras que Eneas Molsheim llevaba esa noche consigo eran prueba de ello, ni más ni menos. Aquéllas no eran piedras comunes, no señor. Eran piedras quemadas de carbóxido que Molsheim había encontrado en distintas partes del abismo cuando el equipo de rescate los ayudaba a volver a la superficie. Molsheim estaba convencido de que Ehingen había utilizado esas piedras de carbóxido en su legendario ascenso por las paredes de la gruta, y que éstas sólo podían proceder de un lugar. Pero ¿quién iba a escucharlo, querido Haskins? ¿Quién iba a creerle que Werner Ehingen había robado esa luz vital de las mochilas de Ulises Stackbach y Néstor Rivatz antes de enviarlos a una muerte segura en las entrañas de la Fosa de los Gigantes?

Libro tercero

La impiedad
de la gangrena

HACE UN AÑO PUDE AL FIN ENTREVISTAR A WERNER Ehingen, y me sorprendió el desdén con que se refirió a los sherpas. Habíamos pasado el día reviviendo los pasajes más agrestes de su histórico descenso a la Gruta del Toscano. Sin que nos diéramos cuenta, la noche se nos vino encima como sólo puede hacerlo en los bosques ruritanos. Las sombras ahora desbordaban aquel salón repleto de fotografías en sepia, piolets dorados y mapas de mil viajes a países distantes. De pronto Ehingen, que hasta entonces se había mostrado bien dispuesto a recordar los detalles de su expedición, se hundió en un silencio tan denso que sólo podía venir del rencor o del abatimiento. Dígame una cosa, me pidió al final de un larguísimo segundo. ¿Es verdad que han encontrado la cámara fotográfica de Ulises Stackbach? Las lámparas del salón se encendieron de repente como accionadas por la voz del viejo explorador. El fogonazo fue brutal, pero Ehingen ni siquiera parpadeó. Se había puesto de pie y me miraba fijamente esperando una respuesta. Entonces comprendí que mi anfitrión había venido preparando esa pregunta desde el principio de la jornada, y que su anuencia para hablar de los fantasmas de la Cofradía de Zenda no había sido más que el pago anticipado de la información que en ese instante me exigía. Desarmado por el tono inapelable de su voz, le respondí que la cámara de su extinto compañero estaba efectivamente en poder de unos colegas que acababan de volver de los Himalayas. Aclaré que lo sabía de buena fuente, aunque aún era aconsejable tomar la noticia con cautela. A mi juicio, era todavía muy pronto para saber qué secretos reservaba esa cámara o si la película que contenía había sobrevivido intacta al medio siglo de inclemencia cavernaria que mediaba entre la muerte de Stackbach y la aparición de aquel mudo registro de sus últimas horas en el último círculo de la Gruta del Toscano. Por ahora, aventuré esquivando la mirada del explorador, la cámara era como esas bombas alemanas que de vez en cuando aparecen en las entrañas de Londres, un explosivo palpitante cuyo auténtico poder sólo es posible calibrar por fatales accidentes o merced a la pericia de expertos necesariamente lentos y poco comunicativos.

Ehingen permaneció un instante absorto, como si evaluara la pertinencia de mi metáfora. Luego apoyó la barbilla en el pecho, extendió ligeramente los brazos y observó los muñones que desde hacía décadas tenía por manos. Su rostro había adquirido el rubor de la ira contenida.

¿Dónde hallaron la cámara?, preguntó. Dije que no estaba seguro, aunque era probable que mis colegas la hubiesen obtenido de un viejo porteador llamado Pasang Nuru, a quien conocieron por azar en su viaje al Tíbet. En un lapso infinitesimal, el flemático Werner Ehingen se transformó en un puro borbotón de rabia. ¿Se las dio un maldito sherpa?, gritó. Y luego, más bajo, aunque todavía furioso: ¿Cómo saben que no los ha estafado? Esos sherpas muertos de hambre son capaces de cualquier cosa con tal de ganarse unas monedas.

La condena me dejó helado. Quizás en ese momento no me hallaba en posición de comprender su alcance, y aún menos que la furia de Ehingen venía cargada de una potencia todavía más devastadora que la cámara de Ulises Stackbach. También Ehingen debió notar su desmesura, pues hizo un esfuerzo tremendo por controlarse. Sus pupilas se apagaron y su cuerpo, expansivo todavía a pesar de la vejez, se desplazó rápidamente hasta el ventanal. Allí se quedó, mudo, ajustando su respiración al ritmo helado del paisaje ruritano, repitiendo para un público invisible el perturbador gesto de mirarse los muñones como si fuesen puños crispados para siempre.

Entonces me invadió el deseo de salir cuanto antes de allí. Por alguna razón inexplicable, me sentía mitad artífice y mitad indigno de presenciar aquel arranque que algo tenía de caída. Supongo que aún no estaba listo para encajar la ola de confusión que me arrolló esa vez en Zenda. Nadie como yo sabía cuán arduo era sacarle una entrevista al legendario líder de la Cofradía de Zenda. Pero ahora las cosas habían cambiado y nada me atraía menos que prolongar aquel encuentro. Daba pena ver a aquel antiguo superhombre desguazado por una angustia para mí insondable, la aguda pendiente de su espalda, la nuca sudorosa y, sobre todo, los muñones: aquel ya no ser de unas manos que hasta esa noche quise creer enormes, aquellas manos de hierro sacrificadas en salvar vidas y desvirgar abismos, aquellos dedos perdidos en las aguas ácidas del infierno como en pago a una inmortalidad que de pronto comenzó a parecerme mucho menos admirable y mucho más ingrata de lo que hasta entonces había creído.

Definitivamente, algo había acabado de torcerse en el tiempo que pasé con Werner Ehingen. Y algo más había empezado a aclararse en mi interior. Algo crucial y quizá terrible que todavía escapaba a mi comprensión. No bien abandoné la finca del viejo explorador, mi inquietud primera tomó la forma inesperada del fastidio, no con Ehingen sino conmigo mismo y con las sospechas que empezaban a alinearse en mi cabeza sin que yo pudiese remediarlo.

Me reprochaba muchas cosas de la forma como había conducido la entrevista: mi negligencia, mis olvidos, mi lentitud para anticipar que el hallazgo de la cámara fotográfica provocaría en mi entrevistado más desazón que dicha. Pero sobre todo, me reprochaba no haber tomado en cuenta las revelaciones del ordenanza Plotzbach para indagar exactamente a qué temía Werner Ehingen o cómo diablos se había enterado tan pronto del descubrimiento de la infausta cámara de Ulises Stackbach.

Si de algo estaba seguro, era que Milena Giddens y Seamus Linden habían mantenido la noticia del hallazgo en el más estricto secreto. Que hubiesen acudido a mí después de tanto tiempo no era signo de imprudencia. Al contrario, era una señal clara de que mis colegas no pensaban tomarse las cosas con prisa ni a la ligera. Sabían que la suerte había puesto en sus manos un documento crucial sobre la Gruta del Toscano, y que sólo mi experiencia en ese tema podría ayudarlos a obtener de ello el mayor provecho posible. Ninguno de los dos podía darse el lujo de guardarme rencor por las cosas que antes nos habían distanciado. La paciencia, el olvido y el sigilo eran por ahora sus mejores aliados. Ambos lo sabían perfectamente y era por tanto descabellado pensar que Ehingen había tenido noticia de la cámara fotográfica por una indiscreción de Linden, no digamos de Milena.

El propio Linden fue ejemplarmente esquivo cuando me dio la noticia. Aunque habló de madrugada, su voz me sorprendió con una frescura inusual, como venida del tiempo en que el alcohol aún no le desbordaba la existencia. Aquí Linden, masculló al otro lado de la línea como si no hubiesen pasado cinco años desde la última vez que hablamos. Tienes que venir a Londres, dijo, necesito que veas esto, colega, es una auténtica bomba. Lo primero que pensé al oírlo fue que Linden había perdido al fin el poco juicio que le quedaba. Abotagado todavía por el sueño, lo imaginé en el interior de una cabina telefónica de Regents Park: un Seamus Linden de historieta en una cabina roja de historieta, fumando o sosteniendo en la mano libre una bomba esférica con las ominosas siglas del trinitrotolueno. Después pensé que era muy pronto o muy temprano para decidir si aquel regalo explosivo era en efecto para mí. Probablemente la bomba tenía otro destinatario, pero el imbécil de Linden no sabía qué hacer con ella y lo único que se le había ocurrido era llamarme para que ambos volásemos en pedazos por un macabro prodigio de la telefonía británica. Después de todo no era ésa la primera ocasión en que Linden me llamaba a deshoras para enredarme en uno de sus proyectos desaforados o llorarme alguna de sus calamidades.

Mira, Seamus, le dije haciendo acopio de paciencia, son las seis de la madrugada, salgo en unas horas para Zenda, te llamaré cuando vuelva. Linden tardó un poco en responder. Oí voces al fondo y creí que había alguien más con él. Decidí que no estaba en una cabina telefónica sino en su casa, apoltronado en su eterno sillón rojo, mirando la televisión. Iba a mandarlo definitivamente al diablo cuando su voz me congeló los dedos en el auricular. Si vas a entrevistar a Ehingen, me dijo, te aconsejo que veas primero lo que hemos traído de los Himalayas, aquí hay cosas que cambiarán por completo el sentido de tu libro. Ahora fui yo quien tardó en hablar. Linden había capturado mi atención, lo cual me irritó profundamente. Sabía que Milena y él habían pasado unas semanas en el Tíbet trabajando en un documental sobre la guerrilla maoísta, pero nunca imaginé que sus pasos los condujesen a nada que tuviese que ver con Werner Ehingen o la expedición ruritana de 1949. Pero no era el momento de preguntarse cómo habían llegado a eso. Simplemente había ocurrido y no quedaba más remedio que aceptarlo como se aceptan tantas cosas en este oficio azaroso, donde la verdad suele llegar a hurtadillas, como repartida por un dios veleidoso a las personas menos adecuadas y en el momento menos pensado.

En este caso el inestable dios del periodismo había resuelto vincularme una vez más con Seamus Linden, fuera en premio a su tesón, fuera en castigo a la soberbia con la que yo había dedicado años a indagar sobre la historia del abismo más famoso de la tierra. Esa noche, mientras oía la respiración de mi colega fundirse con el runrún de su televisor, maldije mi suerte y deseé que su entusiasmo sólo fuese un alarde, un exceso más entre los muchos que lo caracterizaban. ¿De qué se trata, Seamus?, pregunté impaciente. Hemos visto a Pasang Nuru, respondió él. ¿A quién? Al sherpa, Eddie, al intérprete de Reissen-Mileto, dijo él. Nos dio ocho horas de entrevista, ni más ni menos, la historia completa de la Gruta del Toscano.

Recuerdo que respiré aliviado. El anuncio de Linden era sin duda interesante, pero en ese momento no creí que el testimonio de un anciano sherpa pudiese alterar de manera significativa el rumbo de mi libro. Sus palabras acaso arrojarían algunas notas de color sobre la expedición de 1949, quizás algún dato sobre las excursiones previas a la guerra o sobre el descubrimiento de la gruta, quizá dos o tres anécdotas sobre las expediciones de Gudino y Sansoni, en fin, nada que afectase de raíz lo que yo había recabado sobre la vida de Werner Ehingen o los requiebros de la Cofradía de Zenda.

Te felicito, Seamus, le dije sinceramente, casi con gratitud. Y añadí: De verdad me interesa mucho ver esa entrevista, pero no puedo aplazar mi cita con Ehingen, ya sabes lo difícil que es hablar con él, quizá podrías enviarme a la oficina una copia de la grabación. Linden volvió a guardar silencio, aunque esta vez noté que meditaba en algo más que enviarme una copia de la grabación. Sentí que se tomaba un instante para chupar su cigarrillo o dar un sorbo a su café. Como gustes, sentenció al fin, pero creo que sería mejor que vinieras a Londres cuanto antes, hay otra cosa que quiero que veas. Acto seguido bajó la voz y dijo algo que no alcancé a entender. Todavía planeaba al fondo la voz del televisor, una voz shakespeareana, tan teatral que no podía ser de verdad. Entonces le rogué a Linden que hablase más fuerte, pues no lo había escuchado bien. A lo que él, fuera de sí, respondió: La cámara, demonios, tenemos la cámara fotográfica de Ulises Stackbach. Y diciendo esto colgó el auricular como si temiese maldecirse por haber pronunciado en vano el nombre secreto de Roma.

La envidia vino luego, tan tarde y tan sutil que ni siquiera alcanzó a dolerme. Llegó más bien como curtida en tristeza. Una tristeza apenas suficiente para ahogarme en la autocompasión, completamente inútil para hacerme odiar a Seamus Linden. Por más que lo intenté, no pude no pensar que mi colega se tenía bien merecido aquel tumbo luminoso del destino. Me pareció justo que una vida como la suya, marcada por la tenacidad y el fracaso, diese de pronto un vuelco radical. Hasta la mala suerte tiene un límite cuando quien la sufre se resiste a acatar su mandato.

Seamus Linden podía tener muchos defectos, pero nadie podía decir que le faltasen agallas para sobreponerse a los descalabros que hasta ese día lo habían convertido en una especie de apestado. Era habitual que sus colegas nos refiriésemos a él como paradigma del reportero calamitoso. En su excéntrica manera de ejercer el periodismo, Linden jamás se amilanó ante el precio de su desmesura o la evidencia de sus limitaciones. Sus empresas solían ser tan temerarias, que uno no sabía si admirarlo o compadecerlo. Desde tiempos inmemoriales, había gastado años y fortunas en auténticas quijotadas: en agosto de 1973, una escuadra de sicarios estuvo a punto de matarlo a culatazos cuando trabajaba en un documental sobre una masacre en Somalia. Dos años después perdió una cámara de alta precisión y media dentadura mientras buscaba registrar la erupción de un volcán en Colombia. A mediados de los sesenta, pasó diez meses en las galeras afganas por haber querido filmar la lapidación de una adúltera en los arenales del Rahajir. En esos y otros casos, Linden había sacrificado su tiempo, sus amistades y el dinero de sus patrocinadores. Aun así, había conservado intacta su confianza en que la audacia de sus proyectos acabaría por hacerle justicia. En realidad, me dijo la tarde en que lo conocí, le importaba un comino que otros viésemos sus fracasos como una condición inalienable de su manera de perderse o ganarse la vida. Sus desgracias eran para él simples gajes del oficio, una mala racha ciertamente prolongada que sin embargo acabaría en el momento menos esperado, cuando el rumbo de sus astros encajase al fin con la medida de su ambición.

Linden tendría que esperar muchos más años para que esa mala racha terminase, pero desde entonces su fe en la providencia era tan absurdamente firme que podía ser contagiosa. Antes de conocerlo, su negra fama me había llevado a evitarlo como si su sola proximidad garantizara la negativa de productores, empresas o estudios para financiar cualquier proyecto donde él interviniese. El mundo de la literatura de viajes y el cine documental es aún demasiado estrecho para ignorar a hombres como Seamus Linden. Más de una vez, mis compañeros me habían advertido sobre los peligros de trabajar con él o de siquiera permitir que metiese sus manos en historias de mi competencia. Bastaría que mostrase un mínimo interés por mi trabajo para que éste fuese mágicamente contaminado por el estigma del desastre que alcanzaba cuanto él tocaba. Para colmo de males, su entusiasmo en materia de grandes exploraciones era casi tan expansivo como su temeridad: los misterios relacionados con el montañismo, las expediciones polares, la espeleología o cualesquiera viajes míticos del siglo xx lo invocaban enseguida. Le atraían especialmente las expediciones que hubiesen terminado de manera desastrosa. Los pasajes más turbulentos del historial viajero de la humanidad excitaban su interés como si éstos reflejaran su trasiego personal por lo fallido, lo inconcluso, lo que había salido redomadamente mal gracias o a pesar de sus protagonistas. La muerte de Scott en la Antártida, la extinción de Wilson en el Everest o el frustrado alunizaje del Apolo XIII eran sus piedras de toque, auténticos tratados de la condición humana de los que sin duda habría sacado algo valioso si no se le hubiesen adelantado otros más prudentes que él. Tal era su olfato para este tipo de desastres, que prácticamente no había uno que no hubiese absorbido su energía sin que ello le sirviese para generar veinte minutos de cine medianamente honroso. Pese a todo, Linden se las ingeniaba siempre para volver a las andadas con su aura de científico loco. Se alzaba una y otra vez de sus cenizas porque pocos como él tenían una poética tan clara del espíritu de desventura, una poética del fracaso que en el fondo, como pude comprobar después, lo dignificaba porque estremecía los cimientos del verdadero heroísmo y le permitía exhibir, a su manera, la pequeñez de cada hombre como única forma cierta de alcanzar la eternidad.

EL PASADO 15 DE SEPTIEMBRE, EN PLENO MEDIODÍA tibetano, un mulero fue a buscar a Pasang Nuru Sherpa y sólo halló las cenizas humeantes del tendejón. Meses más tarde, mientras ordenaba los detalles de esta historia, calculé que a esa hora eran las cuatro de la madrugada en Londres y que en ese momento preciso Seamus Linden estaba aún en los estudios de la BBC, navegando en un cementerio de vasos de unicel, buscando acaso mi número telefónico o plegando con atención maniática una hoja de papel donde Milena había estado bocetando una escaleta de edición. Frente a él, congelado en las pantallas del estudio, el sherpa lo miraba hacer con ojos turbios, la boca estática y la calva emborronada por infinitas líneas de resolución. De vez en cuando la imagen daba un brinco y era como si el fantasma de Pasang Nuru hubiese pestañeado para exigir a Seamus Linden que lo liberase de aquel inaceptable limbo de electrones, pues aún tenía algunas cosas que decir.

No toques nada, le había dicho Milena mientras pausaba la entrevista con el pretexto de fumarse un cigarrillo en el patio del edificio. No hacía de eso más de media hora, pero Linden estaba seguro de que esa noche su colega no volvería al estudio. En algún punto de la jornada se habían hecho de palabras por una tontería, otra más, me dijo luego Seamus Linden, ya sabes, Eddie, una de esas nimiedades a las que Milena concede siempre una importancia sobrenatural. A partir de ese momento todo se fue al carajo, añadió. La entrevista con el sherpa, su edición, el destino de la cámara fotográfica de Stackbach e inclusive el viaje que habían hecho para obtenerla adquirieron la monstruosa forma de una disputa conyugal. Seguramente, pensó Linden plegando aún su hoja de papel, a esa hora Milena estaría ya camino a casa, habría tomado un taxi a la estación Victoria, y con un poco de suerte alcanzaría el nocturno a Richmond. Quizás entonces, apaciguada por el tren y su cansancio acumulado, Milena lamentaría haber dejado a medias su escaleta y decidiría presentarse horas más tarde en su oficina como si nada hubiese ocurrido.

Pero era también probable que la rabia le durase un poco más. En ese caso Linden tendría que llamarla en algún momento para disculparse de una ofensa que no estaba seguro de haber cometido. Mierda, suspiró con desgana tras doblar una vez más la escaleta de Milena, y agregó para sí que era efectivamente imposible plegar más de ocho veces un pedazo cualquiera de papel. De pronto, sin saber cómo o por qué, aquel paquete mínimo y renuente entre sus dedos le recordó que debía llamarme por teléfono para contarme los resultados de su encuentro con el intérprete del capitán Reissen-Mileto. Desde que regresaron del Tíbet, Milena se había negado en redondo a que nadie más interviniese en su documental, Seamus, no digamos el imbécil de Eddie Haskins, sabes perfectamente la razón. En efecto, Linden conocía de sobra los motivos de la resistencia de Milena, pero sabía también que habría sido un error excluirme de la jugada, pues era la única persona en el mundo capaz de encauzar las revelaciones que el sherpa les había hecho. A medida que pasaba el tiempo y la entrevista con Pasang Nuru cobraba sentido en la cabeza de Linden, mi inclusión en su proyecto le parecía tan inminente e ineludible como la ira de Giddens. Hicieran lo que hicieran, necesitaban mi ayuda, y aunque esto seguramente provocaría en los tres infinitos dolores de cabeza, Linden confiaba en que no nos arrepentiríamos cuando llegase la hora de detonar la bomba que la suerte había puesto en sus manos.

De esta forma resignado a campear la furia de Milena, Linden había pensado varias veces en llamarme, pero tantas más halló un pretexto para postergar su llamada. Esa madrugada, según me confesó él mismo unos días más tarde, el pretexto se lo dio el propio Pasang Nuru, o más precisamente la imagen de Pasang Nuru, que de improviso volvió a hablar en la pantalla como si Milena la hubiese reactivado telepáticamente desde el tren que en ese momento la conducía a Richmond. Ahora fue Linden quien dio un brinco, olvidó de plano su intención de llamarme y dejó caer al suelo la escaleta de Milena. Pasado el sobresalto, fijó la vista en la pantalla y le pareció que el rostro del sherpa había palidecido como si algo atroz, o por lo menos profundamente incómodo, le hubiese ocurrido durante la cuarentena electrónica que acababan de imponerle. Parece un fantasma, se dijo Seamus Linden, y pensando esto se dispuso a conocer el resto de la historia del sherpa como si nunca antes la hubiese escuchado.

Volví al Tíbet en agosto de 1965, dijo el fantasma electrónico de Pasang Nuru. Luego aclaró que recordaba bien la fecha porque aquél fue el mismo año en que los chinos conquistaron el fondo de la Gruta del Toscano. Lo supo en Delhi, dijo, cuando estaba a punto de abordar el tren a Darjeeling. Alguien había dejado en el andén la sección deportiva de un diario francés que anunciaba la caída de la última frontera en manos de los hijos de Mao, el Gran Timonel. Entre Agra y Mirzipur leyó cómo los chinos habían seguido una nueva ruta hasta el umbral del abismo. Un camino nórdico, apacible, libre de los numerosos obstáculos que sus antecesores europeos habían tenido que enfrentar años atrás por la ruta meridional. En el tramo de Mirzapur a Patna, Pasang Nuru escrutó la fotografía de la cordada clavando la bandera china en la superficie helada del Cocito, y le ofendió sobremanera el aire festivo con que los chinos sonreían para la cámara, como si haber llegado al corazón del infierno fuese en efecto una proeza deportiva. En la mísera estación de un pueblo llamado Munger, el sherpa sintió náuseas, vomitó la entraña y apuró dos onzas de aguardiente que sólo acrecentaron su desazón. Entre Munger y Shilguri se descubrió leyendo una entrevista con el favorito para ganar ese año el Abierto de Burdeos, así como los resultados de una carrera provincial que no supo si era de galgos o caballos. Cuando finalmente llegó a Darjeeling, la noticia y los detalles de la conquista de la Gruta del Toscano habían dejado de incomodarle. Le pareció natural que las cosas hubiesen ocurrido así, que la gruta hubiese sido conquistada por una ruta inédita y en el momento menos esperado, completamente al margen del tendejón de la llanura y del Valle del Silencio, a cargo de una cordada ajena a la obra del tal Dante Alighieri y quizá también a los esfuerzos de los hombres que habían buscado el fondo de la cueva tras los pasos del capitán

Reissen-Mileto. Pasang Nuru Sherpa sintió que la hazaña de los chinos terminaba de ponerlo en paz con los sentimientos encontrados que hasta entonces le habían producido los fracasos de Gudino, de Sansoni y aun del gordo Gleeson. De repente sintió que el mundo entero acababa de curarse de una enfermedad que llegó a parecer terminal. Ahora los hombres podrían recuperar el hilo de sus vidas, el sosiego y la cordura que la Gruta del Toscano les había arrancado en medio siglo de descensos tan obsesivos como vanos. Que un grupo de viajeros desconocidos hubiese logrado lo inimaginable era una lección contra la fatuidad romántica de hombres como Werner Ehingen. Una lección ciertamente dolorosa que sin embargo era también una liberación. Quizá, pensó el sherpa cuando el tren llegó bufando a la estación de Darjeeling, era ya demasiado tarde para arrepentirse de haber participado en aquel delirio colectivo. Pero ahora al menos le quedaba el consuelo de que nadie más perturbaría su vejez con la tentación imbécil de conquistar lo inútil.

Aun antes de subir a la llanura, el sherpa pudo calibrar los estragos simultáneos de su ausencia y del progreso en la región himalaica. En Darjeeling tardó más de lo esperado en encontrar quién lo acercase al borde occidental de la cordillera. Un ferroviario le explicó educadamente que todos los medios de transporte estaban ahora concentrados en el turismo de alta montaña, en el lado opuesto de los Himalayas. Desde la conquista del Annapurna, un alud de cazadores de paisajes, alpinistas profesionales y aventureros de toda laya habían hecho de Katmandú y Darjeeling sus centros de operaciones. Una nueva generación de porteadores, por lo general inexpertos pero diestros como nadie a la hora de ofrecer sus servicios, había dejado el borde occidental de la cordillera para instalarse en pueblos más cercanos a las grandes cumbres himalaicas. Ni el reciente triunfo de los chinos prometía avivar el interés de los viajeros por adentrarse en esa región, sin duda mucho menos espectacular que las faldas del Everest. A veces, reconoció el ferroviario como si quisiera levantarle el ánimo a Pasang Nuru, algún viajero distraído preguntaba por la cueva como quien busca un restorán rabiosamente típico anunciado en su guía con letra muy menuda. El viajero sin embargo claudicaba en cuanto le decían que la Gruta del Toscano era un abismo insondable donde era imposible contemplar el paisaje, y más aún hacer fotografías. Pero ¿cómo hace la gente para subir allá?, preguntó el sherpa en un hilo de voz, quiero decir, la gente común, los que viven en la llanura. Al oír esto el ferroviario miró al sherpa como si éste le hubiese hablado de una raza de mastodontes extintos hace miles de años. Por un momento Pasang Nuru temió que el hombre le dijese que allá arriba, amigo mío, no vive nadie. Pero no lo dijo. Seguramente lo pensó, pero no lo dijo. No sé, respondió al fin el anciano. Pregunte usted en la prefectura de policía. Y con suma amabilidad le cerró la ventanilla en las narices.

Pasang Nuru alcanzó la llanura ocho días después de su llegada a Darjeeling. Llegó seco, maltrecho, a jinetas de un yak famélico e idéntico a los que él mismo había pastoreado en su infancia. En las últimas aldeas de la comarca lo vieron pasar rostros espectrales, rostros de ancianos o de niños como ancianos en los que sin embargo no pudo descifrar nada ni a nadie, ningún pariente, ningún antiguo camarada, ni siquiera una señal de que alguno de ellos lo hubiese recordado a él. Vio montones de nabos y remolachas pudriéndose al sol en un tálamo de guijarros tan blancos que parecían granizo. Vio el techo azafranado del monasterio de Haniku, mudo todavía en las faldas del Anangaipur, clavado como espina en un enclaustramiento más próximo a la vergüenza que a la contemplación. Vio el cascajo del camión reptante del doctor Lothar Seignerus envuelto en una mortaja de líquenes que le daban un aspecto aún más amenazante, como si fuese la radiografía de una gigantesca viuda negra asfixiada en su propia telaraña. Vio por último su tendejón en el borde de la llanura, ató al yak junto a una brizna apenas digerible de yerba, descerrajó el candado y abrió la puerta anticipando que hallaría todo tal como lo había dejado hacía más de veinte años. Sin apartarse del dintel hizo un recuento mental de sus posesiones, un inventario acucioso y monacal, un inventario sin sorpresas ni secretos ni tesoros invisibles cuya pérdida hubiera podido lamentar. Todo en orden, suspiró con un sí es no es de decepción. Todo acaso un poco empolvado, nada que no pudiese remediar una jornada de intenso trabajo. Quiso entonces encender su lámpara antes que viniese la noche, pero cayó en la cuenta de que había olvidado abastecerse de bencina. Sin preocuparse demasiado encendió una vela, sacudió a conciencia una manta, se desnudó y se tiró en la cama. Luego cerró los ojos convencido de que esa noche tardaría una eternidad en dormirse, y que al final del camino le esperaban agazapadas las más terribles pesadillas. Se equivocaba: esa noche Pasang Nuru durmió como un bendito y es incluso factible que no haya soñado con nada ni con nadie.

En los meses siguientes Pasang Nuru tuvo que buscarse un modo de ganarse la vida. Primero abasteció su tendejón con bebidas, aparejos y conservas que nadie requirió. Luego buscó en balde a los comerciantes de ganado que otrora invadían la tienda para cerrar sus tratos en la llanura. Visitó inclusive un par de monasterios con la esperanza más bien vaga de servir a los monjes como enlace con la civilización. Por fin, un día se encontró metido en el tráfico de indocumentados de la República Popular China. No se trataba ya de criminales comunes ni de campesinos prófugos de guerras o epidemias, nada de eso, diría luego ante la cámara ciclópea de una mujer que decía llamarse Milena. Nada de eso, repitió. Aquéllos eran hombres y mujeres cultivados. Y diciendo esto miró fijamente a la periodista como si ésta de repente le hubiese recordado a alguien, alguien cercano e importante para él, aunque en una versión más bien borrosa, desleída por el tiempo o por un resabio también borroso.

En vano quiso ella sostener la mirada de Pasang Nuru. Definitivamente, no se sentía cómoda frente a aquel viejo. Tampoco le gustaba la idea de que Seamus Linden la viese ser mirada así por el tendero. ¿Pasa algo?, preguntó al fin.

No es nada, replicó el sherpa ruborizado, aunque sin dejar de mirarla. Es sólo que no creo haber oído su nombre, dijo. Me llamo Milena Giddens, respondió ella. Es curioso, dijo Pasang Nuru, porque usted no tiene cara de llamarse así. La risa socarrona de Seamus Linden tomó a Milena por asalto y le erizó los cabellos desde la raíz. Sintió que las manos le temblaban y vaticinó en sus adentros una infernal eternidad donde ese comentario serviría de burla para sus colegas en Londres. Seguramente fue entonces cuando decidió que todo aquel viaje había sido la mayor estupidez de su carrera, y que tendría que haber aceptado la oferta de trabajar en una agencia de publicidad de Glasgow. Por un momento quiso también volcar su desazón en Pasang Nuru, pero entendió enseguida que éste no tenía la culpa de sus sinsabores. Después de todo el sherpa tenía razón: Milena no era un nombre adecuado, al menos no para ella. Ésa sí que había sido una estupidez mayúscula. Tendría que haber puesto más cuidado en una decisión tan importante. Quizás el sherpa era sólo un emisario celestial, una suerte de *idiot savant*, de esos que van por el mundo disfrazados de sherpas o mendigos o vagabundos prodigando verdades como templos o aguardando el momento propicio para revelar su nombre verdadero a algún yuppie existencialmente fatigado por los usos y costumbres de la aldea global.

No hacía mucho que Milena había llevado a su sobrina a ver una película donde ocurría eso, o algo muy parecido a eso. Naturalmente, la película le había parecido un fiasco, un típico producto de esa fábrica de mierda lacrimógena que es Hollywood. Su sobrina, no obstante, la había disfrutado sobremanera, especialmente cuando percibió el esfuerzo inútil de su tía por contener el llanto en mitad de la función. Cuando salieron, la sobrina quiso saber por qué Milena se había conmocionado tanto con una película tan cursi. Como única respuesta, Milena Giddens le indicó que era demasiado tarde par ir a cenar y se ofreció a pagarle el taxi siempre y cuando prometiese no decir a nadie una palabra de su arranque de llanto.

No dudo que a Milena le hubiera gustado preguntar al sherpa cuál era o debía ser su nombre verdadero. Pero Pasang Nuru había vuelto a su relato y no parecía dispuesto a detenerse para hacerle esa o ninguna otra revelación. Sus clientes, dijo por llamarlos de algún modo, eran profesores universitarios, artistas, escritores y aun actores que venían huyendo de la Revolución Cultural. En aquellos tiempos el comercio en la llanura se había reducido tanto como las expediciones a esa parte de la cordillera, y no parecía que las cosas fueran a cambiar. Finalmente una mañana, explicó el sherpa, cuando ya había comenzado a parecerle que volver a la llanura había sido un error, apareció en su tienda una banda de montañeses ríspidos que requerían su ayuda para prosperar en el tráfico de indocumentados. El líder de la cuadrilla era un hombretón de dos metros, un auténtico cavernícola, cuyo único rasgo civilizado era un sombrero tejano que no se quitaba ni para dormir. Sus secuaces no eran menos hoscos, aunque sí bastante más pequeños, unos enanos por contraste con su líder, quien los dirigía y procuraba desde las alturas como a una tribu de pigmeos embravecidos, leales y telúricos. Hablaban poco, bebían mucho y eran a no dudar los mejores montañeses que quedaban en la cordillera. Al verlos, Pasang Nuru pensó que una hueste semejante habría hecho las delicias del explorador más quisquilloso. Quizá sus honorarios no habrían sido moderados, pero una buena soldada habría servido para comprar sus lealtades tanto como para empujarlos a la traición. Mas los tiempos habían cambiado, y sus visitantes lo entendían tan bien como él. El negocio ahora está en los chinos, le dijo ese día el hercúleo montañés. La mayoría de los fugitivos eran frágiles como un tintero, pero traían consigo mucha plata y mucho miedo. Cierto, algunos hablaban más de la cuenta y se daban aires de grandeza, pero al cabo de unos días en la montaña se les ablandaban los ánimos y hacían lo que uno les mandase con tal que los sacaran vivos de allí. Claro que no les garantizamos nada, acotó el montañés. Uno nunca sabe lo que puede pasar acá arriba, amigo mío, creo que no necesito decírselo, y a veces esos pobres diablos no llegan muy lejos, se extinguen, ya me entiende, o enloquecen, y entonces hay que tomar medidas drásticas para proteger el negocio. En ese giro preciso de su exposición, el hombre miró de reojo a sus secuaces, que estaban bebiendo en un rincón de la tienda y respondieron al unísono con un obtuso movimiento de cabeza.

Pasang Nuru prefirió callar. Y prefirió asimismo no creer que había entendido perfectamente las elipsis del montañés. Se rascó la nuca e indicó con la mirada a su interlocutor que entrase en materia de una maldita vez. El líder de la cuadrilla se removió en su asiento con el mohín de quien no está acostumbrado a obedecer órdenes. Luego se caló el tejano con ambas manos, dio un bufido e hizo su oferta. El trato, explicó, era sencillo y apenas conllevaba riesgos para el sherpa. Ellos mismos, asistidos por amigos de su entera confianza infiltrados en China, sacarían a los prófugos eliminando, untando o convenciendo a quien fuese menester para llevar vivos a sus clientes hasta la cordillera. En el Valle del Silencio los recibiría Pasang Nuru, a cuya cuenta y riesgo quedaría la labor de reanimarlos, instruirlos y en su caso incorporarlos a las delicias del mundo libre tan enteros como fuese posible. Por descontado, concluyó aquel día el gigante de los Himalayas, quedaba a juicio del sherpa establecer hasta qué punto quería preocuparse por el destino de sus clientes, ya me entiende, amigo, pues bastante arriesga uno con sacar a esos pobres diablos de la opresión y conseguir que sobrevivan en las montañas. El resto, incluidos los nuevos documentos de identidad y las negociaciones con las autoridades comarcales, sólo era cuestión de dinero, un simple asunto pecuniario que Pasang Nuru tendría que resolver cotejando sus propios intereses con su amor o su despecho por el género humano. Por lo que hacía al gigante y sus secuaces, su responsabilidad terminaba en el Valle del Silencio, donde Pasang Nuru recibiría por cada fugitivo doscientas libras esterlinas o su equivalente en dólares americanos. A todo esto, el gigante estimó necesario aclarar que la única regla inconmovible de su empresa era que por ningún motivo accederían a pasar la frontera con niños menores de quince años, enfermos, mujeres encintas o ancianos. No vaya usted a creer que somos inhumanos, concluyó el hombretón. Usted sabe que en este asunto hay riesgos que no podemos tomar ni por todo el oro del mundo. Comprendo, respondió Pasang Nuru Sherpa, y estrechó la mano sudorosa del gigante como quien busca una moneda en el fondo de un escupidero.

PASANG NURU NO TARDÓ EN SABER QUÉ TIPO DE HOMBRE era su socio. Entre noches de terror y fugitivos ateridos, el gigante halló tiempo de sobra para darse a conocer con desarmante profusión. Se llamaba Jarek Wangonovitch Rajzarov y había nacido en Mongolia en 1919. Su madre vivía en Ulan Bator cuando conoció a su padre, un cacharrero bueno para nada que juró hacerla feliz antes de abandonarla en las estepas de Balzino. Cuando le preguntaban por el padre de aquel niño desmedido, la mujer escupía al suelo y replicaba que el niño era hijo del monzón. Quienes la conocían aceptaban su respuesta sin chistar, algunos por respeto, y otros simplemente porque estaban habituados a la fertilidad y la concupiscencia de los meteoros. El propio Jarek creció alimentado por ese tipo de resignación. Una resignación que sin embargo su madre supo enriquecer con un radical sentido de supervivencia fundado en el sencillo dogma de no creer en nada ni confiar en nadie.

Lejos de amargarle la existencia, semejante escepticismo no sólo salvó a Jarek de las decepciones a las que parecía destinado, sino que lo hizo un niño feliz. Desde sus primeros pasos Jarek hizo gala de un extraño sentimiento de superioridad, como si no aspirar a nada fuese la manera de triunfar en cualquier empresa que decidiese acometer. Tenía escasos diecisiete años cuando se incorporó a un destacamento soviético destinado a España. Sin lágrimas ni alardes se despidió de su madre y se dejó llevar hasta el confín de Europa a bordo de trenes y bimotores repletos de jóvenes ansiosos por defender con sus vidas la revolución proletaria. Fuera por su desmesura, fuera por su indiferencia, Rajzarov se granjeó enseguida el aprecio de sus superiores, que confundían con valentía su parsimonia ante el peligro. Ya en España, Jarek combatió con los anarquistas, a quienes no dudó en traicionar cuando así convino a sus intereses. En esa guerra donde casi todos creían en algo, convertirse en mercenario probó ser un estupendo negocio. Cuanto más piadosos eran sus camaradas, tanto mejor lo acogían, lo procuraban y confiaban en él como si su alma completamente vacua fuese un espejo donde todos podían ver lo que deseaban ver. Muy temprano en esa guerra Jarek aprendió a sacar provecho de su simpatía mimética. Fue como si la fe de las partes en contienda hubiese sido creada y pulverizada sólo para su bienestar. Así, en menos de dos años Rajzarov había vendido, salvado y vuelto a vender a una parte considerable del género humano sin más saldo que un leve renqueo que le dejó en la pierna una bala perdida en el extrarradio de Valencia.

Pero todo por servir se acaba, y hacia 1940 la guerra española dejó de ser el paraíso de hombres como Jarek Rajzarov. El avance de los falangistas y la debacle de los republicanos habían desgastado las convicciones de ambas partes, y en su lugar había surgido un nihilismo general donde el poder del gigante comenzó a disolverse. Los románticos de antaño fueron paulatinamente desplazados por gatilleros y arribistas que luchaban como buitres por adueñarse de los últimos vestigios de fe que pudieran quedar entre las ruinas de aquel país deteriorado por tres años de guerra.

Ante este panorama, Jarek Rajzarov decidió buscar fortuna en climas más templados. Poco antes de la caída de Barcelona, obtuvo del general Voronov una efusiva carta de recomendación que le permitió incorporarse a un grupo de pintores ucranianos que en junio de ese año viajarían a México con la misión de aniquilar a Trotsky. Convencido como estaba de que la guerra española había agotado las reservas de los hombres para odiarse unos a otros en Europa, Rajzarov aceptó aquel destino como si la inminente extinción de Trotsky fuese la señal indiscutible de que el caos había resuelto florecer y recibirlo en América con los brazos abiertos.

Pero esta vez las cosas no iban a ser tan simples. Desde el principio, el viaje de Rajzarov estuvo plagado de contratiempos. En mitad del Atlántico recibieron noticias ciertas de que la guerra en Europa no había hecho sino comenzar. Sin motivo aparente, el barco en que viajaban se desvió al sur y estuvo a un tris de hundirse en una tormenta tropical que los alcanzó en el Caribe mientras buscaban un puerto donde atracar. Por si esto no bastase para aumentar la consternación de Rajzarov, en Veracruz los recibieron con la noticia de que Trotsky había sido asesinado. Nada más desembarcar, el gigante y sus cómplices ucranianos fueron conducidos a una lóbrega oficina policial, donde pasaron más de ocho horas tratando de explicar que eran artistas soviéticos invitados a hablar de su obra en diversas universidades del país. Negociando airadamente en un lío de español y catalán, Rajzarov convenció a los mexicanos de que le permitiesen telefonear a su embajada. Para su desconcierto, lo comunicaron con una mujer de cargo indefinido y marcado acento americano. Rajzarov se presentó con el alias que le habían asignado en Moscú y emprendió una charla en clave de la que no salió muy bien parado. Ya estamos en Veracruz, dijo. La voz al otro lado de la línea no respondió. Venimos a visitar al oso, agregó el gigante sin omitir un guiño tranquilizador a los ucranianos, que lo miraban expectantes desde un rincón de la comisaría. Pero la voz le replicó fríamente que el oso ya había sido visitado. Rajzarov dijo que debía haber un error, pues ellos eran los indicados para visitar al oso, camarada, nos hemos preparado durante meses para visitar al maldito oso, dijo. Hubo un cambio de planes, se limitó a decir la voz al otro lado de la línea. Y añadió: Su barco tardaba demasiado y no podíamos arriesgarnos a que el oso escapase de la jaula, camarada.

Mientras estas razones pasaban entre Rajzarov y la mujer de la embajada, los guardias portuarios comenzaron a impacientarse. De pronto uno de los ucranianos, que había estado siguiendo la conversación, entró en pánico y comenzó a gritar mueras contra la revolución bolchevique. Entonces uno de los guardias empuñó su macana y golpeó los testículos del ucraniano. El frustrado asesino de Trotsky emitió un gemido mujeril, volvió a su sitio y se dejó abrazar por uno de sus compañeros en sentido homenaje a *La Piedad* de Miguel Ángel. Escuche, dijo Rajzarov a la mujer de la embajada. Escuche, por favor, camarada. ¿Están seguros de que visitaron al oso, quiero decir, al auténtico oso? Claro que sí, dijo la mujer, visiblemente ofendida. Está usted llamando a la Embajada de la Unión de Repúblicas Socialistas Soviéticas, sentenció. Vale, no se ofenda, dijo Rajzarov, no perdamos la calma, camarada, seguramente hay otros osos pendientes de visitar, no sé, algún oso enemigo de la revolución, o incluso uno que no lo sea tanto, estamos dispuestos a visitar osos de menor peligrosidad por la mitad del precio acordado, puedo asegurarle que no se arrepentirá.

El propio Rajzarov no podía creer lo que estaba diciendo. Años más tarde, cuando contara estas cosas al impávido Pasang Nuru, juraría que ésa fue la única vez en su vida que sintió rabia de veras, una ecuación perfecta de rabia e impotencia: rabia por el tiempo que le habían hecho perder viajando a México, rabia porque en Europa había estallado sin él una guerra como Dios manda, una guerra que él no podría aprovechar porque el Kremlin lo había enviado a un país de mierda donde no tenía nada que hacer, rabia por estar hablando de osos y tener que suplicar ayuda a una mujer de acento americano. De acuerdo, dijo al fin Rajzarov a la voz sin rostro de la embajada soviética. Sólo entérese de una buena vez, camarada, que no dejaré este país sin haber destripado por lo menos a un oso. Y colgó con la impresión de que nadie había escuchado su amenaza al otro lado de la línea.

Pasang Nuru no se molestó en preguntar cómo hizo el gigante para librarse de los guardias o qué ocurrió con los ucranianos. Le bastó saber que Jarek Rajzarov llegó a la ciudad de México solo, sin blanca y con dos propósitos en mente: primero, matar a la mujer de la embajada soviética, y segundo, impedir a cualquier costa que la guerra en Europa terminase sin él.

En teoría, los planes de Rajzarov parecían sencillos, pero en la práctica resultaron endiabladamente complicados. Es verdad que la guerra duró aún varios años, mas no fueron menos los que el mercenario tardó en hallar a su víctima. Cuando los japoneses bombardearon Pearl Harbor, Rajzarov apenas se había hecho de un oficio que le permitiese comer y merodear con libertad las cercanías de la embajada soviética. Cien mil hombres habían muerto en Leningrado cuando el primo de un amigo le informó que una mujer con acento americano había trabajado efectivamente en la oficina comercial de la embajada, pero había desaparecido meses atrás. Al cabo de un buen tiempo Rajzarov supo que la mujer administraba en Acapulco la casa chica de un líder sindical. Fue precisamente en aquel puerto donde Jarek Rajzarov supo que Alemania había capitulado. Fue entre cocos, guacamayas y palmeras donde vio los rostros largos de quienes lo habían apostado todo a la victoria del Führer. Fue allí donde leyó las noticias más estremecedoras y escuchó las charlas más disparatadas sobre las cosas que habían hecho, permitido o dejado de hacer las potencias del Eje. Y fue también entonces cuando comprendió que una guerra entera, con sus cinco años de miserias y sus carretadas de dinero, había acabado sin que él obtuviese un céntimo de ella. Aquélla, le diría luego a Pasang Nuru, fue la lección más dolorosa de su vida. Recostado en la playa de Acapulco, estrujando un diario donde se asentaban las sentencias de Núremberg, Rajzarov reconoció que había cometido el imperdonable error de tener fe en la venganza y en la guerra, y que ésa era la razón de su fracaso. Nunca como esa tarde escuchó la voz de su madre cuando le decía no creas en nada, hijo, no creas en nada ni en nadie.

Entonces, como si los hados hubiesen estado esperando aquella simple contrición para salvarlo, Rajzarov divisó a la mujer que había buscado a lo largo de aquel lustro delirante. La vio en toda su gloria, oscilando como una diosa a doscientos pasos de distancia, el cabello embravecido por la brisa, el rostro delineado por sus enormes gafas de sol, las piernas largas terminadas en dos pies perfectos que araban la playa como haría un halcón en un cúmulo de nubes. La vio de pronto y supo sin lugar a dudas que era la mujer de la embajada soviética. Invocó entonces la conversación que alguna vez sostuvo con ella, y le pareció lógico que esa voz remota se encarnase ahora en un cuerpo tan escandalosamente bello. Una oleada de paz lo inundó a medida que menguaba la distancia entre él y la materialización de sus obsesiones. Sin apenas moverse, la dejó pasar a su lado y no quiso creer que ella le había sonreído. Consciente de que había dejado de creer en su venganza, Rajzarov desvió la vista, tomó aire y repitió para sí el credo de su madre. La mujer siguió su camino. Rajzarov no resistió la tentación de mirarla. No está mal la camarada, se dijo. Y pensó que quizá no la había estado buscando para matarla, sino para amarla. Con un poco de suerte todavía podría hacerlo, pensó mirando las caderas de la mujer. Aún estaba a tiempo para cambiar el derrotero de sus pasiones presentes y futuras, y hasta la memoria de sus pasiones pasadas. Tal vez ahora podría creer que las noches dedicadas a rumiar su venganza habían sido en realidad noches de amor, y que sus pesadillas habían sido sueños del deseo, sueños o pesadillas, lo mismo da, pues en el centro de ellos estaba esa mujer anónima y seductora, la destinataria última de su amor, un amor no tranquilo ni etéreo, más bien terreno, una pasión que podría sobrepasarlo, envolverlo, empujarlo a ofrecer gustoso la cabeza para que ella la cortase con el limpio tajo de su cuerpo, y vaya, señor Nuru, qué cuerpo, un cuerpo como para creer en él como en Dios encarnado, qué cuerpo, se repetía Rajzarov incapaz de detenerla ya con la mirada. Y al decir qué cuerpo se le llenaban los ojos de lágrimas. Y al oírlo Pasang Nuru sentía una inesperada compasión por aquel hombre descomedido y le ofrecía un cigarrillo, pero se quedaba con la mano en vilo porque de pronto Rajzarov ya no estaba allí, traficando chinos en la cordillera, sino de vuelta en la playa de su perdición, pasmado, debatiéndose entre el cuerpo de esa mujer y la voz sin cuerpo de su madre, quien volvía a decirle no creas en nada, Jarek, no pongas la cabeza a merced de esa ramera ni de ninguna otra, hijo mío, no ames, no aspires a la venganza ni al amor ni a la venganza por amor. Sólo entonces Rajzarov musitaba tienes razón, madre, y se levantaba cubierto de arena y gritaba algo a la mujer de la embajada, y la mujer volteaba a mirarlo con su sonrisa marina, y daba un salto ligerísimo, como de insecto, cuando el primer disparo de su amador en ciernes iba a acurrucarse dichoso en la abismal confluencia de sus senos.

Supe que algo iba mal desde que vi a Seamus Linden abrirse paso hacia mí entre las mesas del restorán. Hacía mucho que no nos veíamos, pero lo conocía bastante bien para saber que una nueva calamidad lo había alcanzado en los días que mediaban entre su eufórica llamada y aquel encuentro nuestro en un restorán polaco del barrio de Chelsea. Su abatimiento era tan grande que ni siquiera se esforzó en disimularlo. Al llegar hasta la mesa me saludó con un *qué hay* casi inaudible y se desplomó en su silla. Así estuvo por lo menos un minuto: plegando su servilleta con la mirada hueca de quien acaba de recibir una noticia inesperada y presumiblemente fatal. ¿Cómo ha ido la entrevista con Ehingen?, me preguntó al fin con forzada amabilidad. Me limité a decirle que mi viaje a Zenda había dejado mucho que desear. Linden asintió como si mi pesimismo fuese una consecuencia predecible del suyo. Luego me dijo que había intentado llamarme para cancelar nuestra cita, pero nadie en Estrasburgo había podido localizarme a tiempo para impedir que tomase el vuelo a Londres. Tus colegas franceses son un hato de ineptos, dijo Linden como si sólo mis colegas fuesen responsables de que estuviésemos allí, apoltronados bajo un gris atardecer inglés, iniciando a reculones una charla que ya desde entonces se anticipaba cargada de pésimas noticias. Tal vez en otras circunstancias la actitud de Linden me habría indignado. Pero esa tarde sólo me entristeció un poco. Después de todo, me dije, era de esperarse que algo hubiera resultado mal en sus planes. Más extraño parecía que yo mismo no hubiese previsto algún desastre, que conociéndolo como lo conocía hubiese caído tan fácilmente en la ilusión de que esta vez las cosas iban viento en popa. Pensé primero, no sé por qué razón, en su bomba de historieta. Una bomba para más señas incendiaria, que se habría detonado en su oficina de la BBC arrasando hasta el último recuerdo de su viaje al Tíbet. Luego pensé en Milena Giddens, víctima de un ataque de rabia, prendiéndose fuego y destruyéndolo todo como un bonzo frente al edificio del Fondo Monetario Internacional. Pensé inclusive que a Seamus Linden acababan de diagnosticarle una enfermedad tan excéntrica como implacable, una infección que apenas ayer habría comenzado a borrarle la memoria, las cejas y el entusiasmo renacido con que me había llamado días atrás para anunciarme que esta vez íbamos a realizar el documental más estremecedor de la historia de la exploración.

En fin, pensé en cualquier cosa menos en la cámara fotográfica de Ulises Stackbach. Bien es cierto que ése había sido el principal motivo de la llamada de Linden, y que yo mismo lo había apreciado así al escucharlo. No obstante, a raíz de mi entrevista con Werner Ehingen y a medida que mis sospechas sobre lo ocurrido en la Gruta del Toscano se habían ido aclarando en mi cabeza, la cámara del extinto explorador había pasado a un segundo plano. Ahora estaba seguro de que aun cuando la película hubiese sobrevivido al tiempo y a la intemperie, habría sido imposible para

Stackbach y Rivatz fotografiar nada en su descenso. De ser ciertas las declaraciones del ordenanza Plotzbach, para entonces Werner Ehingen había despojado a los cofrades de sus provisiones de luz. A mi entender, la inquietud que Ehingen había mostrado durante la entrevista no surgía de su temor a que la cámara revelase algún aspecto inédito de la expedición. Lo que en realidad le preocupaba era quién, cómo y dónde habían hallado la cámara fotográfica, pues no era improbable que junto a ella se hubiesen encontrado también los cuerpos de los exploradores, lo cual era más ominoso para su versión de los hechos que una simple película fotográfica.

Tal era a esas alturas mi fe en la traición de Ehingen, que apenas me inquietó escuchar a Linden anunciarme que la cámara fotográfica había desaparecido del departamento de Milena. Yo se lo dije, Eddie, le advertí que era mejor guardar la cámara en los estudios o en la caja de seguridad de un banco, qué sé yo, pero Milena respondió que el sherpa le había dado la cámara a ella y que sólo ella decidiría dónde guardarla. Seamus Linden hablaba a tropezones, furioso por la pérdida de la cámara, aunque furioso también por verse obligado a aceptar que Milena Giddens había estado en su derecho de hacer con la cámara lo que quisiera, pues el sherpa se la había confiado sólo a ella.

Maldición, siguió diciendo Linden, tan ensimismado en su rabia que no me atreví a interrumpirlo. Ese viejo sí que estaba loco, añadió. Todo un personaje, ese jodido sherpa. ¿Sabías que estuvo con el capitán Reissen-Mileto cuando descubrieron la gruta?, preguntó. Le respondí que lo sabía. ¿Y sabías que participó en sabe Dios cuántas otras expediciones? Le dije que lo sabía, aunque en realidad no podían haber sido tantas, a lo sumo cinco, si se tomaba en cuenta la expedición china de 1965. No, me atajó Linden, súbitamente animado por la oportunidad de corregirme, y señaló que el sherpa estaba muy lejos de los Himalayas cuando bajaron a la gruta los ruritanos y después los chinos. De cualquier modo, prosiguió, el sherpa había vuelto a la región poco después de la expedición china, se había quedado allí y lo sabía absolutamente todo sobre la gruta. Ese viejo estaba loco, insistió Linden con profunda admiración. Un viejo sabio loco como no he visto en ninguna parte de la tierra, dijo. Tendrías que haberlo visto, colega. Es una especie de enciclopedia viviente. Un hallazgo, una contingencia, como quieras llamarlo, sobre la guerrilla maoísta en el Tíbet, pero ya sabes cómo es Milena: de repente se le metió en la cabeza que podíamos aprovechar el viaje para entrevistar a algunos sherpas. ¿A quién demonios le interesan los sherpas, Milena?, le pregunté. A mí y a quienes pagan tu sueldo, imbécil, me dijo ella con esa manera que tiene de dejarlo a uno sin palabras. Bueno, dije, y pasamos los siguientes ocho días perdiendo el tiempo exactamente como unos imbéciles, recorriendo la cordillera y entrevistando a sherpas adolescentes que juraban ser la encarnación de Tenzing Norgay. Cuando nos dimos cuenta, nos quedaban solamente diez horas de cinta y nos faltaba dinero para siquiera entrar en contacto con alguna célula de guerrilleros maoístas. Milena andaba de un humor endiablado. Ya sabes cómo es. Naturalmente, nunca reconoció que aquello era su culpa. Pensaba que su único error había sido dejarse embaucar por mí en ese estúpido viaje para entrevistar a unos estúpidos guerrilleros invisibles en un estúpido país invisible. No quise desmentirla. Ni siquiera me molesté en recordarle que la idea de viajar al Tíbet era suya, tan suya como la de entrevistar a todos esos sherpas. Como sea, colega, ya habíamos comenzado a preparar el regreso cuando nos dijeron que en la llanura vivía un sherpa viejísimo que al parecer había colaborado en varias expediciones a la Gruta del Toscano. Nada más oír hablar del abismo, Milena se acordó de ti y me dijo que ni loca se iba a molestar con un tema tan insulso como la Gruta del Toscano. Pero ya sabes cómo es Milena: de repente, sin decir agua va, cambió de opinión y dijo que podríamos utilizar las cintas que nos quedaban para entrevistar a aquel hombre, pues quizá podría servirnos para complementar un documental pasable sobre la vida cotidiana de los sherpas. Yo entonces le recordé que, en alguno de tus artículos, indicabas que los porteadores de esa región no podían considerarse sherpas en el sentido estricto de la palabra, a lo que ella respondió que da lo mismo, Seamus, no me interesa nada de lo que haya escrito ese hijo de puta, con perdón, colega, así dijo. Finalmente le pregunté si al menos había leído el libro de Werner Ehingen sobre la expedición de 1949, y ella me dijo que no, Seamus, ese libro es un montón de basura fascista de la peor calaña, lo sabes perfectamente. Lo sé, le dije, y esa misma tarde emprendimos el camino al tendejón de Pasang Nuru Sherpa.

Supongo que no podía ser de otra manera. Mientras escuchaba hablar a Seamus Linden comencé a pensar en Milena con ese lío de ira y nostalgia que irremediablemente me provoca su recuerdo. No me ofendió saber que seguía guardándome rencor. Al contrario, su rechazo me pareció una clara muestra de que yo aún le dolía como ella me dolía a mí: firmemente, sin esperanza de reconciliarnos, por el puro placer de revivir heridas abiertas por el deseo. El relato de Linden me había ido levantando el cuerpo como haría una grúa precaria con un peso excesivo o en extremo delicado. La imagen inicial de mi colega en su cabina de historieta había sido opacada por la imagen de Milena furiosa. Milena asegurando que soy un hijo de puta. Milena huraña en el asiento de un camión tibetano o montada en un yak peludo, ataviada con su eterno chaleco de corresponsal de guerra y el cuello ceñido por un pañuelo rojo o amarillo, seguramente boliviano, de esos que usa a veces para recogerse el pelo que no tiene y que le dan un aspecto de gringa impenitente. Milena Giddens amenazando de muerte a Seamus Linden si se atrevía a buscarme para que les ayudase con su documental, si osaba siquiera imaginar que un día me citaría allí, en un restorán polaco de Chelsea, para repetirme que Pasang Nuru estaba loco, como una cabra, colega, pero una cabra sabia, mira tú, colega, dijo. Imagina nada más que ese maldito sherpa se dedicó años a traficar con los prófugos de la Revolución Cultural. Imagina que un día de tantos el sherpa encuentra en la montaña a un hombre medio muerto que jura haber participado en la expedición china a la Gruta del Toscano. El chino muere al cabo de unos días en el tendejón de Pasang Nuru, no sin antes revelarle cómo fue que su cordada escenificó la conquista del fondo del abismo. Una masacre, Eddie, una verdadera masacre. En fin, colega, que el chino aquel le cuenta todo a Pasang Nuru, y éste luego nos lo cuenta a nosotros, y yo entonces me digo: Seamus, esto es una bomba, una auténtica bomba.

Pero el cuento no acababa allí. El sherpa se estaba guardando lo mejor para el final, prosiguió Linden en su incontenible confesión de fracasado. De repente, cuando pensábamos que nos había contado todo, el viejo se pone de pie, se le queda mirando a Milena y nos dice que el alpinista chino alcanzó a ver en la caverna el cadáver de un europeo. Ni más ni menos, colega: el cuerpo de un occidental sobre una saliente de la cara norte del Foso de los Gigantes. Un cadáver antiguo, nos aclaró el sherpa con su inglés antiguo. Un muerto blanquísimo que llevaba el traje y el casco de los ruritanos, dijo Pasang Nuru. Eso no puede ser, lo interrumpí al fin. ¿Por qué?, preguntó el sherpa. Porque los ruritanos desaparecieron cuando bajaban por la cara sur de la Fosa de los Gigantes. ¿Y eso qué?, volvió a preguntar Pasang Nuru. Pues nada, respondí, que la única forma de morirse en la cara norte del abismo es pasando primero por el fondo, y los ruritanos nunca llegaron al fondo de la gruta. ¿Cómo lo sabe?, me preguntó el sherpa, y sólo entonces comprendí lo que el viejo estaba diciendo. Lo vi tan claro como te veo ahora, Eddie. Lo vi como si yo mismo hubiese estado junto al alpinista chino el día en que éste descubrió aquel cadáver que llevaba casi veinte años en la sombra esperando que lo hallasen. Te juro, colega, que en ese momento habría sido capaz de abrazar al sherpa, a los yaks y hasta a Milena.

Pero ya sabes cómo es Milena, colega. Cuando quiere, puede ser fría como una boa. A veces pienso que no le entusiasma nada, o que sólo le entusiasma ser fría como una boa. El caso es que fue ella quien esa vez llamó a la cordura, apagó su cámara y le dijo bruscamente al sherpa que su historia del alpinista chino y el cadáver ruritano suena muy interesante, señor, pero estará de acuerdo conmigo que resulta difícil de creer. Temí entonces que el sherpa, que había sido tan paciente con nosotros, se sintiese ofendido por la actitud de Milena. Pero no lo hizo. Fue más bien como si hubiera estado esperando a que ella le dijese justamente eso, y en ese tono. Entonces, sonriendo como un dios japonés de la alegría, Pasang Nuru se puso de pie y señaló la cámara fotográfica que horas antes le había entregado a Milena Giddens. Con sumo cuidado la recogió de la mesa, la devolvió a la bolsa de plástico y dijo: Yo no entiendo de estas cosas, señores, sólo sé que el alpinista chino me dio esto y me explicó que lo había encontrado en el cuerpo de un ruritano, nada más. Esto dicho, le entregó la cámara a Milena, nos dio las gracias y señaló con la barbilla la puerta del tendejón.

DESDE HACE ALGUNOS MESES LINDEN VIENE PREPARANDO una extensa biografía de Pasang Nuru Sherpa. Cuando menos me lo espero se aparece en Estrasburgo, me pide que lo invite a cenar y me entrega uno o dos capítulos de su libro. Ahora apenas hablamos de la Gruta del Toscano. Hablamos de cine, casi siempre de mal cine. Bebemos, comemos, intercambiamos quejas de lo mal que anda el mundo. A veces le pregunto por Milena y él me pone al día de sus andanzas. Al final nos despedimos como si fuéramos a vernos pronto y él me entrega una docena de hojas desbaratadas donde habla del sherpa. Sé que no lo hace porque espere mi opinión o mi censura. Es más bien un ritual, una ceremonia que ciertamente le agradezco en nombre de los viejos tiempos. Cuando llego a casa leo su manuscrito con sentimientos encontrados y anoto en él un par de cosas, aunque sepa que es inútil. Casi siempre me quedo dormido en las últimas páginas. Entonces sueño lo que no pienso decirle a Seamus Linden. Sueño que su libro es en realidad una novela. Una novela con veleidades documentales, pero novela al fin y al cabo. Sueño y no le digo que especula demasiado o que concede demasiado crédito a su propia memoria y a la de sus fuentes. No le digo que eso es una falta imperdonable,

Seamus. Un error que en nuestro oficio puede alcanzar las dimensiones de un pecado mortal.

Sea un ejemplo: Linden asegura que el sherpa dedicó cinco años al tráfico de indocumentados. Evidentemente, se trata de un error. El dato no sólo es incompatible con los rigores de la Revolución Cultural, sino que ni siquiera hay razones para creer que así lo calculó el propio sherpa cuando Linden y Milena lo entrevistaron en el tendejón de la llanura. De acuerdo con mis notas de la grabación, el propio Pasang Nuru albergaba serias dudas sobre el tiempo que consagró a aquella turbia empresa. Apenas recordaba que el tráfico de indocumentados siempre le pareció una actividad pasajera, un negocio cuya materia prima se agotaría tarde o temprano, fuera porque Mao no podía durar eternamente, fuera porque el interés de Rajzarov en los chinos podía de pronto ser sustituido por cualquier otro.

Esto no quiere decir que Pasang Nuru despreciara a Rajzarov o los años que dedicó al negocio de los indocumentados. A juzgar por sus palabras, el gigante llegó a ejercer sobre él una fascinación que superaba la que alguna vez sintió por la rapacería apicarada de los esposos Al Yahawi. Cuando llegó a la llanura, Rajzarov había alcanzado un nivel de desparpajo rayano en la perfección. Para entonces, dice el sherpa, el siglo había albergado innumerables guerras, pero su socio había caído en el presente con el cinismo intacto. La vida para él debió de ser una interminable fiesta, el triunfo de su mente sobre cualquier principio o cualquier devoción. Su vitalismo lo guiaba como una especie de dicha mística, o más bien como la cara opuesta de un panteísmo de visos franciscanos según el cual todos los seres eran parte armónica de un gigantesco cuerpo vacío. En este cuerpo,

Jarek Rajzarov representaba la pesadez absoluta, y el resto del mundo era cada vez más ligero, despreciable. Embebido en la corrosiva transparencia de todo, el gigante transitaba por la vida con la certidumbre de saberse libre de esperanza y por ende destinado a tener éxito en cualquier cosa en tanto no le preocupase triunfar en nada.

Tal era la coherencia sin doctrina de Rajzarov, que su mero paso por la tierra le había allegado el odio de muchos y la lealtad inquebrantable de unos cuantos. Entre estos últimos, el gigante había elegido a siete criminales diminutos que lo seguían con apostólica fruición. Es verdad que esa lealtad era contraria a la filosofía del gigante, pero igual los toleraba como si hacerlo fuese parte de un ministerio hecho de excepciones, quebrantamientos de reglas y negaciones constantes del sentido absoluto de cualquier sistema. Poco le importaban al gigante la admiración de sus esbirros o la propagación de sus ideas. Pero era justamente ese despecho lo que lo hacía atractivo. Su obcecada desconfianza lo hacía paradójicamente entrañable, diáfano, amo de una transparencia que, si bien no lo mejoraba ante su prójimo, transmitía al menos la seguridad de saber qué riesgos conllevaba tratar con él.

Habituado como estaba a la voluptuosidad de sus muchos socios, clientes y patrones, Pasang Nuru no pudo menos que prendarse de la malévola consistencia de Rajzarov. Era como si el mercenario detentase el remedio para ahuyentar la desdicha. Desde que dejó Marruecos y volvió a los Himalayas, el sherpa había empezado a sentirse más o menos pleno, más o menos conforme con el curso de su existencia.

Ahora al menos sabía que era allí, en la llanura, donde quería enfrentar el zarpazo de la muerte. Sentía que había vivido lo que le tocaba vivir, había viajado, había descubierto que la mente de Dios está en el cinematógrafo, y había conocido a seres notables, unos más que otros. Tenía un camastro mullido y cobijas para abrigar sus últimos inviernos, tenía muchos recuerdos y pocas pesadillas, comía con frugalidad aunque no sin lascivia. No había conocido el amor, pero no creía necesitarlo. En una palabra, se consideraba un hombre feliz, o por lo menos resignado. A veces, sin embargo, lo asaltaba la sensación de que aún le quedaba algo por hacer, una cuenta por saldar antes de irse. No porque pensara que estaba llamado a realizar algo crucial o portentoso. Si algo le había enseñado la Gruta del Toscano era que nada envenena más el alma que pensarse elegido de los dioses o destinado a grandes cosas para granjeárselos. Su preocupación era de otra índole, y no tenía nada de elocuente. Era como un molesto trozo de comida entre los dientes, una piedra en los zapatos de su ánimo, un guijarro que le estorbaba al caminar y lo obligaba constantemente a detener el curso de su dicha como quien duda si al salir de casa ha dejado una llave abierta.

Entonces llegó Jarek Rajzarov con su séquito de Jareks raquíticos. Llegó al tendejón con su caudal de crímenes sin culpa y su nihilismo bullicioso, vino con su incandescencia de viajero que lo ha visto todo sin asombrarse jamás de nada. También el sherpa había viajado y había visto muchas cosas, pero siempre lo había hecho como parte de una búsqueda, siempre con un objetivo imposible de determinar, pero objetivo al fin. Siempre con la conciencia de que la película de su vida tendría por fuerza un término, de la misma manera en que había tenido un principio. Rajzarov, en cambio, era un peripatético dichoso, todo circunferencia, nada centro. La idea de un final parecía en él impensable. El gigante orbitaba por el mundo en relativo abandono, sin que hubiese diferencia cronológica entre una gallina y un huevo. Así debían de ser los inmortales, pensó el sherpa la primera vez que habló con él. Pero enseguida se corrigió y se dijo: No, los inmortales son seres melancólicos, más parecidos a mí, como si les faltase algo por hacer o como si la muerte los despreciase. Al gigante no parecía faltarle nada, y era él quien despreciaba a la muerte. Por eso se ve tan tranquilo, pensó el sherpa. Entonces comparó a Rajzarov con el recuerdo de sus viejos conocidos, y todos ellos le parecieron más bien patéticos. Pensó en Mário Gudino y en su devoción ansiosa, una devoción que parecía nacer de un terror cerval al vacío, un terror por tanto incorregible. Después pensó en el general Sansoni y en su escuadrón de expedicionarios gimnásticos, envueltos en sus estandartes, lo cual era también una manera de vendarse para no expresar su miedo al abismo. Con una sonrisa afectuosa pensó también en el primer corneta Marcus Gleeson, que no parecía temerle a nada porque estaba chiflado, seguramente enloquecido por su miedo a reconocer que estaba loco. Pensó inclusive en el coronel Reissen-Mileto y en el teniente Ehingen de Granz, tan llenos de sí mismos, tan capaces de tantas cosas que nunca consiguieron nada que valiese en verdad la pena. Imbéciles, se dijo al fin el sherpa. He dedicado mi vida a un ejército de imbéciles que lo apostaron todo a un caballo renco y me hicieron venderles las papeletas. Qué humillación, demonios, qué maldita humillación, se dijo, y al estrechar la mano de Rajzarov sintió que le recorría el espinazo una amorosa descarga de desprecio a sí mismo.

Fue así y tal vez por eso que Pasang Nuru se entregó al negocio de Rajzarov con un ahínco inusitado. Ni aun en tiempos de los señores Al Yahawi puso el sherpa tanto empeño en hacer las cosas bien. Sólo con el gordo Marcus Gleeson recordaba haber cuidado tanto los detalles, pero ni siquiera el aerostato de su amigo había absorbido de tal forma su energía. Ahora no sólo se ocupaba de mantener con vida a los clientes que le hacía llegar su socio. También los instruía, los curaba con paciencia de santo laico, les conseguía sin cargo extra documentos para internarse en Pakistán o en India con una nueva identidad. De vez en cuando bajaba a Darjeeling, conversaba con los médicos de la misión y obtenía de ellos vendas, salvarsán, yodo, maxitón y hasta algunos inyectables de ectricina. Luego volvía a la llanura y esperaba a sus nuevos fugitivos con la misma impaciencia con que antes había aguardado a sus marejadas de lobos suicidas.

Pero los fugitivos no eran como los lobos. Siempre querían algo más. No les bastaba reparar sus fuerzas en el tendejón o entregar el alma en brazos de la ectricina. Ansiaban también ser escuchados, entregarle sus recuerdos a alguien, así fuera un desconocido. Querían hablar de lo que habían dejado atrás. Hablaban sin tregua y Pasang Nuru se sorprendía escuchándolos, no por piedad, sino porque creía haber aprendido a no sentir cuando trabajó con el belga, y a esas alturas no pensaba que conocer vidas ajenas pudiese afectarlo como finalmente lo hizo.

Dice Pasang Nuru en su entrevista que cierta vez recibió a

un grupo de estragados profesores universitarios, en su mayoría músicos especializados en Ylioskoff, de quien hablaban como si se tratara de un abuelo genial aunque un tanto meloso. Venía con ellos un médico muy joven que adiestró al sherpa en el tratamiento emergente de la hipotermia, la inanición y la gangrena. En cinco días el médico le enseñó a detectar el paso del congelamiento a la gangrena, y en qué momento era imperioso amputar y hasta dónde, y cuándo era ya demasiado tarde para tomarse cualquier tipo de molestia quirúrgica. La gangrena, decía el médico, es un mal extrañísimo, divino y diabólico a un tiempo. Es como morir a ratos o por partes, un morirse en cámara lenta. La gangrena es la hermanastra del cáncer, pues éste mata por exceso de vida mientras aquélla es la muerte en plenitud, visible, despaciosa, a veces curable pero siempre perpetuable en las facciones y las extremidades de quienes sobrevivían a ella. Los exploradores la temían aunque parecían buscarla como si también fuese una cumbre por conquistar, uno más de los monstruos invisibles que era preciso vencer para convertirse en dioses. Por eso la gangrena era el más impío de los males, pues arrasaba con los mejores hombres sin respetar sus cuerpos trabajados, casi divinos.

Pasang Nuru asimiló muy bien esas lecciones. Las aprendió con gratitud y llegó inclusive a proponerle al médico que se quedase a trabajar en el improvisado hospital de la llanura. Pero el médico rechazó tajante su propuesta, pues había pagado ya su cuota de filantropía y ahora sólo ansiaba la libertad, una libertad que le había costado mucho y que debía ser sólo para él.

Al partir, el médico regaló a Pasang Nuru un recuerdo invaluable. Estaban en la trastienda cuando el médico vio arrumbados en un rincón algunos de los trajes de neopreno que habían dejado allí los hombres del general Massimo Sansoni. Viendo esto preguntó al sherpa si estaba de algún modo vinculado con la Gruta del Toscano. Pasang Nuru respondió que algo había tenido que ver con dos o tres expediciones al abismo. Entonces el médico le contó animadamente que en el Museo de Montañismo de Beijing había una sala dedicada a la expedición china de 1965. Recordaba, por ejemplo, haber visto una secuencia de fotografías donde sus compatriotas clavaban su bandera en un rocoso farallón. Y recordaba también una vitrina donde había objetos de expediciones anteriores hallados por los chinos en la gruta. Allí estaban las gafas de uno de los italianos, varios piolets, algunas latas de conservas que habían dejado los ruritanos en 1949. Pero lo más interesante, dijo el médico, lo más extraño, era un zapato rojo, un zapato rojo de mujer. En ninguna parte se indicaba en qué parte de la gruta lo habían hallado o a quién habría pertenecido. En todo caso, cuando uno veía aquella prenda singular en una vitrina llena de aparejos de escalada, sólo podía pensar dos cosas: o bien el zapato había sido puesto allí como una mala broma museográfica, o los occidentales eran efectivamente unos depravados que ni siquiera merecían haber descubierto el abismo.

A FINALES DE LA DÉCADA LOS GRUPOS DE FUGITIVOS CO-
menzaron a menguar de manera alarmante. Rajzarov estaba
cada vez de peor humor y su cohorte de enanos trogloditas
pasaba mucho tiempo en el tendejón, bebiendo hasta la in-
consciencia o entablando feroces riñas cuyos estragos en la
tienda del sherpa parecían inversamente proporcionales al
reducido tamaño de quienes los causaban. En más de una
ocasión, Pasang Nuru tuvo que echar mano de sus conocimientos médicos para salvarlos del coma etílico, y cierto día
estuvo a punto de liarse él mismo a puñetazos cuando uno
de los enanos rompió al caer la jaula de carrizos que albergaba la zarigüeya disecada del primer corneta Marcus Gleeson.

Por un tiempo el sherpa toleró en silencio las pendencias
de los enanos y el pésimo talante de su jefe. Pero el día en que
atacaron a su zarigüeya se le agotó la paciencia. Entonces
preguntó a Rajzarov hasta cuándo pensaba seguir con un
negocio que a esas alturas se había vuelto escasamente re-
dituable, más aún considerando lo que le costaban los desmanes de sus socios.

Rajzarov no encajó muy bien las preguntas del sherpa. Pasang Nuru lo vio crispar los puños y se preparó a recibirlos.
Vaya modo de morir, se dijo. Pero ese día la furia de Rajzarov

no se volcó sobre él. Con sorprendente agilidad, Rajzarov se había desplazado hasta la mesa donde estaban bebiendo sus enanos, y había golpeado a uno de ellos con tal fuerza que el minúsculo cuerpo fue a dar con un ruido sordo en el extremo opuesto del tendejón. Los demás enanos se quedaron impávidos junto a la mesa, mirando el cuerpo de su compañero, no con miedo ni sorpresa, más bien con el fastidio de quienes acaban de ver romperse un jarrón valioso que en el fondo nunca les gustó. No más bebida, sentenció Rajzarov. Los enanos se pusieron de pie y salieron de la tienda en fila india. Entonces el gigante regresó a la vera del sherpa y le dijo muy calmado de acuerdo, amigo, esto se acaba. Traeremos sólo un par de grupos más y después nos iremos, amigo. Le juro que nos iremos.

Así estaban las cosas cuando Rajzarov halló al alpinista chino. No lo trajo como había traído a los otros. A éste lo encontró por azar en las faldas del Anangaipur, desmedrado, medio muerto, arrastrándose en la selva de pedrones que bordean el glaciar del Hamarir. Pasang Nuru no entendió qué había llevado al gigante a esa parte de la cordillera, ni quiso indagar en ello. Para entonces su relación con Rajzarov se limitaba a intercambios monetarios o humanos cada vez más lacónicos. También le intrigó que el gigante llevase al tendejón aquel despojo del que no podía obtenerse nada. Sin duda Rajzarov había esculcado a aquel pobre hombre para adueñarse de los pocos bienes que aún pudiera traer encima, y hubiera sido por tanto más sencillo abandonarlo a su suerte en la montaña. Pero no lo hizo. Por alguna extraña razón recogió al fugitivo, lo montó como pudo en el más recio de sus yaks, lo condujo con gran esfuerzo hasta la llanura y lo entregó al sherpa con la vaga esperanza de que éste lo salvase. Haga lo que pueda, le dijo el gigante. Algo me dice que éste vale más de lo que aparenta.

A Pasang Nuru seguía admirándole la intuición de Rajzarov. En su entrevista con Milena dice que al ver el cuerpo del fugitivo sólo pudo identificar los signos familiares de la muerte, nada que explicase el interés del gigante por ayudarle, un interés que crecía a medida que el chino se aproximaba a su extinción. En cualquier caso Pasang Nuru accedió a cuidarlo en un acto de fe del que luego no dejó de arrepentirse. Cuando los enanos desmontaron al fugitivo, él mismo lo cargó hasta su cama, estudió la magnitud del daño y sopesó los medios que tenía para ayudarle, si no a vivir, sí al menos a morir como un ser humano.

Mientras el sherpa buscaba en la trastienda una provisión de dexedrina, Rajzarov comenzó a quitar las vendas que cubrían las manos y los pies del fugitivo. De repente, Pasang Nuru oyó gritar a los enanos trogloditas. Cuidado, están saltando, exclamó uno de ellos. Rajzarov se había apartado del herido con un gesto de repulsa. El sherpa se abrió paso hasta la cama y descubrió el motivo del escándalo: una colonia de gusanos, cada uno tan grueso como un lápiz, había infestado la carne muerta en las extremidades de aquel pobre hombre. Liberados de su prisión de gasa, los gusanos buscaban el aire y se lanzaban al vacío. Asqueado, Pasang Nuru buscó los ojos del fugitivo y le pareció que lloraba en los bordes de la desesperación.

Seamus Linden aparta la vista de la pantalla, alza un lápiz a la altura de sus ojos y no quiere creer que los gusanos en los pies del fugitivo pudieran tener un grosor semejante, ni aun la mitad. Entonces piensa que Milena Giddens no iba fuera de razón cuando le advirtió que mirasen con reserva las historias del sherpa. Se lo dijo poco después de haber dejado la llanura: de repente bajó del yak, corrió hasta el auto como si lo amara, arrojó sus cosas en el maletero y exclamó que la historia del alpinista chino era la más difícil de creer de cuantas habían escuchado en boca del sherpa. Es verdad que el resto no era menos excesivo, comenzando por la historia del primer corneta Marcus Gleeson, pero estaba dispuesta a aceptarlo todo como consecuencia inevitable de la senilidad de Pasang Nuru. Entonces Linden le dijo que no entendía su suspicacia, pues si estaba dispuesta a creer cosas como lo del gordo Gleeson, más debía creer en lo del fugitivo chino. Pero Milena fue contundente: lo del chino era distinto, podía aceptar cualquier otra cosa aunque no la creyera, excepto eso. A su entender, Pasang Nuru había contado la tragedia de ese hombre con sospechoso detalle, con demasiada coherencia, ya no entregado al caótico alud de sus recuerdos vitales, ya no expuesto ni aferrado al sesgo del testigo que se esmera en parecer protagonista. Lo hizo como si estuviese cumpliendo una misión, dijo Milena, un plan largamente ponderado en el que su versión de los hechos vividos o de las cosas escuchadas muchos años atrás carecía de importancia. Quizás el sherpa se había esforzado por parecer objetivo, convencido de que esa historia era la única que podía tener aún cierta importancia en el presente, un presente del que él mismo no tardaría en ser desplazado, por vejez, por azar o por algún imperdonable descuido que en ese momento los periodistas no estaban en condiciones de vislumbrar. Cuando al fin entraron en Darjeeling, Milena se sintió un poco culpable de sus objeciones, sólo un poco, y aclaró a su compañero que no deseaba parecer ingrata, pues sin duda apreciaba el esfuerzo de Pasang Nuru por contarles hasta el último detalle de la historia del fugitivo chino. Pese a todo, añadió, estarás de acuerdo conmigo en que cualquiera con dos dedos de criterio está obligado a cuestionar un relato como ése, Seamus, piénsalo bien: ¿por qué habríamos de confiar en un hombre de ochenta años o en un despojo humano fulminado por la gangrena? Un fugitivo febril, hipóxico, deshidratado, rebosante de dexedrina o maxitón, en el mejor de los casos, dijo Milena. Hace años que nadie usa el maxitón, le aclaró Linden por decir cualquier cosa. ¿Cuántos años?, preguntó Milena, retadora, y le recordó a su colega que las inyecciones de maxitón y dexedrina, penosas donde las haya, eran todavía utilizadas en situaciones extremas. Puede ser, reconoció Linden, pero eso no es razón para pensar que el pobre hombre estaba mintiendo. ¿El sherpa?, inquirió Milena. No, mujer, el chino, dijo Linden. Como sea, dijo Milena, no acabo de creerle. Acto seguido bajó del auto, recogió sus cosas y subió a su habitación para darse el baño más prolongado de su vida.

Seamus Linden recita para sí las objeciones de Milena, vuelve a mirar el lápiz y piensa que los gusanos en los pies del fugitivo chino no podían ser tan gruesos. Lo piensa pero no deja de verlos. Los ve tan claramente como ve la imagen de Pasang Nuru en el monitor, sobria, incontestable, la boca sin dientes modulando su terror y el de sus socios al descubrir los pies agusanados del fugitivo. Como en defensa propia, Linden trata de aceptar las dudas de Milena, pero no consigue desconfiar del sherpa. Aun enrarecido por el tiempo o desacreditado por las circunstancias, su testimonio le parece todavía digno de crédito. Ahora más que nunca, cuando tendría que rechazarlo, Linden atiende la pantalla como a un oráculo, escucha al sherpa hablar del fugitivo chino desde un tiempo que ya no es exactamente el pasado inmediato y desde un lugar que ya no es sólo un tendejón del Tíbet o la pantalla claudicante de un monitor en Londres. De algún modo intuye que la voz de Pasang Nuru le viene ya desde otro mundo, y decide que es forzoso creerle a un fantasma. Por eso mira la pantalla confirmando que las dudas de Milena son inaceptables. Acaso sea verdad que el fugitivo chino era un fardo de droga y miedo cuando contó su historia al sherpa. Todo puede ser, piensa Linden, pero eso no basta para cuestionar las remembranzas de quien se está muriendo. Los reparos de Milena le parecen de repente tecnicismos acuñados por quien nunca ha puesto un pie en los límites de la existencia. ¿Qué puede entender Milena de los requiebros que surcan una mente en agonía? ¿Qué puede decirle a él, que ha atestiguado la lucidez fronteriza de incontables personas destrozadas por la guerra, mujeres y hombres delirantes que sin embargo se aclaraban siempre en el último momento? A él, que vivió la desesperanza en una grieta del monte Eiger y sabe que hasta los efluvios de la dexedrina se disipan cuando uno se cree o se sabe cercado por la muerte.

Por eso ahora a Seamus Linden no le importa el estado del fugitivo chino. Su lucidez le importa menos que las cosas que pudo haberle contado a Pasang Nuru. De repente el rostro, el nombre y aun la historia del chino le resultan extrañamente familiares. Los fonemas que conforman aquel nombre oriental van adquiriendo para él la consistencia de un auténtico nombre, un nombre ahora revelado como una conciencia que habla, sufre y piensa. Ahora mismo el fugitivo dice llamarse Ang Xian y exige ser oído a través del tiempo. Repite su nombre sin cesar como debió hacer en ese entonces, cuando Rajzarov lo halló medio muerto en el glaciar del Hamarir. En la cabeza de Linden el fugitivo comienza a ser también un ser con historia, un descastado que delira mientras los enanos de Rajzarov tratan de reanimarlo con aguardiente, un herido que suplica en su francés de diccionario que lo lleven a alguna representación diplomática europea o japonesa. ¿Sabe acaso que en sus pies pululan gusanos tan gruesos como lápices? ¿Por qué insiste en salvarse cuando sabe que está perdido? ¿Qué es exactamente lo que quiere salvar? Acaso ahora sólo le interesa salvar su voz y su memoria. Ya no su cuerpo, ni siquiera su alma. Sólo su memoria lo empuja a seguir siendo, a palpitar todavía aprisionado en un saco de costillas rotas, en un amasijo de vísceras deshidratadas y carne medio muerta que sin embargo se aferra al aire. Un muerto que se resiste a serlo a pesar de todo, incluso a pesar de la ironía de que justo ahora, cuando ha perdido hasta su semejanza con los hombres que lo asedian o lo curan, se esfuerce en vivir con la misma entereza con que antes estuvo dispuesto a morir por la gloria del Partido.

Ang Xian entiende que no es ésa la primera vez que tiene miedo. Pero ahora que ha sido perseguido y descastado por aquellos que antes lo honraron, comprende asimismo que ha cometido errores imperdonables. Tal vez hace unas noches, cuando iniciaba su fuga en montañas plagadas de soldados, se ha dado un instante para admirar las cumbres nevadas, quizás ha escuchado a un estornino inverosímil trinar en los glaciares, ha saciado la sed en un manantial. Acaso allí, frente a las montañas que acabarán por devorarlo, Ang Xian ha comprendido que ninguna caverna es suficiente para justificar en su memoria los rostros desencajados, los cuerpos sin vida y las miradas de horror de sus compañeros de cordada, a quienes tuvo que abandonar en la Gruta del Toscano como saldo infernal de un crimen que, ahora lo sabe, sólo podrá expiar cuando su propia vida se haya extinguido para siempre.

Luego supimos que esa madrugada Milena Giddens entró en su apartamento, se enjuagó la cara, se desnudó y se puso a modo de piyama su legendaria camisola con la efigie de Ronald Reagan vestido de jinete apocalíptico. A eso de las cinco se sirvió un tazón de cereal dietético y se entregó a rumiarlo con el firme propósito de no pensar en nada. En eso estaba cuando intuyó que algo no andaba bien. Creyó primero que el problema sería algo vinculado con su cuerpo. Sus ojos, su apéndice, quizás esa glándula de nombre irretenible que según su abuelo había causado la muerte de su madre y que sin duda causaría la de ella cuando alcanzara la cabalística edad de cuarenta años. A Milena todavía le faltaban dos años para cumplir cuarenta, pero eso no la hizo sentirse mejor. En su caso, las fatigas de la maternidad burguesa habían sido reemplazadas por otras más intensas, más dañinas para el cuerpo, no siempre más deseables. El periodismo no era una profesión apacible, y si a eso añadía su mal tino para enredarse con los mayores patanes del gremio, era entonces previsible que aquella glándula asesina estuviera esperando el menor descuido de su parte para hacerla pedazos.

Suspensa ante su plato de cereal dietético, Milena temió que su viaje a los Himalayas fuese justamente el descuido que su glándula había estado esperando para aniquilarla. Desde que volvió a Londres la agobiaban jaquecas y pesadillas tan intensas que sin duda anunciaban su perdición. Se sentía asediada, seguida subrepticiamente y muy de cerca. Como de costumbre, sus médicos le aseguraban que tenía la envidiable salud de una quinceañera, acaso un poco devaluada por el estrés, nada que no arreglasen unas vacaciones en Baleares. Pero eso mismo le habían dicho a su madre y ya ve usted, doctor, lo que pasó, respondía Milena, aunque su madre, hay que aceptarlo, nunca quiso tomarse unas vacaciones, ni en Benidorm ni en ninguna otra parte. Alguna vez su padre propuso llevarlas a Brighton, pero ella se negó a pasar su fin de semana pisoteando guijarros o helándose los pies en las negras aguas del canal.

Quizás entonces era cierto lo que decían los médicos, y lo que ella en verdad necesitaba era largarse al Mediterráneo. La perspectiva, pese a todo, no le atraía mucho. Como cualquier persona obligada por su oficio a viajar constantemente, Milena creía amar su casa, su independencia y sus escasos periodos de inmovilidad. Bastante le había costado hacerse de aquel apartamento, un lugar pequeño aunque sobrado para su escasa capacidad de mantener en orden un espacio que excediese los cincuenta centímetros cúbicos. Su escritorio en los estudios de la BBC era ciertamente un ejemplo de eficiencia, donde cada objeto parecía situado a partir de algún sesudo análisis geométrico. Su casa en cambio daba una extraña impresión de caos, un caos que ella llamaría metódico. También allí las cosas tenían sitios calculados, pero esa determinación estaba regida por una suerte de voluntad asimétrica, como si Milena deseara a toda costa demostrarse que en su vida privada sólo mandaba ella y que en su casa sólo cabían los demonios de su carácter intempestivo e impredecible.

Seguramente fue ésta la razón por la cual esa madrugada Milena concluyó que era su apartamento y no su cuerpo el que andaba mal. Algo había pasado en su casa mientras ella se aburría de muerte editando su entrevista con un chino que no era chino. Algo que a primera vista ni siquiera parecía haber ocurrido, aunque igual estaba allí en un rastro fantasmal que pedía a gritos ser notado. Pensando en esto, Milena remontó los pasos que había seguido desde su llegada: cogió las llaves, salió al portal, cerró la puerta, la abrió de nuevo, repitió el gesto de arrojar su bolso en el sillón de la sala, entró en su dormitorio, se desnudó, volvió a ponerse su camisola, fue a la cocina, abrió la despensa que había abierto antes para extraer el cereal y el tazón. Finalmente se sentó en la barra de la cocina y le quedó claro que alguien había entrado en su casa.

Dice Milena que enseguida se levantó de la barra y marcó al estudio esperando hallar a Seamus Linden. No contestó nadie. Entonces llamó a la policía. La atendió un hombre al parecer muy joven, algún novato cuya prestancia iba menguando según calibraba el tono de voz de la señorita Milena Giddens y la cuestionable urgencia de su llamada. Han entrado en mi apartamento, dijo ella. El hombre le preguntó su dirección y constató que la denunciante estuviese a salvo. Luego, más pausado, le preguntó si faltaba algo. Ella respondió que no sabía. Ya veo, dijo el hombre, y le prometió ocuparse del asunto tan pronto como fuera posible.

Dice Milena que media hora más tarde tocaron a su puerta y la sorprendió que hubiesen enviado a una mujer policía.

Y dice que también la sorprendió que eso la sorprendiera, pues aquélla era una muestra indiscutible de que ningún país civilizado está libre de prejuicios misóginos. Como sea, dice Milena, la mujer policía entró en la casa, se detuvo en el recibidor, extrajo una libreta y volvió a preguntarle si no le faltaba nada. No, respondió Milena. ¿Está segura?, dijo la oficial. ¿El televisor, joyas, dinero, drogas? Mire usted bien, señorita Giddens. No, dijo ella, no me falta nada. Es extraño, dijo la oficial. ¿Qué cosa?, preguntó Milena. La oficial le explicó pacientemente que nadie se toma la molestia de entrar en una casa para no llevarse nada. Además, dijo, usted asegura que la puerta estaba cerrada cuando llegó, y no veo otra forma en que hayan podido entrar, como no sea por la ventana, y mire usted qué pequeñas son sus ventanas. Por otra parte, señorita Giddens, y con perdón, no acabo de entender cómo supo que allanaron su casa. Milena se encogió de hombros. Sin que viniera al caso se sintió repentinamente fea, desaliñada, como una modelo de revista en perfecto estado de descomposición. Créame, musitó al fin, conozco mi casa y estoy convencida de que se metieron, buscaron algo y la asearon un poco, lavaron algunos tenedores, ordenaron las revistas que tenía esparcidas en el baño y se fueron. Ya veo, fue lo único que pudo decir la oficial, visiblemente fatigada. Luego le dio los buenos días y le pidió que se mantuviera alerta por si descubría alguna otra cosa que pudiera servirles para investigar su caso. Todavía agobiada por su aspecto, Milena le dijo que así lo haría, le dio las gracias y la dejó ir en su patrulla, convencida de haber hecho el mayor de los ridículos.

Dice Milena que luego se quedó dormida en el sillón de la sala y soñó que una pandilla de pequeños mendigos victorianos se metía en su apartamento. Jura que fue un sueño breve, salpicado de abruptos saltos a la vigilia. Los niños entraban por las ventanas cuya estrechez le había señalado la oficial de policía. Se descolgaban por finísimas cuerdas negras, como miembros de la unidad antiterrorista de un reino de insectos. En un segundo la ataban al sillón y se dedicaban a limpiar su apartamento: tendían su cama, ordenaban por colores los libros en su estantería, aspiraban las alfombras, liaban con sábanas su ropa sucia y se marchaban por donde habían venido dejando sobre la mesa una nota de tintorería y un billete de veinte libras esterlinas. Milena entonces descubría que se habían llevado su camisola, y que estaba desnuda y atada aún al sillón. Acto seguido sentía un deseo tremendo de orinar y gritaba para que la liberasen. De pronto la oficial de policía abría la puerta de un puntapié, pero no la ayudaba a romper sus ataduras. No la ayudaba, sólo la miraba, la miraba largamente con un aire entre burlón y afectuoso. Milena entonces volvía a pedir ayuda, aunque a esas alturas no sabía ya qué tipo de ayuda necesitaba y de qué debía ser protegida.

Dice Milena que sólo entonces consiguió evadirse de su sueño. En cuanto abrió los ojos recordó que esa madrugada había visto a un enano cuando bajaba de su tren en la estación de Richmond. No era un niño sino un enano, aclara ella siempre que llega a este punto de su historia, si bien tampoco está segura de que aquél fuese un enano, digamos, un enano de verdad. Era más bien un hombre extremadamente pequeño, aunque bien proporcionado. Vestía un abrigo de cuello muy peludo, y sus facciones eran orientales. Lo más raro de todo era que su piel parecía bronceada, como si acabase de llegar de un crucero, aunque luego, pensándolo mejor, Milena decidió que aquel tono de piel sólo podía venir de más lejos, de un sol más extremo, montaraz, un sol como en los Andes o los Himalayas, mitad de nieve y mitad de selva.

Dice Milena que ese rostro y esa piel aclararon por fin la confusión de ideas que la agobiaba desde que llegó a Richmond. Sin duda, el hombrecito de la estación estaba allí para esperar su llegada, y había dado aviso a sus cómplices para que éstos abandonasen su apartamento antes que ella llegase. Entonces los otros, seguramente tan enanos como aquél, se habían apresurado a terminar su pesquisa y habían salido de allí por la ventana. De sus razones para hacerlo, a Milena no le cupo ya la menor duda. De un salto abandonó el sillón, abrió la gaveta donde solía guardar sus bragas y comprobó que había desaparecido la antigua cámara fotográfica que Pasang Nuru le había confiado cuando ella y Linden lo entrevistaron en el tendejón de la llanura.

Dice Milena Giddens que a eso de las diez de la mañana llamó de nuevo a la estación de policía y exigió hablar con la oficial responsable de su caso. En la estación le dijeron que la mujer en cuestión se llamaba Corinne Dawkins y era oficial del Noveno Cuerpo de Policía del Distrito de Richmond. Añadieron a esto que la oficial Dawkins había salido a desayunar, pero con gusto le darían su mensaje. Milena les pidió que le dijeran que ahora tenía una idea bastante clara de quién había entrado en su casa. Díganle también que se llevaron invaluables documentos propiedad de la BBC. Se lo diremos, señorita, respondieron al otro lado de la línea.

Milena aguardó durante horas la llamada de la oficial Dawkins. Con impaciencia calculó el tiempo que podría llevarle desayunar a un integrante femenino del Noveno Cuerpo de Policía del Distrito de Richmond. Después añadió a sus cálculos un número significativo de minutos y aciagas posibilidades. Con aprensión de madre en vela imaginó a la oficial Corinne Dawkins participando en una redada en los tugurios aledaños al castillo de San Donato. La imaginó encendida de rubor y adrenalina, acuclillada junto a su patrulla de policía, apuntando su arma hacia el portón de un agujero funky de donde esperaba ver salir a los hinchas de un grupo de rock gótico con las manos en alto y los brazos profusamente tatuados. La imaginó también tirada en la acera, con el tórax perforado y los ojos mirando al cielo como una virgen sacrificada al dios de una sanguinaria tribu celta.

Al mediodía Milena no pudo soportar más la espera y marcó de nuevo a la estación. En cuanto le respondieron preguntó por la oficial Dawkins sin mucha esperanza de encontrarla. Soy yo, dijo la voz al otro lado de la línea. Milena dio un suspiro de alivio combinado con una oleada de rabia. La he estado llamando toda la mañana, mintió. Lo sé, dijo la oficial, me dieron su mensaje, discúlpeme, he estado algo ocupada. No importa, volvió a mentir Milena, es sólo que he descubierto que me falta una cámara fotográfica. ¿Una cámara? Bien, algo es algo, dijo la oficial. Milena entonces imaginó su rostro, sus dedos largos de uñas cortas mientras anotaba en su libreta, la palidez de sus labios mientras le preguntaba desidiosa por la marca y las características de la cámara. Creo que no me ha entendido, oficial, interrumpió

Milena, no se trata de una cámara común y corriente. La oficial Corinne Dawkins respondió entiendo, señorita, y fue como si dijera que todos los periodistas creen que su cámara es única, como todos los escritores trasnochados piensan que su máquina de escribir antigua es única, como todos los policías creen que un revólver mataría mejor y más rápido que una Hutchinson de repetición automática. Milena sintió un profundo deseo de enfadarse, pero no lo consiguió. La oficial Dawkins seguía esperando y no parecía dispuesta a hacerlo por mucho tiempo. Milena dijo la marca de la cámara pensando que no estaría mal invitar a la oficial a desayunar, pero recordó que la oficial Dawkins ya había desayunado. Escuche, oficial, creo que no me he explicado bien, dijo Milena con franca desesperación, y añadió: Se trata de una cámara muy antigua que encontraron hace años junto a un cadáver, esa cámara podría servir para probar cómo murió su dueño. ¿Conocía usted al occiso?, preguntó la oficial un poco más interesada. Milena le respondió que ella ni siquiera había nacido cuando el dueño de la cámara murió. Entiendo, señorita, dijo la oficial Dawkins esforzándose por no colgar.

Dice Milena que en ese instante desistió de cualquier intento de contarle a la oficial Dawkins sus sueños, sus visiones y sus teorías de que un ejército de enanos había orquestado el robo de su cámara. Admite que tal vez debió contárselo, pues eso habría ayudado a hallar la cámara más pronto. Ese día, sin embargo, mientras la oficial Corinne Dawkins contenía la risa con sus labios pálidos, Milena se sintió atrapada por un tipo de pudor que hacía años no experimentaba. En cualquier otro caso o con cualquier otra persona no habría dudado en hacerse oír. Habría puesto el mundo entero de cabeza sólo para que éste cupiese en sus manos y poder moldearlo a su arbitrio. Ese día, en cambio, lo único que pudo hacer fue suplicar a la oficial Dawkins que aceptase tomar con ella una magnífica infusión que había traído de su viaje a los Himalayas. Para su sorpresa, la oficial aceptó de buen grado y le prometió que haría todo lo posible por hallar su invaluable cámara fotográfica.

A LAS SEIS MENOS VEINTE EL TIMBRE DEL TELÉFONO arranca a Linden de su ensueño de montañas y fugitivos. El monitor está en blanco. El teléfono ha dejado de sonar. Un charco de café baña ahora la escaleta, escurre hasta el borde de la mesa y gotea en el suelo del estudio. Sin apenas moverse, Linden contempla el desastre y no sabe si ha pestañeado o si se ha quedado dormido mientras dejaba correr en pantalla la última porción de la entrevista. Tampoco sabría decir si los recuerdos y la huida del fugitivo Ang Xian le han sido descritos por el sherpa o si sólo los ha soñado, completando en su cerebro amodorrado los terrores de aquel hombre en la montaña.

El eco del teléfono le ha recordado que debería llamarme. Otra vez decide que lo hará más tarde y rebobina la película para que el sherpa siga contando la agonía de Ang Xian, que ahora mismo cierra los ojos y se deja caer en los bordes del glaciar de Hamarir. No muy lejos de allí, le parece haber visto los primeros signos de la civilización: una cerca de piedra o un perro que en cualquier momento vendrá a lamerle la cara. En Londres, también Seamus Linden cierra los ojos atenazado por su propia mezcla de vigilia, hambre y fatiga. Entonces piensa que también el fugitivo duda si ha perdido la conciencia durante horas o si sólo un parpadeo lo separa de la última vez que escuchó voces humanas. En su mente se confunden ahora las maldiciones de un soldado que lo busca entre las rocas y su propia voz diciéndole a su mujer que se oculte en el pueblo de sus padres hasta que vengan a rescatarla. Sigue a esto un tumulto de voces indistintas que lo rodean hablando en un idioma que él no entiende aunque no le es del todo ajeno. Ang Xian ignora si esos hombres discuten cómo matarlo o cómo salvarlo, si será mejor entregarlo a las autoridades chinas o abandonarlo para que sean los buitres quienes resuelvan lo que de otro modo sería un engorroso problema fronterizo. Entonces trata de no pensar en las semanas que pasarán antes que un guardia o un cabrero encuentren al fin su cadáver junto al glaciar, su osamenta monda sobre las rocas, tan similar a la que él mismo vio alguna vez en las profundidades de la Gruta del Toscano hará cosa de cinco años, cuando algunos miembros de su cordada se habían negado a llegar más allá del Círculo Octavo.

Su recuerdo de ese día en la caverna es tan nítido como confusas son ahora las voces que lo rodean. Demasiado bien recuerda que poco antes de descubrir el cadáver, el jefe de la expedición lo llamó aparte para decirle que preparase sus cámaras para filmar la última parte del ascenso, pues había decidido no aplazar por más tiempo la conquista de la gruta. Desde que entraron en el Círculo Séptimo, los exploradores han comenzado a padecer alucinaciones. Algunos dicen que la gruta está plagada de demonios, aseguran haber visto sus cuerpos luminosos, una multitud de ojos encarnados que los siguen por doquier gimiendo, amenazando, diciéndoles que quizá los europeos tienen razón y que ese lugar es el infierno. Otros aseguran haber oído sus maullidos. Y otros más afirman ahora mismo en sus tiendas de campaña que el fondo de la gruta está inundado, pues desde allí se puede escuchar el eco de sus aguas venenosas. El guía insiste en que el cansancio y el miedo han hecho presa de la cordada, y sería un error esperar a que las cosas empeorasen. La expedición no puede fracasar, pues en Beijing no les espera nada bueno si regresan con las manos vacías. El Partido lo ha apostado todo por ellos, dice el líder de la expedición, y el Partido, ya lo sabes, camarada, no apuesta a perder.

Cinco años más tarde, derrumbado en el glaciar del Hamarir, Ang Xian recordará haber aceptado aquellas razones con mal disimulada angustia. También él había visto demonios, también él había sentido el flujo torrencial en el fondo del abismo. Sabe que sus camaradas han reventado, y que muchos de ellos no están dispuestos a seguir adelante. Aun así, amedrentado por la seguridad del líder, Ang Xian se apresura a disponer la iluminación para filmar el momento en que sus camaradas comenzarán a descender por las paredes de la Fosa de los Gigantes. Aún no ha empezado a despertar a sus camaradas cuando ya el fotógrafo ha alzado un par de reflectores y determinado los ángulos, los movimientos que seguirán los expedicionarios, la secuencia con que hará estallar sus bulbos de magnesio. Finalmente ha montado su cámara en el borde del abismo y sólo le resta esperar a que el líder de la expedición acabe de anunciar a sus compañeros que ha llegado el momento de abismarse.

Está en eso cuando descubre el cadáver. Al principio es sólo un destello en los bordes de la lente, el rebote de la luz de sus reflectores en una saliente de pirita situada veinte metros abajo. En esas profundidades la niebla enrarece la luz artificial, pero ésta es suficiente para alumbrar porciones considerables de aquel anfiteatro caprichoso de piedra y hielo. Días atrás, apenas surcaron las aguas del Leteo, sus compañeros divisaron sin esfuerzo la espinosa formación de piedra blanca que en 1937 hizo creer a los italianos que aquélla era la osamenta del monstruoso Gerión. A pesar de la distancia que los separaba de la pendiente sur de la caverna, la vieron tan claramente que días después seguían burlándose de la ceguera de los occidentales, tan duros de cabeza que no pudieron distinguir entre una simple formación calcárea y el espinazo de una bestia fabulosa.

Pero ahora Ang Xian no está seguro de que aquello sea sólo un engaño más de la piedra. En esa parte de la gruta, la penumbra es demasiado densa para confiar en una linterna, pero los reflectores que ha dispuesto para la filmación disipan pronto cualquier duda. Definitivamente, piensa el fotógrafo corrigiendo el ángulo de los reflectores, aquel destello en la saliente es un cadáver, un pedazo de carne blanca asomada entre los jirones de un antiguo traje de asbesto, casi una momia. Asistido por la lente telescópica de su cámara, Ang Xian observa aquella amalgama de huesos, los brazos extendidos en cruz, las manos que aún sostienen el piolet en el inútil gesto de evitar la caída en el momento de alcanzar el borde superior de la fosa, la cabeza destrozada bajo un casco donde aún se distinguen los colores del Principado de Ruritania. Ese día o esa noche, Ang Xian lo ve todo con la aprensión de quien ha encontrado un tesoro incalculable. Sólo los años y la desgracia lo dejarán conocer el auténtico valor de su hallazgo, pero esa vez, mientras desciende sigiloso hacia el cadáver, intuye que aquél será el inicio de su propia disolvencia, pues no ha terminado de

hurgar el cuerpo cuando escucha arriba, en el campamento, la ráfaga de metralla que un agosto de muchos muertos
más tarde se mezclará en la mente de Seamus Linden con
el timbrazo extemporáneo de un teléfono en los estudios de
la BBC de Londres.

Dos veces en su vida volvió Ang Xian de la incons-
ciencia estremecido por un recuerdo de disparos. La primera
vez fue en 1969, escasa media hora después de desmayar-
se cuando daba una conferencia en el Sector Cantonal de
Liang Pa. Habían pasado cuatro años desde su regreso de la
gruta, pero aun así los disparos retumbaron de tal forma en
su memoria que se llevó las manos al pecho como si también le hubiesen disparado a él. El comisario que lo acompañaba en sus apariciones públicas tuvo que abrazarlo para
impedir que saliese en pánico de la enfermería y se perdiese buscando el origen de unas detonaciones que para entonces se hallaban sólo en las cavernas de su culpa. Calma, le
exigía al oído el comisario. Tranquilo, camarada, o revien-
tas como un cerdo ahora mismo.

En cuanto regresó de la caverna, los directivos del sector habían convocado a Ang Xian para que compartiese su
experiencia con los jóvenes reclutas de la escuela de Liang
Pa. Durante meses, Ang Xian había impartido innumerables conferencias a las juventudes del país. Había asistido
con el resto de sus compañeros de cordada a decenas de
homenajes donde desempeñaron a la perfección su papel
de superhombres revolucionarios. Miles de futuros héroes

del Partido habían escuchado con arrobo los detalles de su aventura cavernaria, y mirado con devoción las fotografías que él mismo aseguraba haber filmado en el fondo de la gruta. Un celoso comisario los acompañaba siempre, censurando o aprobando sus gestos, sus palabras, el tono en que respondían a las preguntas de los muchachos más aventajados. Hasta entonces su vida había sido un perfecto carnaval, la celebración dócil y unánime de un nuevo triunfo de la República Popular China sobre los demonios capitalistas.

Pero esa tarde en Liang Pa su carnaval se cubrió de sombras. Desde un principio Ang Xian sintió que había algo impropio en su retorno a la escuela donde había aprendido el montañismo, al mismo patio donde había recibido los disciplinarios azotes de la primera juventud y las primeras lecciones sobre la unidad indisoluble del Partido. Le bastó respirar el aire del recinto para notar cuán poco habían cambiado las cosas desde su partida. Incluso los instructores le parecieron idénticos a los que habían emponzoñado a generaciones enteras sólo para que él pudiese volver un día coronado de una gloria que en el fondo sabía espuria.

Más de una vez Ang Xian había evitado declarar su gratitud a los verdugos de Liang Pa. Pero sólo ahora, mientras los miraba alinear a los novicios en el patio donde iban a escucharlo, apreció en su justa proporción la magnitud de la farsa que venía representando desde que volvió de la caverna. Su conferencia se anunció con una exhibición gimnástica y media docena de discursos donde sus maestros encomiaban lo mismo a los conquistadores de la gruta que a los miembros de la cordada que habían muerto de toxoplasmosis en el camino de regreso. Ang Xian padeció aquellas palabras en silencio mientras pensaba en el terror con que los jóvenes de su auditorio habrían tenido que ensayar aquel homenaje, ese rito que entonces no le pareció menos artificial que su propia falsificación de la conquista del abismo. Desde el podio eligió con la vista a uno de los novicios y le adjudicó su propio rostro, depositó en él su tesón y sus desvelos, siguió sus acrobacias hasta perderlo en la multitud. Entonces eligió a otro, y a otro más, y acabó por aceptar que era imposible seguirlos en aquella marejada de adolescentes que lo anegaban todo con sus gorras, sus bandanas rojas, sus bocas siempre iguales, siempre en trance de jurar que sólo hay un cuerpo y Mao es la cabeza.

Cuando al fin le concedieron la palabra, Ang Xian había emprendido ya su viaje sin retorno al arrepentimiento. Los coros, los altavoces, los novicios y sus verdugos habían enmudecido y esperaban con avidez su testimonio. Un ligero zumbar estático impregnó el aire mientras él hacía un esfuerzo enorme por recordar las palabras con que debía iniciar su relato de la conquista de la gruta. Como tantas otras veces, quiso hilar su devoción al Partido con su gratitud al visionario empeño con que Mao había impulsado su expedición. Intentó de veras ordenar en su cabeza la secuencia del descenso, los riesgos sorteados, la contagiosa fuerza de ánimo de su líder, la satisfacción del triunfo, la pesadumbre de haber visto morir de toxoplasmosis a cinco de sus camaradas. Quiso ordenarlo todo en su discurso, pero sólo consiguió enunciar una disculpa apresurada, un balbuceo sobre un lago de aguas venenosas que les había impedido llegar al fondo de la gruta, un confuso listado de patronímicos donde los nombres de sus camaradas muertos comenzaron a confundirse con los de sus condiscípulos en el sector cantonal. Entonces el zumbido de los altavoces escupió la intensidad providencial de una marcha militar y ya no hubo forma de que pudiesen escucharlo. De cualquier modo, Ang Xian había dejado de hablar antes de que lo opacasen los altavoces: mientras nombraba a sus camaradas, había intentado llevar su cuenta con los dedos sólo para descubrir que sus manos se hallaban tensas, demasiado ocupadas en sostenerlo al podio para evitar que se hiciese daño cuando al fin perdiese la conciencia.

La segunda vez fue en el tendejón del sherpa. Y demasiado tarde. Entonces Ang Xian no pudo evitar que el eco de las detonaciones se sumase a las que estallaron en su memoria cuando yacía inconsciente en la enfermería de Liang Pa. Fue como si hubiera entrado en un interminable juego de espejos donde los disparos del líder de la cordada se multiplicaban al infinito, matándolo cada vez en una acumulación vertiginosa de realidades, horrores y recuerdos vívidos de todas sus realidades y de todos sus horrores pasados.

Pero esa vez Ang Xian no tuvo manos que llevarse al pecho para mitigar su espanto. Tampoco hubo marchas militares ni comisarios que lo devolvieran a la realidad amenazándolo en voz baja. Sus manos ahora se habían convertido en entes imaginarios, perceptibles sólo en su cerebro, tan inexperto en la mutilación que todavía tardó un poco en recordar que el sherpa se las había amputado. Su cama esta vez era más blanda, tan mullida que era difícil no creerse todavía en brazos del sueño o pensar que la blancura de las sábanas no era ya la muerte que él llevaba varios días anticipando como un cegador estallido de luz.

Como antes, una voz sin rostro le habló al oído. Pero ésta era una voz suave y amigable, distinta de la voz del comisario del Partido. Distinta e insuficiente, eso sí, para reintegrarlo de plano a la conciencia. Por algún resquicio de su mente se filtraba también un clamor de yaks enloquecidos, otras voces, el viento de la cordillera barriendo el techo. De reojo podía ver la silueta menuda del sherpa, y más cerca, sobre un pico de su cordillera de sábanas, una figura gigantesca que de pronto se inclinaba sobre él, tan cerca que sintió su aliento mientras lo escuchaba mentir que su nombre era Jarek Rajzarov. Mientes, rugió Ang Xian desde el abismo de su fiebre. Eres el Oscuro Caballero de las Bestias, el Señor de las Sombras, nieto segundo del Altísimo Gran Khan, farfulló. Mientes pero sé muy bien quién eres. Puedo husmear tu hambre tan vivamente como vi tus ojos esa vez en la caverna. Nos mirabas y reías desde una atalaya de roca, como un murciélago enorme. Aún se retorcían mis camaradas cuando llegué al campamento, pero tú ya parecías listo a devorarlos como si hubieras esperado ese momento desde que entramos en la gruta. El ascua de tus ojos de magnesio iluminaba sus cuerpos retorcidos y se reflejaba en el rostro de Yin Hua, maldito sea mil veces, que aún tenía en las manos la metralleta humeante y caminaba entre los cuerpos como si temiese haber dejado uno con vida. El resto de mis camaradas se había agrupado al pie de tu atalaya de roca. Algunos ni siquiera habían tenido tiempo de arroparse, tiritaban de miedo y de frío. Iba a gritarles algo cuando vi que Yin Hua alzaba hacía mí la vista y su arma. Por un momento tus ojos y los suyos brillaron en la cueva como si ambos fuesen parte del mismo animal, un monstruo hecho de monstruos. Así estuvimos hasta que alzaste el vuelo. Entonces Yin Hua bajó su arma y nos gritó que mataría a quien se resistiese a seguir con el descenso o a decir una palabra de lo que acababa de ocurrir.

Ang Xian delira todavía en el recuerdo de Pasang Nuru, que habla impávido ante la cámara portátil de Milena Giddens. El fugitivo chino resucita a través del sherpa y dice lo que debió decir hace mucho tiempo. Lo dice todo pero el Señor de las Sombras no acaba nunca de pedirle más. Insaciable, apoya sus manazas en la cama y lo interrumpe para repetirle que su nombre es Rajzarov. Luego le exige que hable de otros muertos, señor, no los suyos, sino otros más antiguos, más remotos. Le pide que hable del cadáver europeo. A veces el Señor de las Sombras se aparta de la cama, cruza unas palabras con el sherpa diminuto, que niega insistentemente con la cabeza. Entonces el Señor de las Sombras vuelve a la carga, se inclina sobre Ang Xian y le pregunta dónde ha dejado la cámara fotográfica que halló en el cadáver ruritano. Su cantonés es torpe, como hecho de retazos. Ang Xian debe esforzarse para entenderlo. Sí, algo recuerda de un cadáver europeo en las tinieblas, algo sabe de una cámara fotográfica muy antigua que él mismo guardó en una bolsa de plástico antes de su huida, cuando supo que su nombre había quedado inscrito en la lista de los que no son capaces de guardar un secreto. Vagamente entiende que esa cámara tiene que ver con él, mas no consigue explicarse por qué habría de interesarle aquello al Señor de las Tinieblas o recordar en qué parte de la cordillera ha enterrado la cámara fotográfica.

Ang Xian se esfuerza por decantar todas estas cosas. Pero su mente es cada vez más débil, y sus recuerdos más difusos. El pasado se le escurre. Ahora sólo ve al Señor de las Tinieblas y, tras él, las cosas que forman el improvisado sanatorio del sherpa: su camastro, una silla, la araña de látex que picotea suero en su torso mutilado, la mesa donde conviven a regañadientes una Biblia en cantonés, un vaso de plástico, los instrumentos que el sherpa ha utilizado para amputarle las extremidades. Así es la muerte, piensa Ang Xian. Algo forma parte de nosotros y de pronto ya no está. Alguien se aparta un día cualquiera de los suyos, y no se le ocurre que jamás volverá a verlos. Alguien se despeña en un abismo y ni siquiera entonces somos capaces de concebir cómo será luego la vida sin ese compañero de cordada con el que hace unos minutos tuvimos una acre discusión o compartimos un recuerdo. Sólo al cabo de los días descubrimos que ya no está, aunque su ausencia queda irremediablemente ligada a nuestro ser como recordatorio de que también nosotros podríamos dejar de existir en cualquier momento.

Así es la muerte, se repite el fugitivo, y sólo entonces puede verse en las noches ya lejanas de su apartamento en Beijing. Sólo entonces siente el vacío, el vértigo de quien sabe que ha sido señalado y que en cualquier momento pueden tocar a su puerta, o que hoy mismo pueden dispararle en la nuca mientras pasea con su familia en el parque. Su mujer aún no lo sabe, pero esta mañana Ang Xian ha intentado hablar con el líder de la expedición. Lo buscó en el círculo de montañismo y una secretaria le dijo con frialdad que el señor Yin Hua, camarada, ha salido con urgencia para asistir a las exequias de otro miembro de la cordada, que por desgracia ha fallecido en un accidente de tránsito. Ang Xian va a preguntar el nombre del muerto cuando la secretaria le dice que no insista y le aconseja no dejarse ver más por allí.

Su mujer aún no lo sabe, pero Ang Xian se ha convertido en una amenaza para el buen nombre de Mao, como un brote de gangrena en los dedos de su inmenso cuerpo místico. Su mujer no lo sabe, pero necesita saber que el silencio de su marido sobre las cosas que en verdad vivió en el abismo ya no depende de su voluntad, sino de la manera con que sus guardianes resuelvan extirparle para evitar que sus fantasmas contaminen a la Revolución.

Una algazara de gritos sacude a Ang Xian desde el otro lado de su cordillera de sábanas. El sherpa menudo discute a voz en cuello con el Señor de las Tinieblas. Hágalo de una maldita vez, grita el gigante que dice llamarse Rajzarov. Pero el sherpa se resiste. No puedo hacerlo, insiste en un hilo de voz. Entonces el Señor de las Tinieblas empuja al sherpa y le dice: Entiéndalo, amigo, no podemos dejar ir a este hombre sin que nos diga dónde escondió la cámara fotográfica. El sherpa baja la cabeza y musita: A estas alturas, la película se habrá estropeado. Lo mismo da, dice el gigante, lo mismo da, señor Nuru, de cualquier modo esa cámara vale su peso en oro. Tal vez, pero no voy a matar a este hombre para conseguirla, dice el sherpa. Este hombre ya está muerto, grita el Señor de las Tinieblas señalando a Ang Xian, y agrega que una inyección de novocaína no hará la diferencia, al contrario, ayudará a ese pobre diablo a partir con lucidez y decirles de paso dónde escondió la cámara. El sherpa pasea la mirada entre su enfermo y su socio, los mira como una liebre acorralada que no sabe en cuál agujero meterse. Entonces Ang Xian lanza un grito de dolor, y es como si diese la razón al Señor de las Tinieblas: una inyección más y todo habrá terminado, una dosis suficiente para traerlo al mundo unos segundos y apartarlo luego definitivamente de él, una inyección en el cuello para que por fin Ang Xian lo entienda todo: de repente el Señor de las Sombras es Jarek Rajzarov, y su propio cuerpo es un torso sujeto al avance impío de la gangrena. El sherpa le ha inyectado una buena dosis, la cantidad exacta para mitigar su pena y devolverlo a la conciencia unos segundos, sólo unos segundos, suficientes para decir, señores, les cambio a mis vivos por sus muertos. Mis vivos por sus muertos, repite.

Rajzarov mira al sherpa y le pide que traduzca lo que va diciendo el fugitivo. Pero éste ha comenzado ya a perderse, esta vez sin remisión. El gigante ha vuelto a ser el Señor de las Tinieblas. Ahora Ang Xian puede ver lo que el monstruo no sabe, lo que no sabe aunque ya lo intuye: que no hay tiempo para intercambiar a los vivos del explorador chino por una momia europea, que ya es tarde porque el fugitivo ya no está en condiciones de recordar dónde escondió la cámara fotográfica. O que ya todo da lo mismo, porque Ang Xian ha comenzado a sospechar que su mujer y su hijo no han tenido tiempo de esconderse para aguardar su regreso, y que después de su huida han empezado a convocarla a sesiones de penumbra donde no le creen que no sepa dónde está su marido o por qué éste ha desertado del seno revolucionario.

Acaso esa primera vez la habrán dejado ir, y entonces ella habrá empacado sus cosas y partido con el hijo tan lejos como ha podido. Pero es también probable que haya tomado esa primera amnistía como una señal de perdón, y que haya postergado su partida más de lo prudente. Por eso ha esperado hasta la tarde en que una mujer viene a su casa y la confronta con la realidad. Es la viuda de Yin Hua, el líder de la cordada, que apareció despeñado unos días después de los funerales de su compañero en Hunin. Es una mujer algo más joven que ella, casi una niña que parpadea ansiosa y le dice que mejor hubiera sido para ella que Ang Xian estuviese también muerto, porque así al menos la dejarían en paz y sólo vendrían de noche a destripar sus muebles y su cama y hasta los juguetes del niño en busca de documentos subversivos o mensajes dirigidos a autoridades extranjeras. Amiga, dice la viuda, sal de aquí en cuanto puedas, antes que te usen para comprar el silencio de tu marido. Pero no sé qué es lo que quieren, responde ella, Ang Xian es un héroe de la Revolución. No importa que no lo sepas, igual te buscarán, dice la viuda en voz baja, temiendo despertar al niño o que alguien las esté escuchando. Finalmente la mujer de Ang Xian entiende que debe irse. Sólo entonces quema papeles, libros, cartas antiguas, cualquier cosa que pueda delatarlos o crear sospechas. Luego recuerda que Ang Xian le ha dicho escóndete en la aldea de mis padres, yo sabré encontrarte cuando encuentre ayuda, si consigo pasar la frontera. No temas, pequeña, tengo algo muy valioso para los occidentales, algo que servirá para sacarnos de aquí. No temas, se repite ella mientras aprieta la mano del niño y cree distinguir las luces de un automóvil que se acerca muy despacio por el final de la calle.

Esa tarde hablamos varias horas. Hablamos y co-mimos hasta que la camarera del restorán polaco nos anunció que estaban por cerrar. Contra su costumbre, Linden no protestó. Se ofreció inclusive a pagar la cuenta, claro indicio de la zozobra en que se hallaba por el robo de la cámara fotográfica. Lejos de consolarlo, mis palabras sólo aumentaban su confusión. De repente, mientras caminábamos por las calles de Chelsea, se detuvo en seco y se quejó de mi insistencia en restarle importancia a la cámara robada. No es eso, Seamus, sólo quiero que entiendas que la cámara es apenas una parte de la historia, protesté. Ahora creo que le dije algo sobre un rompecabezas, otra imagen poco afortunada que sin embargo venía muy al caso. Evidentemente Linden no lo entendió así, pues volvió a decirme que sin la cámara estábamos perdidos, Eddie, perdidos como patos. Acto seguido me preguntó si sabía que los chinos habían escenificado la conquista de la Gruta del Toscano. Le dije que algo se decía por allí, sólo rumores, pero dadas las circunstancias eso era lo de menos. Me preguntó si sabía que los chinos no habían llegado al fondo del abismo porque lo hallaron inundado. No supe responderle. Volvió a preguntarme y admití que era la primera vez que oía algo así.

O tal vez eso se lo dije luego, cuando nos dirigíamos al aeropuerto discutiendo animadamente sobre la credibilidad del sherpa, la ubicación del cadáver ruritano y la posibilidad más bien remota de que la Fosa de los Gigantes fuese una gran cubeta llena de agua helada. Para entonces mi colega parecía haber comprendido que la cámara de los ruritanos era sólo parte de un rompecabezas. Una parte que ni siquiera podía considerarse esencial si se le comparaba con las revelaciones del fugitivo chino y su posible relación con mis propias conjeturas sobre lo ocurrido con la expedición de 1949. Poco antes de tomar mi vuelo, le conté mi desencuentro con Werner Ehingen, su exabrupto, mis motivos para sospechar que sus temores encajaban demasiado bien con la historia que Plotzbach me había contado sobre Eneas Molsheim. Confusamente le expliqué que el líder de la cordada ruritana habría reemplazado por simples rocas la provisión de carbóxido de sus compañeros para usarla luego en su ascenso al campamento base. Finalmente le dije: Seamus, estoy seguro de que Ehingen teme algo más grave que el contenido de la cámara fotográfica. ¿Qué cosa?, me preguntó Linden con un interés que entonces me pareció fingido. No sé, le dije, y agregué que tal vez le preocupaba que hubiese aparecido el cuerpo de uno de sus compañeros en la gruta, un cadáver que sería más elocuente para exhibirlo que una película fotográfica seguramente velada o despreciada por dos montañistas que habían enfrentado su muerte en la más densa oscuridad.

Lo que no pude explicarle aquella tarde a Seamus Linden era cómo había llegado el cadáver a la cara norte de la Fosa de los Gigantes o por qué los chinos aseguraban que el fondo del abismo era un lago. Puestos a especular, apenas me atreví a decirle a Linden que alguna de las dos versiones debía ser falsa: o bien el fugitivo chino había mentido al afirmar que el fondo de la gruta estaba inundado, o bien la expedición ruritana había hecho mal en sugerir que la Fosa de los Gigantes era exactamente como Dante la había descrito, es decir, un abismo dentro del abismo en cuyo fondo esperaban encontrar una inmensa plataforma de hielo. Por supuesto, a juzgar por los antecedentes de los chinos y de los ruritanos, cualquiera de las dos opciones era tan viable como insostenible.

Linden escuchó mis razones con suma atención. Aún se le veía abatido, pero en sus ojos comenzaba a anunciarse una esperanza renovada, el entusiasmo galopante de quien siempre ha encontrado placer en las empresas más turbulentas. En cuanto oyó mis digresiones sobre el fondo gélido o líquido de la Gruta del Toscano, me interrumpió diciendo: Existe una tercera posibilidad, colega, y es que tanto el chino como Ehingen estén diciendo la verdad sobre el fondo del abismo. Le pregunté a qué se refería. El abismo, colega, podría haberse inundado después de la expedición ruritana, respondió él. ¿Y de dónde salió tanta agua?, pregunté. Linden me miró como si mi pregunta fuese la mayor sandez de las muchas que había escuchado en su vida, y dijo: Del hielo, Eddie, ¿de dónde más?

La voz de Seamus Linden llegaba hasta mí en sordina. Era como si el aeropuerto fuese sólo un producto de mi imaginación desmañanada y mi colega estuviese aún metido en su cabina de historieta, repitiendo incansablemente ánimo, colega, qué pasa. Nada, respondí. Pero la verdad es que pasaba mucho, pasaba todo. Uno nunca sabe de dónde le vendrán las mayores sacudidas. A veces ni siquiera sospechamos que algo en nuestra vida pueda removerse porque alguien dejó caer un comentario al parecer casual que se desploma en el vacío y encuentra en nuestro cerebro la inercia necesaria para despedazarnos. Esa noche la inocente explicación de Seamus Linden tuvo para mí ese efecto. No es que el fondo helado o líquido de la Gruta del Toscano fuese en sí misma una cuestión vital para mi investigación. Era más bien que Linden había invertido de repente la manera en que yo hasta entonces había querido ver la historia de la gruta. Mientras ponderaba la idea de que el Cocito efectivamente se hubiese deshelado de unos años para acá, comprendí que ni siquiera el capitán Reissen Mileto se había salvado de mirar el abismo como algo imperturbable, tan encima del tiempo y tan al margen del mundo como la poesía de Dante. De no ser por las palabras de color oscuro que el capitán hallara en el umbral de la caverna, ninguno de sus sucesores habría encontrado en el abismo un rastro indiscutiblemente humano. Pero tampoco habían hallado nada que demostrase que ese lugar existía de verdad, o que se desplazaba en el espacio y en el tiempo, necesariamente sometido a las fuerzas naturales y hasta a las perturbaciones mínimas o extremas que en él habrían causado sus invasores animales, vegetales, humanos. Sus piedras, sus ríos ácidos y sus lagos gélidos sólo habían servido para hacer un verosímil parangón entre el abismo y el infierno de la creatividad dantesca. Nada de eso, sin embargo, era suficiente para asegurar que la Gruta del Toscano era perpetua e inmutable. Si aquél era el infierno en la tierra, entonces debía por fuerza sujetarse a las leyes de la tierra. Sólo así podríamos comprender su existencia, sus mudanzas, su desgarradora grandeza.

Hasta donde alcanzaban mis conocimientos del tema, sólo el padre Mário Gudino había querido explicar por qué una cueva de esas dimensiones era insosteniblemente fría cuando en realidad habría tenido que ser una fosa literalmente flamígera, calentada por el centro de la tierra a razón de un grado centígrado por cada treinta metros de profundidad. En su correspondencia con el capitán Reissen-Mileto, el jesuita aventura teorías al respecto, teorías desaforadas o inescrutables, teorías físicas o meteóricas, ecuaciones ilegibles sobre el tránsito de corrientes subterráneas, aéreas o fluviales en los diversos estadios del abismo. Aventura muchas cosas, pero sólo parece creer en aquella que el capitán jamás habría aceptado. En una de sus cartas, Gudino deja caer como por accidente la respuesta que el propio Dante habría dado al enigma de la temperatura infernal. Una respuesta muy a su manera, piadosa y perturbadora a un tiempo: en el canto XXXIV de su *Inferno*, Dante y Virgilio llegan al centro del Cocito, donde penan los traidores clavados en hielo. En medio de ellos está Lucifer, de cuya espalda salen dos enormes y aleteantes alas de murciélago. Y así, escribe el poeta, el Cocito todo congelaba, con seis ojos lloraba, y por tres fuentes goteaba el llanto con sangrienta baba.

Los tercetos dantescos desbordan la carta de Mário Gudino. Se agigantan. Vuelan y horadan décadas, como gotas en la piedra. Empapan el cadáver que ahora mismo yace en una caverna tibetana. Desde allí me alcanzan mientras esperamos la salida de mi vuelo a Francia. Pregunto a Linden si ha traído una copia de su entrevista con el sherpa. Mi colega niega con la cabeza, pero no estoy seguro de que haya escuchado mi pregunta. Se le ve abstraído, como si también él estuviese pensando en el cadáver. O como si él mismo fuese el cadáver del ruritano. Entonces le digo que podría tener razón, que tal vez el fondo de la gruta está inundado, no me preguntes cómo, Seamus. Mis palabras recuperan su atención. Así es, por eso creo que debemos apresurarnos, me dice. ¿Apresurarnos a qué, Seamus? Pero mi colega no responde enseguida. Linden tiene una costumbre que puede llegar a enervarme. Se acelera cuando no hace falta hacerlo y se apacigua cuando todo parece urgente. Más que íntimo, este ritmo peculiar parece estrechamente ligado al del resto de la gente, pero en forma reactiva, como si los cables que lo enlazan con el mundo tuviesen invertida la polaridad. Esa tarde Linden estuvo a punto de provocarme un cortocircuito. Por fortuna para ambos, mi vuelo estaba por salir. Se lo hice notar a Linden y éste finalmente respondió: Escucha, Eddie, si es verdad que el fugitivo chino encontró el cuerpo de un ruritano en la pared norte de la Fosa de los Gigantes, entonces es posible que Stackbach y Rivatz hayan alcanzado de algún modo el fondo del abismo. Añadió a esto que no sabía ni le importaba gran cosa si era cierto que los expedicionarios se habían quedado a oscuras cuando descendían al fondo. El caso era que podían haber llegado, en cuyo caso la historia del sherpa podía ser todavía una bomba. Ya no sólo se trataba de poner en evidencia las mentiras de Ehingen, ni siquiera de humillar a los chinos por haber falsificado la conquista de la gruta. Se trataba de demostrar que Ulises Stachback y Néstor Rivatz fueron los primeros y quizá los únicos en tocar el fondo del infierno. ¿Y cómo piensas probarlo, Seamus?, inquirí alarmado por el rumbo que iban tomando sus razones. Serio, como si tal cosa, Linden se detuvo en mitad del pasillo y me dijo que la única forma de hacerlo era organizando una nueva expedición a la Gruta del Toscano, una expedición cuyo objetivo no fuese alcanzar el fondo del abismo, sino hallar el cadáver ruritano, hallarlo de veras y hallarlo pronto, si es que la crecida de las aguas en la caverna no lo había arrancado ya del lugar donde Ang Xian aseguraba haberlo visto.

Cuando acabó de hablar miré a Linden como a una aparición. Lo miré como si él mismo fuese el cadáver del ruritano y yo el chino que lo había descubierto en la caverna. Lo miré como seguramente lo habían mirado muchas veces sus demás colegas, recelosos, pasmados. Vaya, dije al fin, una expedición. No es mala idea, añadí sardónico. Pero dime, Seamus, ¿quién financiaría una expedición a ese agujero para buscar un cadáver que podría no estar allí? Los ruritanos, respondió él. Entonces le pregunté si en verdad creía que el Principado de Ruritania pagaría una expedición como ésa sin más fundamento que las confesiones de Pasang Nuru. Linden dijo que sí. ¿Estás seguro?, insistí. Piénsalo bien, Seamus, si al menos tuviésemos la cámara fotográfica tendríamos alguna posibilidad de convencer a los ruritanos de involucrarse en una empresa de tales dimensiones.

Linden recibió mis palabras sin dejar de sonreír. Pensé que me diría que ahora era yo quien confería excesiva importancia a la cámara. Pero no fue eso lo que dijo. No exactamente. Dijo más bien que no necesitábamos tener la cámara para convencer a los ruritanos. Quise saber por qué. Porque ya la tienen, exclamó Linden. Le pedí que se explicara. ¿A quién le venderías tú una cámara con esas características?, me preguntó él. ¿No me has dicho que Ehingen sabía de ella? Pues bien, querido Eddie, eso demuestra que quienquiera que haya entrado en casa de Milena para robar la cámara sabía perfectamente cuánto valía y quién pagaría cualquier cosa por ella. No importa que los ruritanos no lo digan. Lo cierto es que la tienen y eso bastará para sacarles lo que queremos.

Al oír esto enrojecí como si me hubiesen arrancado la ropa en una playa pública. En ese instante no habría podido decir si sentía admiración, vergüenza o rabia. Lo único cierto era que Linden tenía razón y que la cámara fotográfica de Ulises Stackbach podía estar ya en poder de los ruritanos. Claro que no podíamos esperar que aceptasen haberla comprado, pero eso era lo de menos. El caso es que sabían de su existencia. Eso era todo lo que necesitábamos para negociar con ellos o aun forzarlos a que financiaran los planes de Linden para volver a la Gruta del Toscano y demostrar que sus compatriotas habían muerto luego de conquistar el fondo del abismo. La idea seguía pareciéndome desaforada, pero algo allí, en el fondo, me decía que no era menos excesiva que cualquiera de las muchas que habían terminado felizmente en las cimas himalaicas, los polos o el espacio. No es que todo de repente hubiese cobrado sentido. Era acaso que Linden había empezado a contagiarme su locura, una locura lúcida que ahora me invitaba a ver las cosas y a los hombres como realmente somos. De acuerdo, le dije a Linden cuando nos despedimos aquella noche en el aeropuerto. Y le prometí que en menos de tres días conseguiría una cita para hablar con el director de la Real Sociedad Geográfica del Principado de Ruritania.

MILENA DICE MUCHAS COSAS CUANDO HABLA DE CORINNE
Dawkins. Pero siempre acaba hablando de eficiencia. Dice
literalmente que todavía la sorprenden el valor y la eficiencia con que la oficial del Noveno Cuerpo de Policía llevó
a buen término una pesquisa con precedentes tan vagos.
Cuando habla de ello estrecha la mano de uñas cortas de
la oficial Dawkins y le divierte que ésta aún se ruborice al
escuchar el encomio de sus hazañas. Ya he dicho que a Milena le gusta exagerar la nota. Aun así reconozco que su
compañera merece algún crédito por el curso que al final
tomaron los acontecimientos.

Cuando está de buen humor y Seamus Linden no ha be-
bido demasiado para sacarla de quicio, la propia Corinne ac-
cede a relatar su historia. Mira a Milena, pide una cerveza
y reconoce que también ella tuvo serias dudas de poder hallar al ladrón de la cámara. Así se lo confirmaron los agen-
tes que tenía infiltrados en el mercado negro del ramo. Sólo
oír la descripción de la cámara, el más fiable de ellos le dijo
que una cámara así, querida, no se vende en cualquier parte. Es una joya, sentenció el experto que por no llamarse se
llamaba simplemente el Topo, y añadió que sólo un conoce-
dor con muchos recursos le llegaría al precio. Naturalmente,

siempre quedaba la posibilidad nada remota de que el ladrón no tuviese idea de qué estaba vendiendo, en cuyo caso habría malbaratado la cámara a un vivo que no tendría problemas para mejor venderla a algún coleccionista. El proceso de compraventa debía durar menos de cuatro días, pues de otro modo se corría el riesgo de caer en manos de la policía.

Al oír esto la oficial Corinne Dawkins comprendió que había tardado demasiado en emprender su investigación. De cualquier modo pidió al Topo que echase sus anzuelos donde juzgase oportuno hacerlo. Si la cámara de Milena era en efecto tan valiosa, le quedaba por lo menos la esperanza de decirle si estaba aún en el país y quién la había comprado.

Dos días después el Topo llamó a la estación de policía. Le dijo que tenía que darle una noticia buena y otra mala. La mala era que la cámara fotográfica había salido del país, por lo que sería extremadamente difícil recuperarla. ¿Y cuál es la buena?, preguntó sin mucha esperanza la oficial Corinne Dawkins. La buena es que el ladrón de la cámara es más listo de lo que imaginas, o más estúpido, querida, según lo mires, respondió el Topo. Explícate, por favor, exigió la oficial Dawkins decidida a no volver jamás a trabajar con aquel cretino. Entonces el Topo le dijo que sin duda el ladrón había vendido la cámara, mas no era improbable que hubiese conservado la película que ésta contenía para venderla en otra parte, reemplazándola quizá por un carrete apócrifo. ¿Y quién te ha dicho que la cámara contenía una película?, preguntó la oficial Dawkins. El Topo respondió que no me lo dijo nadie, querida. Acto seguido le explicó que un amigo suyo, que no era exactamente su amigo aunque más le convenía creer que lo era, le informó que un extranjero de dimensiones colosales había estado preguntando por alguien que tuviese discreción y experiencia en revelar películas antiguas, extremadamente antiguas, subrayó el Topo, y que había ofrecido una suma inmoderada por el trabajo de revelado. En esos momentos, concluyó el Topo con aire triunfal, un hombre llamado Kim Ashram se preparaba para entregar a su cliente los resultados de su trabajo en un laboratorio fotográfico de Birmingham. ¿Birmingham?, exclamó la oficial Corinne Dawkins. ¿Cómo voy a llegar yo hasta allá? ¿Cuánto tiempo nos queda? El Topo pensó en decirle que no tenía idea. Y pensó también que ésa era su oportunidad para solicitar un aumento al Noveno Cuerpo de Policía del Distrito de Richmond. Pensó muchas cosas, pero se quedó en pensarlas porque la oficial Dawkins había colgado y buscaba ya a Milena Giddens para darle, ella también, una buena noticia y otra mala.

El zafarrancho tuvo lugar en una zona inhóspita de Birmingham, en una calle sin nombre que acuchilla el barrio obrero de Eastdale y va a perderse en los bajos de una curtiduría no del todo desierta. Durante meses los tabloides locales se regodearon con los pormenores de aquel desmán policiaco donde intervinieron enanos, un gigante, un técnico fotográfico sin papeles migratorios y por lo menos quince oficiales de policía. El ciudadano Kim Ashram y tres enanos de nacionalidad rusa perdieron la vida en el lugar. Otro enano murió después en la Sala de Emergencias del Hospital Saint John. La oficial Corinne Dawkins recibió en el hombro un navajazo sin mayores consecuencias y el gigante fue conducido ileso a la prisión local, donde se decidiría su suerte.

En esos días los tabloides aseguraron que la mafia rusa se había adueñado del territorio británico. Se habló de una red de pornógrafos que registraban en la curtiduría desaforadas orgías de enanos con las mujeres más bellas del planeta. Se habló de drogas y de terrorismo irlandés. Se dijeron muchas cosas, pero nadie supo que el gigante cautivo se llamaba Jarek Rajzarov y que salió libre por falta de cargos. Cuando habla de eso Milena Giddens mira a la oficial Dawkins como si buscara en los intersticios de su alma un apoyo, la confirmación tardía de que a pesar de todo hizo lo correcto. Se nota a leguas que la liberación de Rajzarov llegó a ser un asunto álgido entre ellas. Pero ahora Corinne Dawkins conoce la historia que precedió al zafarrancho de Birmingham, y al fin parece convencida de que Seamus Linden y Milena Giddens no tuvieron más remedio que hacer lo que hicieron. A veces me parece que soy yo quien no está plenamente convencido de ello. Pero mi opinión, a estas alturas, importa muy poco. Con el tiempo he aceptado que mi papel en esta historia es indefectiblemente marginal, y que no podía ser de otra forma, pues no fui yo quien escuchó de viva voz el testimonio de Pasang Nuru Sherpa, no se diga el de Jarek Rajzarov, su asesino.

En cierta ocasión Corinne Dawkins me permitió ver las fotografías que le hicieron a Rajzarov cuando lo arrestaron en Birmingham. Se trata a primera vista de simples fotografías de fichaje policiaco, de frente y de perfil, con el número de ingreso en una cartulina que el delincuente debe siempre sostener como si esa humillación fuese la primera de las muchas que le aguardan no sólo en la cárcel, sino en la vida. En este caso, sin embargo, las manazas de Jarek Rajzarov cubren el primero y el último de los dígitos que forman su ficha, y su rostro es tan expansivo que parece no caber en el espacio de la lente. No es que sea un rostro ancho o adiposo. Diríase más bien que es un rostro pleno, rebosado por la certeza de que pase lo que pase se saldrá con la suya. De no ser por sus manos, nada en esa imagen serviría en principio para establecer que Jarek Rajzarov es gigantesco. O que tiene muchos más años de los que aparenta. Basta sin embargo verlo para intuir que es un ser descomunal, epítome de la desmesura ontológica, el gigantismo hecho hombre.

Dicen Milena Giddens y Corinne Dawkins que esta desmesura es aún más evidente en la voz de Rajzarov, una voz que se dilata a medida que uno lo escucha. Tenía al principio una voz muy aguda, coinciden ambas mujeres. Una voz de clarinete que poco a poco iba bajando de registro, como si el clarinete hubiese contraído una enfermedad respiratoria que lo fuera transformando en corno. En cualquier caso, dice Milena, no era una voz de este mundo. Parecía salida de un cuento jasídico, a medio camino entre el gólem y el cementerio judío de Praga. Su vocabulario era muy limitado, acota la oficial Dawkins. Le costaba nombrar algunas cosas, pero no se detenía, no callaba nunca. Cuando lo subieron esposado a la patrulla, el gigante ya lo estaba contando todo, orgulloso de que Milena Giddens y aquella oficial de dedos largos lo estuviesen oyendo en el asiento delantero, al otro lado de su jaula. Señoritas, les decía con su voz de corno jasídico, tanto gusto, tanto gusto. Menuda pirotecnia hemos armado, señoritas, y todo por una cámara fotográfica. Dice Milena que entonces no pudo contenerse, volteó a mirar al gigante y dijo: No se pase de vivo, Señor Como se Llame, ya le haremos ver si esa cámara valía diez años en prisión. El gigante miró la nuca inmóvil de Milena Giddens y el hombro rasgado de la oficial Corinne Dawkins, que iba al volante. Luego miró hacia fuera y dijo muy despacio me llamo Jarek Rajzarov, señorita Giddens, seguramente ha oído hablar de mí, como yo de usted, así que vámonos tratando con respeto.

Dice Milena que en ese instante sintió como si también a ella le hubiesen dado un navajazo, ya no en el hombro, sino aquí, en el hipotálamo. Fue como si el solo nombre del gigante hubiese activado en ella una legión de neuronas que hasta entonces habían estado en huelga y que de pronto inauguraban una línea férrea de sinapsis entre el pasado y el presente, entre las horas que había pasado entrevistando al sherpa y el momento en que el gigante aparecía a sus espaldas como extraído de una mala película de horror. Agrega a esto la oficial Dawkins que lo único que Milena alcanzó a decir fue el nombre del sherpa, lo cual bastó para que el gigante se lanzara a contar una serie de barbaridades que las hicieron palidecer. Pasang Nuru, repitió el gigante. Ese viejo se lo tenía bien ganado, dijo. Nadie se burla así de Jarek Rajzarov. Milena entonces le preguntó a qué se refería, y el gigante replicó que esa sabandija de sherpa estaba muerto. ¿Quién lo mató?, preguntó la oficial Dawkins. El gigante sonrió y dijo: Lo mataron ustedes, yo sólo quería la cámara del chino, pero no he conocido a nadie más necio que ese sherpa. Cuando enterramos al chino el sherpa me dijo déjelo así, Rajzarov, olvídese de la cámara, este pobre hombre debió de esconderla muy bien y no vamos a registrar cada palmo de los Himalayas para dar con ella. Claro que lo haremos, esa cámara nos puede hacer millonarios, le dije. El sherpa no respondió nada. Se quedó callado, como solía, y hasta nos ayudó a buscar la cámara, el muy hipócrita.

Nos acompañó hasta el Anangaipur, recorrió con nosotros el glaciar del Hamarir y sacudió conmigo hasta el último rastrojo de la ruta por la que había llegado el chino. Incluso me pareció sinceramente triste cuando decidimos suspender la búsqueda. Es una pena, decía el maldito sherpa, es una verdadera pena.

Pero yo sabía que el sherpa estaba mintiendo, dijo la silueta esposada del gigante desde el asiento trasero. No me pregunten cómo, pero lo sabía. Mi madre me enseñó que no hay que confiar en nadie, y vaya si tenía razón. Tras la muerte del chino nos alejamos un poco de la llanura. Estuvimos aquí y allá, hicimos de todo un poco. Pero nunca dejamos de vigilar al sherpa. De repente un día nos encontramos con él en Darjeeling. El sherpa les invitó unas copas a mis hombres y me preguntó como si tal cosa cuánto le costaría ubicar a dos personas que estuviesen todavía ocultas en territorio chino, esperando noticias del exterior. Eso depende, le dije. ¿De qué depende?, me preguntó él. Le respondí que dependía de qué tipo de personas se tratase. Nada importante, dijo el sherpa, una mujer y un niño, pero olvídelo, amigo Rajzarov, era una simple hipótesis. Entonces yo le dije de acuerdo, amigo. Pero en ese momento supe que ese hijo de puta había hallado la cámara del fugitivo y que pretendía usarla de algún modo para negociar con los chinos la libertad de la familia de Ang Xian. Díganme ustedes, señoritas, si no tenía razón para enfadarme: por una vez podemos hacernos ricos, quiero decir, extremadamente ricos, y el sherpa sólo piensa en cumplir la última voluntad de un miserable fugitivo chino. Les confieso que en ese momento pensé en torturar al sherpa y arrasar su tienda hasta encontrar la cámara. Pero no soy ningún salvaje, señoritas.

Mi madre me enseñó que no hay que perder los estribos hasta que no quede más remedio que perderlos. Por eso, y por la amistad que alguna vez me unió al sherpa de mierda, me ofrecí a buscar sin costo a las personas que le interesaban. Luego esperé unas semanas y le dije al sherpa que tenía noticias ciertas de que la viuda y el hijo de Ang Xian habían muerto en las minas de Kun Po. Naturalmente, el sherpa encajó mal la noticia, pero ni siquiera así se decidió a decirme dónde tenía la cámara. En recuerdo de mi madre, todavía aguardé unos días a que el sherpa cambiase de parecer. Finalmente se me acabó la paciencia y me presenté con mis hombres en la llanura. Estuvimos dos días allí, excavando, sacudiendo, destripando hasta el último centímetro del tendejón. También registramos, excavamos y destripamos cada centímetro del cuerpo del sherpa de mierda, pero éste sólo decía una cosa: *Llegado han los ingleses con todo su poder sobre nosotros.* Eso decía, sólo eso. Y hasta parecía que se burlaba de nosotros. En fin, señoritas, nuestro esfuerzo fue en vano. La cámara, ya lo saben, no estaba allí. El sherpa había previsto nuestra visita y se las había dado a ustedes, los ingleses. Entonces supe que era el momento de perder los estribos. De modo que los perdí, ordené a mis hombres que metiesen al sherpa de mierda en el tendejón y le prendiesen fuego de una maldita vez.

Llegué a Ruritania con una celeridad que luego no dejó de avergonzarme. Escasas doce horas después de haber llamado a la oficina de Fritz Lauengram, me hallaba en Streslau pensando en mi descargo que también a él debía apenarle la presteza con que había accedido a verme. Ni siquiera me preguntaron el motivo de mi llamada. En cuanto oyó mi nombre, la secretaria de la Real Sociedad Geográfica me dijo enseguida que el director me recibiría gustoso al día siguiente. Contagiado de su apremio, marqué luego el número de Seamus Linden. Tenías razón, le dije, están a nuestros pies. Linden replicó con una carcajada, me felicitó sinceramente y farfulló que no era para menos. Acto seguido prometió alcanzarme en Streslau. Allí estaré, me dijo. Ahora debía llamar a Milena, quien lo había estado buscando como loca desde la noche anterior. Si te soy franco, dijo Linden, no me apetece mucho hablar con ella en este momento. Pero ya sabes cómo es Milena, colega. Y colgó.

Linden cumplió con su promesa, pero sólo a medias. Llegó veinte minutos tarde a nuestra cita. Y parecía otro Linden. No otra persona, sino otro Linden. Entró despacio en las oficinas de la Real Sociedad Geográfica y me saludó lacónico. No me pidió disculpas ni se molestó en explicar su retraso, no digamos las razones de su humor sombrío. Simplemente se derrumbó a mi lado con un suspiro largo, entrecortado. Aún sentía en la nuca su tristeza cuando una secretaria nos condujo hasta el Salón Reissen-Mileto, donde estaban el director Lauengram y el canciller ruritano, tan concentrados en su charla que tardaron más de lo decente en acreditar nuestra presencia. El canciller me pareció más pálido de como lo mostraba la prensa, más blando y menos alto, el traje ocultaba apenas la curva de su vientre, estrábico, con ojos que apenas pestañeaban ante las frases de Lauengram y que a mí me hicieron pensar en los ogros que había visto alguna vez en la abadía de Guy Lascane, labrados en un mar de diablos que habrían hecho las delicias de cualquier ilustrador de la *Commedia*.

Hacía una eternidad que no visitaba el edificio de la Real Sociedad Geográfica. Tal vez por eso me asombró descubrir que el Salón Reissen-Mileto se había congelado en los tiempos de la Cofradía de Zenda. De no ser por su nombre y por algunas fotografías que adornaban sus muros, aquella estancia inmensa debía ser prácticamente la misma en que por meses sesionaron los jóvenes reclutas de la expedición de 1949: la mesa de roble, la sillería de terciopelo señalada por el escudo de armas del Principado de Ruritania, las mesas de cuero verde centradas por ceniceros de vidrio donde casi podía olfatearse el humo de los habanos del capitán. La única señal preclara de que el tiempo había pasado por la Real Sociedad Geográfica era una fotografía que colgaba del muro central. Sólo entrar en el salón, quedé preso en aquella reproducción cruel de los hombres que me habían conducido hasta allí. Casi con nostalgia suspendí los ojos sobre aquel grupo de fantasmas que en noviembre de

1949 habían posado como un trunco pero aún temible equipo de futbol. Vi a Ulises Stackbach en el centro de la fotografía, soberbio en su traje de neopreno, como un Byron cavernario, mirando fuera del cuadro como si no pudiese esperar más para emprender la aventura que iba a costarle la vida. Vi a los gemelos Jenbatz, uno de pie y otro en cuclillas, como si incluso en la ultratumba quisieran dejar en claro que su inquietante semejanza era sólo una mala broma de la naturaleza. Vi a Néstor Rivatz, casi un niño con las manos en los bolsillos, abrazado por el anchuroso Werner Ehingen, que ya desde entonces parecía empeñado en mostrarse como un padre seguro, dueño absoluto del destino de sus cofrades. Finalmente vi a Eneas Molsheim, ya no en la fotografía ni a punto de salir de ella, sino atrás de la cámara, quién sabe si también alegre o ya agobiado por la inminencia del desastre que le esperaba y del que sólo quedaría eso: un pedazo de papel fotosensible que él estaba a punto de exponer para que yo, muchas décadas más tarde, lo mirase estremecido en el salón Reissen-Mileto.

El señor canciller es un experto en la Cofradía de Zenda, comenzó Lauengram ahorrándose las presentaciones. Es como si él mismo hubiera hecho esta importante fotografía, añadió. Recuerdo que hice un esfuerzo sobrehumano para desprender mi atención de la fotografía y rescatar algún fragmento de lo que acababa de escuchar. De repente me sentí desnudo frente aquellos hombres que nos exigían con la mirada una hebra para seguir charlando. Me supe extraño no sólo en ese salón, sino en el mundo de los vivos, arrancado del tiempo gélido de aquella fotografía donde los héroes de mi infancia me reprochaban mi afán por despeñarlos. Este lugar ha cambiado mucho, mentí al fin para salir del paso, y de inmediato sentí que también Linden me recriminaba con los ojos mi docilidad por enhebrar una conversación que cada vez parecía interesarle menos.

¿Hace cuánto que no viene por aquí?, preguntó el director. Le respondí que había visitado sus archivos hacía ya algunos años, cuando iniciaba las investigaciones para mi libro sobre la expedición de 1949. Y dije también, no sé por qué, que en ese entonces había hallado algunas hojas de la versión original del diario de fatigas del gemelo Kástor Jenbatz. Lauengram disimuló su sorpresa como pudo y dijo muy interesante, señor Haskins, no dudo que haya encontrado las cosas más disparatadas en ese archivo, aquello era un caos, lo reconozco, pero ahora estamos en proceso de automatizar hasta el más antiguo de nuestros expedientes. Creo que no necesito decirle, señor Haskins, que estaremos encantados de darle acceso al sistema en cuanto lo tengamos listo.

A Lauengram se le enrojecían los carrillos cuando hablaba de la Real Sociedad Geográfica. Tampoco eso había cambiado, pensé. Era obvio que el director seguía sintiéndose dueño absoluto de cuanto obraba en su pequeño feudo burocrático, no sólo de los descubrimientos y reformas que habían ocurrido en los años que llevaba a cargo de la institución, sino también de todo aquello que había dado renombre a la Real Sociedad Geográfica cuando él no era más que el oscuro responsable de editar y censurar los testimonios de sus miembros más notables.

Permítame expresarle, dijo el canciller tras un incómodo silencio, que es para mí un verdadero honor conocer al máximo estudioso de nuestra querida Cofradía de Zenda. Al oír esto no supe si sentirme honrado u ofendido por la amabilidad de nuestros anfitriones. En todo caso me sentí obligado a señalarles que si estábamos allí no era gracias a mis investigaciones, sino al trabajo de mi colega Seamus Linden. Claro, el señor Linden, se apresuró a decir Lauengram con una mezcla de turbación y mal disimulado desdén. Acto seguido estrechó la mano lívida de mi compañero y dijo: Le estamos muy agradecidos, señor Linden, créame que apreciamos su trabajo y su historial, y espero sinceramente que siga ayudándonos a rescatar los cuerpos de nuestros compatriotas, nadie mejor que ustedes para ayudarnos a demostrar que los nuestros fueron los primeros y los únicos en llegar al fondo de la gruta.

Seamus Linden apenas parpadeó mientras escuchaba las palabras del director. Por un momento atribuí su pasmo a la emoción, a su incapacidad para creer que por primera vez en su vida los poderosos le daban el lugar por el cual había bregado durante tanto tiempo. Debo reconocer que yo mismo me sentía exultante, capaz de someter la voluntad de los ruritanos para sacarles lo que buenamente me pasara por la cabeza.

Quizá por eso me sorprendió tanto que de pronto mi colega se comportara como si sólo le interesara echar por la borda nuestra privilegiada posición. No bien terminó de hablar el director Lauengram, Linden retiró la mano, la limpió ostensiblemente en su chaqueta y preguntó de golpe: ¿A cambio de qué, señor director? Lauengram dirigió al canciller una mirada a medio camino entre la confusión y el desamparo. ¿A qué se refiere?, preguntó al fin. En un tono de voz cada vez más dislocado, Linden se puso de pie y gritó ya está bien de rodeos, señores, y dígannos de una buena vez qué piensan pedirnos a cambio de financiar la expedición.

Recuerdo que en ese momento sólo se me ocurrió tirar del brazo de mi compañero para que volviese a sentarse. Pero aquel gesto sólo aumentó su ira. Bruscamente apartó el brazo y puso ambas manos sobre la mesa en actitud retadora. El canciller y el director me miraban esperando que metiese a mi compañero en cintura. Finalmente el canciller pareció resignarse y dijo de acuerdo, señores, seamos claros. Su propuesta, dijo, era muy sencilla: el gobierno ruritano financiaría la expedición para rescatar el cuerpo de Ulises Stackbach, constatar si éste y Rivatz habían llegado al fondo de la Fosa de los Gigantes y, si las circunstancias lo permitían, descender al corazón del abismo y demostrar que la expedición china había falsificado su registro de la conquista de la gruta. A cambio de la exclusiva, Linden y yo firmaríamos con la Real Sociedad Geográfica un contrato donde nos comprometíamos a someter al escrutinio de su director los documentos resultantes de la expedición, particularmente nuestras alusiones al papel de Werner Ehingen en el descenso de 1949. ¿Se refiere al asunto del carbóxido?, interrumpió Linden. Sí, reconoció Lauengram. Por ejemplo eso, señor Linden, especialmente eso.

Más que indignado, Linden ahora parecía complacido, no porque aceptase aquellos términos, sino porque esperaba que las palabras de Lauengram me hubiesen puesto de su parte. En efecto, nada más oír la propuesta del canciller sentí que los fantasmas de la Cofradía de Zenda me gritaban desde su fotografía. Claramente volví a oír su indignación cuando casi los forzaron a firmar aquel oprobioso contrato de silencio cuyos ecos se veían agigantados en las palabras de nuestros anfitriones. Entonces recordé que aquella vez los jóvenes cofrades habían acatado las reglas a cambio de participar en una expedición con la que esperaban cubrirse de gloria. Cierto, nuestra posición no era muy diferente, pero ahora teníamos a nuestro favor la conciencia del precio desorbitado que los jóvenes habían tenido que pagar al aceptar los términos de la Real Sociedad Geográfica. También a nosotros se nos pedía guardar silencio, pero sabíamos al menos qué tendríamos y qué se nos pedía. Sabíamos que tendríamos que callar cualquier cosa relativa a la edición infame de los diarios de Kástor Jenbatz, a los detalles más sórdidos y mejor guardados de la expedición de 1949, y sobre todo a la verdad sobre el ascenso de Ehingen al campamento base. A cambio de esto nos ofrecían la nada desdeñable oportunidad de anunciar que Stackbach y Rivatz habían llegado hasta el fondo del abismo y que al menos uno de ellos había conseguido subir hasta la saliente donde años después lo hallaría el desdichado Ang Xian. Por si esto no bastase para tentarme, quedaba asimismo la posibilidad de que el cuerpo de Stackbach y una nueva expedición para encontrarlo me ayudasen a comprobar, entender y puede que hasta explicar por qué el fondo de la gruta estaba inundado.

La propuesta, en suma, era sin duda tentadora. Y Lauengram lo sabía. Iba a pedirle que nos diese un tiempo para pensarlo cuando Linden se encargó de destruir cualquier posible negociación. A la mierda, gritó de pronto dando un golpe que nos hizo saltar a todos. A la mierda, repitió. Y abandonó hecho un trasgo el Salón Reissen-Mileto.

¿QUÉ DEMONIOS PASA CONTIGO?, LE PREGUNTÉ DESPUÉS a Seamus Linden. Caminábamos sin rumbo por las calles de Streslau. Nuestros papeles se habían invertido: mi colega se veía tranquilo, triste pero tranquilo, y yo estaba absolutamente furioso. Cuando ahora recuerdo aquella tarde, comprendo que no estaba molesto con Linden, sino conmigo mismo por seguir considerando la propuesta del director de la Real Sociedad Geográfica. En cambio, Linden había entrado en un remanso de paz. Estaba seguro de haber hecho lo correcto, en parte porque Lauengram nunca le gustó, en parte porque sabía algo que yo entonces no sabía, algo sustancial que sin embargo había preferido guardarse para cuando nuestra charla con el director hubiese terminado. No importa qué me pasa, me replicó sin mirarme ni apaciguar el paso. Lo que importa es qué te pasa a ti, Eddie. Lo que importa es si en verdad estás considerando aceptar la oferta de esas sabandijas. Entonces le exigí que no se comportase como un imbécil. Le expliqué que las negociaciones con Lauengram apenas habían comenzado y que era muy pronto para saber cuánto estábamos dispuestos a ceder a cambio de que financiaran la expedición.

Linden escuchó, me dejó hablar como si también hubiese previsto mi rabia, mi confusión, mis razones. Así llegamos hasta el parque Masarik y nos sentamos en una banca como dos novios que acabaran de discutir lo mismo por la conveniencia de comprarse un perro que por una separación inevitable. De pronto Linden me puso la mano en el hombro y me preguntó: ¿Pactarías con Satanás para entrar en el infierno, Eddie? Le respondí que el director de la Real Sociedad Geográfica no era Satanás, y que puestos a buscar metáforas absurdas, tampoco podía decirse que la Gruta del Toscano fuese el infierno. Lo sé, pero no me refiero a Lauengram ni al canciller, ni siquiera a Werner Ehingen, dijo él. Acto seguido y sin que viniera al parecer a cuento me dijo que él nunca había entendido la diferencia entre una ironía y una paradoja, pero que de cualquier modo el mundo estaba lleno de ellas, y el infierno era la mayor de todas. Mira tú, Eddie, qué curioso: para entrar en el infierno hay que pedir permiso a Satanás, pero sólo podemos conocer a Satanás si entramos en el infierno. Le respondí que eso no era una ironía, ni siquiera una paradoja, sino un sofisma del tamaño de una casa. Linden me preguntó por qué y yo le aclaré que para entrar en el infierno no es necesario pactar con Satanás, sino con Dios. Ya veo, dijo Linden bastante poco convencido. Ya veo, Eddie. Entonces, ¿para qué sirve Satanás? Le dije sinceramente que no tenía idea, aunque era probable que Satanás no sirviese para nada. Linden volvió a decir ya veo, y se quedó callado.

No recuerdo cuánto tiempo estuvimos allí, sentados en aquella banca del parque Masarik, hablando apenas, compartiendo poco a poco una extraña serenidad de hojas muertas. En algún momento Linden quiso saber si recordaba la respuesta que dio Mallory a la prensa cuando le preguntaron por qué estaba obsesionado con llegar a la cima del Everest. Porque está allí, respondí citando al legendario alpinista. Linden sonrió y dijo: Parece una respuesta ingeniosa, pero estarás de acuerdo conmigo que en el fondo no tiene sentido. Le dije que estaba de acuerdo, pero la frase de Mallory no tenía más sentido que sus sofismas infernales o su actitud de aquella tarde en la Real Sociedad Geográfica. La única diferencia es que Mallory está muerto y es famoso, concluí. Eso es precisamente lo que quiero que entiendas, dijo a esto Seamus Linden, y me miró como si en efecto me hubiese dado la clave para disipar todas mis dudas.

Ahora que he tenido tiempo para pensarlo, entiendo que Linden había levantado aquella charla absurda como un telón de fondo para contarme lo que me contó al caer la noche en Streslau. De pronto, seguramente al cabo de otro incómodo silencio, me anunció sin más que la policía británica había encontrado al ladrón de la cámara fotográfica de Ulises Stackbach. Perdona que no te lo dijera antes, Eddie, creí que era mejor esperar a que entendieras qué clase de gusanos son Lauengram y Ehingen. ¿Y eso qué importa?, le pregunté. Mucho, colega, mucho más de lo que puedes imaginar, respondió Linden. Entonces procedió a contarme la historia del zafarrancho de Birmingham y las confesiones del atrabiliario Jarek Rajzarov. Me dijo por último que Pasang Nuru Sherpa había muerto y me estremeció con la noticia de que su asesino había conservado el carrete fotográfico de la cámara de Ulises Stackbach. ¿Y qué más da?, lo interrumpí, de cualquier modo la película no contiene nada. Al contrario, esa película lo contiene todo, replicó Linden. Y diciendo esto extrajo un sobre de su chaqueta, lo abrió con sumo cuidado y extrajo una fotografía. ¿En verdad quieres saber cuál es mi problema, Eddie?, me preguntó entregándome la fotografía. Aquí lo tienes, colega. Aquí está el tuétano de mi maldito problema.

Aún conservo esa fotografía. La he fijado en el pizarrón de corcho que tengo en mi oficina de Estrasburgo. La veo cada mañana cuando enciendo mi computadora y me dispongo a escribir una reseña sobre el último libro de Krakauer o sobre el ascenso de una japonesa a la cima de un pico andino nunca antes hollado por la cara oeste. Seamus Linden sigue prometiéndome que un día me enviará las otras fotografías, cinco o seis, no estoy seguro, pero hace mucho dejé de recordarle sus promesas. Cuando nos vemos en Londres o en Estrasburgo, hablamos de otras cosas. A veces le pregunto cómo va su libro y evito hablar del mío. Luego vamos al cine o tomamos una copa con Milena Giddens y Corinne Dawkins, que hace mucho se cansaron de preguntarnos cómo van nuestros respectivos libros. Alguna tarde, para animar un poco la velada, les conté que había hecho ampliar la fotografía en el laboratorio de mi periódico. Cuando terminó su trabajo, el técnico me preguntó de dónde la había sacado. Le dije que era la imagen de una película, y le conté brevemente la historia de la expedición de 1949. No está mal, me dijo el técnico, estos americanos tienen ideas interesantes, pero no saben de iluminación.

A Milena aquella historia le pareció graciosa. Pero Linden la recibió muy mal. Esa noche bebió hasta perder el conocimiento. Corinne nos llevó al hospital en su patrulla y estuvo con nosotros hasta que pasó el peligro. Cuando salíamos, Milena me contó que nuestro amigo estaba bebiendo demasiado y que no era ésa la primera vez que acababa en el hospital. Me dijo también que la culpa la tenían los chinos, pues Linden llevaba meses esperando que la embajada de la República Popular China le confirmase que la familia de Ang Xian estaba sana y salva en Londres. En opinión de Milena, a estas alturas el hijo y la viuda del explorador chino habrían muerto. Pero Seamus Linden se niega a aceptarlo. Cuando está muy borracho, jura por lo más sagrado que no descansará hasta haber liberado a la familia de Ang Xian. Rajzarov les dijo que estaban vivos, les dio la dirección exacta a cambio de su libertad. Y Linden lo creyó todo, sigue creyéndolo como cree también que los chinos harán cualquier cosa por hallarlos a cambio de los negativos de la cámara de Ulises Stackbach. Es un trato justo, repite incansablemente nuestro desdichado amigo. Sus vivos por mis muertos, dice citando al fugitivo chino. Pero pasa el tiempo, la embajada sigue dándole largas y Linden se pierde cada vez más en su propio abismo.

Mientras escuchaba hablar a Milena pensé en la fotografía y en la tarde encapotada en que Linden me la dio. Pensé en él. Evoqué su mala suerte y su calamitosa concepción del heroísmo. Recordé uno por uno sus sofismas infernales, vi con nitidez todo lo que esa tarde me había parecido opaco. Pensé que a pesar de los chinos Seamus Linden estaba haciendo lo correcto, y que ningún muerto, por grandioso que fuese, valía lo que para él significaban la mujer y el hijo de Ang Xian. Pensé en esto y recordé el momento en que contemplé por vez primera la fotografía que me había entregado Linden, cuando comprendí con un estremecimiento cómo habían llegado Stackbach y Rivatz al fondo del infierno sin la luz que Ehingen les había robado. Al centro, detenido por el pulso acaso tembloroso de Rivatz, un diminuto Ulises Stackbach encaja en un lago de hielo el banderín de la Cofradía de Zenda. A sus espaldas se levanta el esqueleto de un animal que debió ser inmenso, un titán con alas de murciélago ahora devoradas por millares de roedores blanquísimos, una auténtica legión de zarigüeyas que alumbran con sus colmillos y sus pieles fluorescentes el fondo del abismo, el cadáver gigantesco que las ha alimentado durante décadas y la pequeñez de los hombres que dieron sus vidas para fotografiar su banquete.

Londres, 2001-Santiago de Querétaro, 2005

Apostillas
Mis vivos
por tus muertos

POCOS AÑOS Y MUCHAS COSAS HAN PASADO DESDE que publiqué, con desigual fortuna, mi libro sobre la Gruta del Toscano. Para empezar, Seamus Linden ha muerto, y quienes lo toleramos y quisimos mientras vivió no podemos todavía acostumbrarnos a la burbuja de su ausencia. Por otra parte, el bandido Jarek Rajzarov es ahora un próspero empresario y estadista en la Rusia de Vladimir Putin, y Ehingen de Granz, tambaleante aún en el borde estrecho que separa la ignominia de la fama, ha cedido su actividad patriótica y política en la alcaldía de Zenda al avance de la enfermedad de Alzheimer. Diríase que los hados, en tardío ejercicio de justicia poética, trabajan ahora mano a mano para abismar en la desmemoria a quien prevaricó con tanto éxito como vileza la memoria del corazón mismo de las tinieblas.

Esto último lo supe hará sólo un par de meses, cuando me topé en Streslau con Fritz Lauengram, que preside todavía con mano de hierro la Real Sociedad Geográfica de Ruritania. En una fiesta de atmósfera tan irrespirable como era de esperarse, el falaz editor de *La memoria de Orfeo* me reveló que Ehingen de Granz estaba enfermo, y me confesó también que a él debíamos que las autoridades ruritanas por fin hubiesen renunciado a financiar una expedición que confirmase o desmintiese de una vez y para siempre que en alguna repisa de la cara norte de Fosa de los Gigantes yacía el acusador cadáver cincuentenario de Ulises Stackbach o de Néstor Rivatz.

No me tomó por sorpresa aquella revelación de Fritz Lauengram: si bien es verdad que hallar una momia en ese punto preciso de la caverna dantesca habría servido para corroborar que los ruritanos llegaron primero que nadie al fondo de la Gruta del Toscano, también es cierto que tal hallazgo habría corroborado la serie de actos vergonzosos y poco conocidos que marcaron la expedición de 1949, muchos de los cuales habrían terminado por despeñar en la ignominia a Ehingen de Granz y a sus paniaguados en la Real Sociedad Geográfica. Pocos años antes, un descubrimiento similar había servido de lección o de advertencia a los ruritanos sobre los riesgos que implicaba seguir adelante con la búsqueda del cadáver en la gruta: en el año 2001, una expedición encabezada por George Mallory III había hallado el cuerpo de su legendario abuelo a escasos cien metros de la cima del Monte Everest, y las investigaciones sobre los restos habían permitido constatar que el controvertido alpinista inglés, de quien siempre se rumoreó que bien podría haber alcanzado la cumbre en 1924, en realidad había muerto en el ascenso a consecuencia de una serie de errores y apresuramientos indignos de un héroe de la escalada. El desmentido de la leyenda de George Mallory tantas décadas después de su desaparición debió contribuir a que los ruritanos prefiriesen conservar la duda sobre la conquista ruritana del fondo de la Gruta del Toscano. O quizá simplemente los jerarcas de la Real Sociedad Geográfica habían aprendido la lección de que misterios abiertos como la suerte de Stackbach y Rivatz, o fracasos como los de los capitanes Scott y Shakleton en la Antártida, eran al cabo más atractivos para la opinión pública que los de una victoria fácil y sin heroísmo como la de sir Edmund Hillary en el Everest.

*

Nos queda sin embargo algún consuelo. Supongo que, en alguna medida, la renuncia de los ruritanos a reivindicar la victoria de los suyos en la Gruta del Toscano, silenciando de paso los posibles crímenes y mentiras de Ehingen de Granz, ha venido a lavar un poco el fantasma de Seamus Linden, quien fue siempre paladín de los derrotados y devoto de la sublimidad que encierran las causas perdidas. No dejo de pensar que su desinterés por terminar él mismo su libro sobre la gruta y denunciar a los villanos de esta historia se debió en parte a su deseo de que la aventura de la Gruta del Toscano quedase marcada de manera sublime por la tragedia antes que por la vindicación histórica.

En ese mismo sentido, a veces me entretengo en pensar que Linden, dotado de un sentido extremo de la ironía, habría aplaudido y atesorado mucho mi propio libro sobre la Gruta del Toscano, menos por sus méritos literarios que por haber también fracasado a su manera. Mi esfuerzo por demostrar la llegada de los Stackbach y Rivatz al fondo de la caverna, denunciando en el camino la traición de Ehingen de Granz, cayó desde luego en tierra infértil sin que fuese siquiera necesario que lo boicotease, censurase o desacreditase la Real Sociedad Geográfica de Ruritania. Ahora tengo claro que a estas alturas a nadie interesa gran cosa saber quién alcanzó primero el fondo de la caverna dantesca ni si en ella fueron traicionados algunos ruritanos, o si los chinos escenificaron su conquista silenciando sus faltas con un baño de sangre. De hecho, hoy puedo añadir que la Gruta del Toscano, por sí misma y al margen de quienes intentaron o incluso lograron conquistarla, a nadie le importa una higa. Lo más próximo a un escándalo que pude provocar con mi obra fue que ésta estuvo algunas semanas en los escaparates de las librerías de alpinismo y espeleología hasta que algún ilustre aventurero se dignó leerla y la denunció en el gremio como una crítica demasiado ácida al espíritu mismo de la exploración, así como a la memoria de sus héroes y sus víctimas. «Leí tu libro, Eddie», me confesó Fritz Lauengram cuando hablé con él en Streslau. «No está mal como ejercicio de especulación científica, es una pena que no haya tenido el éxito que esperabas», concluyó con una sonrisa complaciente que me dejó inflamado de rabia y que aún me inspira para no volver a escribir nada que tenga que ver con montañas, cavernas dantescas o viajes al centro de la tierra.

*

De los actores de esta historia, sólo Milena Giddens parece haberse movido apenas del punto donde la dejé al terminar mi libro: sigue felizmente emparejada con la oficial Corinne Dawkins y, aunque así se lo permite ahora la legislación británica, tengo entendido que no piensa casarse por la sencilla razón de que para hacerlo tendría que revelarnos su verdadero nombre, lo cual le quitaría por lo menos la mitad de su encanto. Nadie lloró más que ella la muerte de Seamus, y nadie como ella ha hecho más por preservar su legado. Sé que también ella renunció a hacer su documental sobre la guerrilla nepalita, y que durante algún tiempo retomó en memoria de Seamus la pesquisa del destino de la viuda y el hijo del alpinista y fugitivo chino que murió bajo los cuidados Pasang Nuru Sherpa tras denunciar la impostura de sus compatriotas y luego de entregarle la cámara fotográfica de los ruritanos.

La propia Corinne me ha contado que las autoridades británicas la llamaron no hace mucho para encararla con un adolescente que les había sido entregado por los chinos como un gesto de buena voluntad en el marco de no sé qué negociaciones políticas y comerciales entre ambos países. Milena apenas habla de ese encuentro, pero no hace falta que lo diga para que entendamos que ni ella ni el gobierno británico creen que ese pobre muchacho tenga ningún parentesco con el extinto alpinista. Como sea, Milena y Corinne se han hecho cargo de él, ya sea por filantropía o porque saben que a Seamus Linden le habría gustado que lo hicieran. El chico ahora estudia en un internado en Bristol, y aunque no es un buen estudiante, parece ser que ha mostrado cierto interés en la obra de Dante y una capacidad inesperada por la espeleología.

*

Creo que no necesito repetir que Seamus Linden, más disperso o más sabio que yo, nunca publicó su libro sobre la Gruta del Toscano. Bien es cierto que en los últimos años de su vida lo distrajeron otras empresas y tribulaciones, pero estoy firmemente convencido de que en realidad nunca comenzó su obra y que sólo la inventó para apresurarme a que yo escribiese la mía a sabiendas de que no tendría la repercusión que yo esperaba que tuviese. Las pocas veces que lo vi antes de su muerte, Seamus no perdió oportunidad para acicatearme y burlarse cariñosamente de mi empeño en terminar el libro que yo pensaba que sería la denuncia definitiva sobre lo ocurrido dentro y con la Gruta del Toscano. Una madrugada, cuando mi libro estaba ya cerca de publicarse, Seamus me llamó desde Montreal para decirme que venía del cine, donde acababa de ver algo que no me iba a gustar. «Es una película bastante mala, Eddie», me dijo con voz aguardentosa desde el otro lado del mar. «Trata de un grupo de espeleólogos que encuentran el infierno de Dante bajo una iglesia en los Cárpatos.» Esto dicho, procedió a hacerme una sinopsis libre de la película, me habló del descenso de los héroes al abismo y de su enfrentamiento con legiones de demonios bastante mal maquillados y peor caracterizados. No recuerdo si me dijo cómo terminaba la película, pues creo para entonces yo había colgado. Ésa fue la última vez que hablé con Seamus Linden.

Por si eso no bastase para descuadernarme, pocas semanas más tarde apareció otra película, esta vez en una versión femenina. Los demonios y los círculos infernales eran aún más precarios que en la primera película, pero el planteamiento era el mismo: en alguna parte del planeta estaba el infierno de Dante, que en vez de almas, axiologías y gradaciones penitenciarias estaba poblado de demonios vampirescos ávidos de sangre de jóvenes y sensuales espeleólogas que sucumbían una tras otra a sus propias miserias y memorias. Enseguida comprendí que, pese a mi rechazo por aquellas producciones, mi libro no sería leído de otro modo y que, en buena medida, la Gruta del Toscano estaba destinada a desintegrarse en el mundo de la ficción y a sumarse, en el mejor de los casos, a los mitos de la Atlántida y a documentales seudocientíficos o seudohistóricos con los que yo mismo, lo confieso, entretengo mis tardes de ocio.

El pasado noviembre fui inesperadamente invitado a Florencia para participar en un oscuro coloquio organizado por la Sociedad de Estudios Dantescos. Me topé con mesas redondas e interminables paneles de especialistas en todos los aspectos posibles de la *Commedia*, desde la intención de un verso hasta la posible topografía de la caverna dantesca. En un par de conversatorios me pareció que se citaban los estudios del padre Gudino, y quizás alguna críptica alusión a su muerte en los Himalayas, no más. Mi participación tuvo lugar en una sala casi vacía donde cabeceaban dos o tres estudiosos que habrían quedado rezagados de la mesa previa. Iba a dar por cancelada mi participación cuando un muchacho alzó la mano y preguntó con timidez si pensaba que algún día se hallaría el cadáver de uno de los ruritanos en el fondo de la gruta. La pregunta desde luego me tomó por sorpresa y, confieso, me alegró un poco. Sin embargo, luego de pensarlo un instante, respondí secamente que no, señor, pues una expedición para buscar el cadáver en la Fosa de los Gigantes sería un fracaso y puede que hasta una nueva tragedia. Añadí a esto que tenía entendido que el proceso de deshielo de la Gruta del Toscano, cuya causa fuera sabiamente descrita por Seamus Linden, ha seguido su vertiginoso proceso, por lo que a estas alturas el agua habrá alcanzado ya la parte superior de la Fosa de los Gigantes, y puede que en unos pocos años se sume a las aguas fétidas de la Estigia y hasta comience a borbotear fuera de la puerta con palabras de color oscuro que alguna vez supo interpretar nuestro añorado Pasang Nuru Sherpa. No sé si entristecido o simplemente aburrido, el muchacho que había hecho la pregunta asintió a cada una de mis palabras, luego dio las gracias y salió cabizbajo de la sala.

Santiago de Querétaro, 2015

Esta obra se imprimió y encuadernó
en el mes de octubre de 2015
en los talleres de Edamsa Impresiones, S.A. de C.V.,
que se localizan en la calle de Av. Hidalgo (antes Catarroja) 111,
Fracc. San Nicolás Tolentino, México, D.F.